저녁이 아름다운 집

「이 도서의 국립중앙도서관 출판예정도서목록(CIP)은 서지정보유통지원시스템 홈페이지(http://seoji.nl.go.kr)와 국가자료공동목록시스템(http://www.nl.go.kr/kolisnet)에서 이용하실 수 있습니다.(CIP제어번호: CIP2016023581)」

저녁이 아름다운 집

초판 1쇄 인쇄 / 2016년 10월 17일
초판 1쇄 발행 / 2016년 10월 21일

지은이 / 한정신
펴낸이 / 한혜경
펴낸곳 / 도서출판 異彩(이채)
주소 / 06072 서울특별시 강남구 영동대로 721, 1110호(청담동, 리버뷰 오피스텔)
출판등록 / 1997년 5월 12일 제 16-1465호
전화 / 02)511-1891
팩스 / 02)511-1244
e-mail / yiche7@hanmail.net

ISBN 979-11-85788-09-8 03810

※값은 뒤표지에 있으며, 잘못된 책은 바꿔드립니다.

저녁이 아름다운 집

한 정 신 지음

이채

|서문|

일곱 번째 아이를 세상에 내놓으며

그동안 여섯 권의 책을 혼자 낸 바 있습니다. 책을 낸다는 것은 마치 아기를 출산하는 것과 같습니다. 순산하여 여러 사람의 축복을 받으며 건강하게 자라기를 모든 부모는 원할 것입니다. 내가 그동안 낳은 아이들은 그런데 유통시장의 벽을 넘어서지 못했고 햇빛을 충분히 받지 못했습니다. 주위에 아는 사람들이 살펴 주어 그나마 여섯 명을 생산할 수 있었습니다. 더 이상 아이를 낳지 않겠다고 결심하고 피임의 단계로 들어갔습니다. 그런데 살다 보니 피임도 쉽지 않아 또 이렇게 아이를 만들게 되었습니다.

나의 부족한 아이를 환영해 준 친구, 친지분들에게 고마운 마음으로 편지를 쓰기 시작했습니다. 한 달 동안 나는 이러저러한 일을 했다, 무슨 책을 읽었는데 좋으니 당신도 읽으시라, 어디를 갔는데 당신에게도 권하고 싶다 등등의 사연을 쓰다 보면 꼬박 석 장의 내용이 채워졌습니다. 이 편지는 만나기 어려운 바쁜 세상살이에 종이 위에서 마시는 따뜻한 차 한 잔의 구실을 하게 되었고, 편지를 받으면 일주일이 행복하다는 과분한 칭찬까지 듣게 되었습니다. 그러다 보니 쓰는 이나 받는 이들이나 중독 현상이 생겨 늦어지면 조바심과 궁금증이 생기게 되었습니다. 일기 대신 월기가 되어버린 이 편지를 소중히 여겨 쓸 내용을 생각하며 즐겁게 지내게 되었습니다.

요즘 세상에 누가 편지를 쓰느냐고 하지만 받는 것은 다 좋다고들 합니다. 편지 답장을 꼬박꼬박 보내 주는 이도 있고 우표나 편지지를 보내 주거나 전화를 걸어 자기 사정을 알리며 고마워하는 여러 가지 무늬의 답장을 받게 되었습니다. 그들이 편지를 고이 간직한다며 책으로 엮어 주기를 바랐습니다. 2001년부터 2007년까지의 편지를 묶어 첫 번째 서간집 〈가까운 우체국〉을 만들었고, 2008년 남편 은퇴 시에 선물로 증정했습니다. 〈저녁이 아름다운 집〉은 2008년부터 2011년까지의 편지를 골라 묶은 두 번째 서간집입니다. 편지 원문에 실려 있는 '골계' 부분은 책에서는 제외했습니다. 이번에는 제대로 된 출판사에서 이 산고를 도와주어 한결 쉬었습니다. 2012년 이후의 편지도 다음번 책으로 기약하겠습니다.

나는 기록의 중요성을 강조하는데 아이들이 2대만 내려가도 자기 윗세대에 대해 모릅니다. 무슨 생각을 했으며 어떻게 살았는지를 이런 기록으로 남기면 그들에게도 좋은 유산이 될 것이라 생각합니다. 기억을 정리하는 면에서 나 자신에게도 필요하기에 이 편지 쓰기는 내가 나에게 보내는 편지라고도 할 수 있습니다. 편지 쓰기가 조용한 번짐으로 퍼져 나가 서간문학으로 자리 잡게 되는 날이 오기를 기대합니다.

내 편지를 사랑해 주시는 여러 독자분들, 격려해 주신 유관지 목사님과 가까운 친구들, 표지 삽화를 그려 준 김연영 양, 정성스럽게 책을 꾸며 주신 도서출판 이채에 감사함을 전합니다. 무엇보다도 이 모든 것을 허락해 주신 우리 하나님께 사랑과 감사를 올려드립니다.

2016년 가을

한 정신

차 례

서문 _ 4

1장 따뜻한 식탁 _ 9

〈편지 1〉 평범이 비범 _ 11
〈편지 2〉 감동적인 감사예배 _ 17
〈편지 3〉 목련꽃 그늘 아래서 빠에야를 _ 23
〈편지 4〉 돈을 가지고 _ 28
〈편지 5〉 여러 가지 무늬의 답장 _ 34
〈편지 6〉 미국에서 한여름을 _ 40
〈편지 7〉 책 주름 속에서 길을 잃으며 _ 47
〈편지 8〉 따뜻한 식탁 _ 53
〈편지 9〉 아! 모닝커피 _ 59
〈편지 10〉 이렇게 살 순 없을까 _ 65

2장 상상 카페 _ 71

〈편지 11〉 초목회 _ 73
〈편지 12〉 부러워라 부러워 _ 79
〈편지 13〉 집으로…… 집에서…… _ 84
〈편지 14〉 건청궁, 명성황후의 마지막 거처 _ 91
〈편지 15〉 상상 카페 _ 97
〈편지 16〉 연경당 마님들, 백 번을 만나다 _ 102
〈편지 17〉 그림은 아름다워야 _ 108
〈편지 18〉 이렇게 더위와 함께 _ 113
〈편지 19〉 아! 이 가을 _ 118
〈편지 20〉 30분의 여유가 주는 상쾌, 유쾌 _ 124
〈편지 21〉 외할머니 찬가 _ 131
〈편지 22〉 그대가 나로 인해 즐거울 수 있다면 _ 138

3장 나의 보물단지 _ 145

〈편지 23〉 삶이여, 차가운 눈 언덕에 내리꽂히는 아침 햇살이여! _ 147
〈편지 24〉 절제의 계절 _ 154
〈편지 25〉 나의 뜻이 아닌 것 _ 161
〈편지 26〉 나의 보물단지 _ 168
〈편지 27〉 안구락부 _ 175
〈편지 28〉 좋은 책은 끊임없이 쏟아져 나오고 _ 182
〈편지 29〉 이 과분한 은혜 _ 189
〈편지 30〉 즐거운 이름 짓기 _ 196
〈편지 31〉 열두 번 편지로 한 해가 가네 _ 202

4장 삶에 대한 예의 _ 209

〈편지 32〉 오늘서부터 영원을 즐겁게 살자 _ 211
〈편지 33〉 금과 다이아몬드 _ 218
〈편지 34〉 직선보다는 곡선이 _ 225
〈편지 35〉 돈이란 늘 부족한 것 _ 231
〈편지 36〉 삶에 대한 예의 _ 238
〈편지 37〉 나중은 없어요 _ 244
〈편지 38〉 사람은 선물 _ 251
〈편지 39〉 아직도 비에 젖은 여름 _ 257
〈편지 40〉 '월요카페'를 소개합니다 _ 264
〈편지 41〉 혼자와 더불어 _ 270
〈편지 42〉 향기 나는 뜰 _ 277
〈편지 43〉 내 잔이 넘치나이다 _ 283

1 장

따뜻한 식탁

〈편지 1〉~〈편지 10〉

평범이 비범

편지 1 • 2008년 1월

아무래도 새해는 양력 1월 1일에 시작된다고 생각합니다. 구정을 명절로 지키지만 한참 지난 후에 새해라고 하는 것이 아무래도 느낌이 살지 않습니다.

새해 첫날 식구들이 모여 떡국을 먹으며 지난해의 실천 사항 우수자인 유민이와 수빈이 아빠에게 표창을 했습니다. 우리 집은 정초에 각자 1년 계획을 세웁니다. 영, 혼, 육으로 나누어 목표를 정합니다. 예를 들면 영적인 것은 주일성수를 하겠다, 십일조를 하겠다, 성경을 통독하겠다 등이 되겠고, 혼적인 것은 지식탐구로 외국어 공부나 책을 몇 권 읽겠다, 뒤처진 과목을 올리겠다는 것입니다. 육적인 것은 건강에 관해 다이어트를 한다거나 규칙적인 운동을 한다는 게 해당 사항입니다. 강제가 아니라 각자가 할 만큼의 목표를 정하는 것이고 다음 해 설날에 그 결과를 놓고 상을 주는 우리 집만의 제도입니다. 곁들여 그해 받고 싶은 선물의 목록을 상중하로 써냅니다. 이것은 생일이나 크리스마스에 본인이 원하는 선물을 마련하는 데 참고가 됩니다. 상중하로 나누는 것은 각자의 호주머니 사정을 생각해서인데 자동차를 갖고 싶다고 쓴 식구도 있더군요. 뭐라고 했더니 원하지도 못 하느냐고 하기에, '그렇지, 희망사항을 탓할 수는 없지' 하면서 모두들 '하'의 선물을 한 적도 있습니다. 이 얘기를 들은 친구가 자기 집에서도 해보았답니다. 손자가 상중하의 선물을 모두 '자전거'로 써내서 결국 자전거를 사주었다고, 머리 좋은 놈한테는 당할 수가 없다고 하여 웃은 적도 있습니다.

아이들이 커서 윷놀이를 할 수 있게 되자 집안이 떠들썩합니다. 이렇듯 웃고 즐기는 평범한 풍경이 실은 대단한 것임을 새삼 느낍니다. 얼핏 생각하기에 결혼을 했으니 자식을 낳았고 그 자식들이 크니 또 일가를 이뤄 2세를 낳는 것이 당연한 일상사인 것 같지만 살면 살수록 이 '평범'이 보통 일이 아니란 걸 뼛속 깊이 실감합니다. 사람의 노력이나 힘으로 된 것이 아니란 것을 알기에 순간순간 하나님께 감사하지 않을 수 없습니다. 우리 아이들이라고 파도를 타지 않겠습니까만 평소 신앙생활로 다져놓으면 그 풍랑을 잘 견뎌 내리라 믿습니다. 젊었을 적의 나보다도 훨씬 믿음이 깊은 아이들을 보며 축복이 절로 나옵니다. 세상의 부귀영화보다 더 값진 것을 택하는 그들이 대견하기만 합니다.

친구의 남편이 지난달 세상을 떠났습니다. 병상에서도 이 나라의 장래를 염려한 나머지 대통령선거 결과를 보고 가겠다고 했는데, 그 말대로 되어 안심하며 떠나셨답니다. 오랜 병간호로 힘들었던 친구를 위로하며 우리의 말년에 대해 이야기하지 않을 수 없습니다.

나는 암 같은 치명적인 병에 걸릴 경우 치료를 받고 싶지 않습니다. 병원이라는 학교에 입학하기를 거절합니다. 집에서 간병인의 보살핌을 받으며 생을 마감하고 싶습니다. 그런데 한 가지 걱정은 통증을 잘 견딜 수 있을까 하는 것입니다. 아픈 것을 죽는 것보다 더 무서워하는 나는 진통제가 여의치 않을까 봐 별별 희한한 발상을 해 댑니다. 양귀비를 재배해 볼까, 했다가 주위에서 어찌나 웃었는지 모릅니다. 고통을 비교적 잘 참는 편이긴 한데 이렇듯 통증을 두려워하는 까닭은 어렸을 적 무척 심하게 앓았기 때문입니다. 하루라도 안 아픈 날이 없어서 오죽하면 소원이 '하루만이라도 아프지 않았으면' 이었답니다. 학교를 못 가는 날이 부지기수였고 조퇴도 밥 먹듯이 했습니다. 조퇴 후 울면서 집으로 돌아오는 날이면, 부모님은 나를 어루만지며 근심하셨습니다. 그래서 버르장머리 없는 아이로 자란 모양입니다. 죽을 고비를 여러 번 넘겼고 임종 예배도 수차례 드렸던 내가 지금까지 무사히 살아온 것은 전적으로 하나님의 은혜입니다. 늘 죽음이 낯설지 않게 내 가까이 있었기에, 타인의 죽음에 대해서도 담담한 편입니다. 이만큼 살았으면 됐지 싶어 보약을 먹거나 정기검진은 하지 않습니다. 유서에도 써 놓았지만 이렇게 공개하는 이유는 행여 내 뜻을 가족들이 오해하지 않기를 바라는 마음에서입니다. 혹여 내 마음이 잠깐 변하더라도 평생의 의지대로 가도록 도와 달라는 뜻에서입니다.

책을 안 읽는다고 아우성인데도 신간이 어김없이 쏟아져 나오는 것을 보면 출판계가 어쨌든 잘 돌아가는 것 같습니다. 〈행복을 훔치는 도둑, 우울증〉(토르실 베르게·아르네 레폴)은 암보다도 무서운 병인 우울증에 관한 책입니다. 우울증의 끝은 자살로 마감할 수 있기 때문에 주변의 관심과 협조가 반드시 필요합니다. 신앙인이 우울증을 앓고 있다면 그 믿음을 의심하기 십상입니다. 그러나 우울증은 위장병처럼 분명한 병입니다. 눈앞에 물잔을 두고도 목말라 죽어 가는 상황에 비유할 수 있겠지요.

군나르 올슨의 〈비지니스 언리미티드〉는 떠나라면 떠나고 있으라면 있는 현대판 아브라함의 이야기인데, 그 굳건한 믿음 때문에 입이 떡 벌어집니다. 사업을 하려고 마련한 돈을 낯선 이가 찾아와서 달라고 하는데, 하나님이 주라고 하시자 몽땅 주어버립니다. 그리고 온 식구가 멀쩡하게 굶습니다. 그런데 그다음이 기가 막힙니다. 알면서도 못 하는 범인들과 비교됩니다. 이 이야기의 한국판은 유정옥의 〈울고 있는 사람과 함께 울 수 있어서 행복하다〉입니다.

온갖 비바람을 맞으며 오늘의 조선일보를 일궈 낸 사주 방우영의 일기 〈나는 아침이 두려웠다〉에서는 언론사의 눈물과 희망을 볼 수 있습니다.

하버드대 행복 강의인 〈해피어〉에서는 자신이 행복한지 아닌지 묻기보다는 '어떻게 하면 좀 더 행복해질까'를 물어야 한다고 말합니다. 행복 추구가 어떤 지점에서 끝나는 것이 아니라 지속적인 과정이란 것을 인정하라고 합니다. "인생에 주어진 의무는 다른 아무것도 없다네. 그저 행복하라는 한 가지 의무뿐. 우리는 행복하기 위해 세상에 왔다네." 헤르만 헤세의 말입니다.

내가 '과학해설사'가 되었다면 혹시 웃으실는지요? 과학에는 문외한이라 나 스스로도 웃었습니다. 평소 친분이 있어 자주 가는 '왈츠와 닥터만 커피박물관' 관장님의 배려로 느닷없이 그렇게 되었습니다. 외국에서는 뮤지엄이라는 하나의 명칭으로 불리지만, 우리나라에서는 박물관, 미술관, 갤러리, 자연사 박물관, 과학관 등으로 나뉘어 있습니다. 커피도 과학에 들어간다 하여 커피박물관 관장님이 국립중앙과학관에 등록하여 인정을 받았답니다. 그리하여 추천을 받은 우리 내외는, 올겨울 제일 추운 날 새벽에 대전 국립중앙과학관으로 출퇴근하여 사흘간 교육을 받았습니다. 상근은 아니지만 앞으로 '왈츠와 닥터만 커피박물관'에서 커피에 대한 해설을 하는 내 모습을 종종 보실 수 있을 겁니다. 뒤늦게 얻은 일에 설레기는 하지만 한편 건강이 지탱해 줄지 염려도 됩니다. 내친 김에 '학예사'까지 도전해 보라고 하는데 어려운 시험을 치러야 한답니다. 시험이라면 질색으로 운전면허를 마지막으로 끝낸 내가 어찌하겠습니까? 걸어 다닐 수 있는 다리와 책을 볼 수 있는 눈만 건강하다면 더 바랄 것이 없겠습니다.

감동적인 감사예배

편지 2 • 2008년 3월

오랫동안 기도하며 준비해 오던 남편의 은퇴 및 나의 여섯 번째 책 〈가까운 우체국〉의 출판 감사예배를, 우리들의 39주년 결혼기념일인 3월 15일 목양교회 성전에서 드렸습니다. 그동안 이 예배를 위해 얼마나 생각을 많이 했던지 그 과정 자체가 연애하듯 사모하는 심정으로 내내 행복했습니다. 내 생애에 이토록 정성 들여 준비하며 기대하던 예배가 일찍이 없었기에 그 감동이 무척 컸습니다. 이 예배를 받으실 하나님께서 웃으시며 즐거워하시기를 간절히 원했는데 참석하신 분들 모두에게서 은혜를 받았다는 소리를 들으니 참 감사합니다. 교제 범위가 넓은 남편은 그동안 몇 차례에 걸쳐 이런저런 모습의 은퇴식을 가졌지만 이 예배는 아내와 아이들이 주관하는 것이어서 가까운 친구, 친척, 친지들만 모시고 조촐하게 마련했습니다. 순서를 맡아 주신 네 분 목사님과 하모니카 합주를 해 주신 멋쟁이 할머니들, 클라리넷 독주를 해 주신 홍대일 님, 출산한 지 얼마 되지 않았는데도 멀리서 오셔서 아름다운 노래를 불러 주신 유명한 소프라노 박성희 님, 그리고 이 자리를 빛내기 위해 참석해 주신 모든 분들께 따뜻한 감사를 드립니다.

우리가 간절히 원하는 것이 하나님의 마음에 맞으면 하나님께서는 친히 교통정리를 해 주신다는 것을 확실히 알았습니다. 감사헌금으로 소액의 장학기금을 마련하면서 돌아가신 친정아버지를 생각했습니다. 일찍 아버지를 여의고 깡촌에서 농사를 지을 수밖에 없던 소년은 배움에 배가 고팠지만 중학교에 진학할 수가 없어 통신강의록으로 독학을 했습니다. 처음 접하는 영어가 너무 어려워 중학교에 다니는 학생들에게 물었지만 비웃음과 조롱을 받을 뿐이었습니다. 다니던 교회에 부흥회차 미국 선교사가 오신다는 소식을 들었습니다. 그동안 혼자 공부했던 영어 실력을 시험해 보고 싶었지만 도저히 용기가 나지 않아 머뭇거렸지요. 마지막 날 시골길을 혼자 산책하시는 선교사를 보고 다가가서 '어디 갔다가 오십니까?'라는 말을 이렇게 했답니다. 'Where go and come?' 논두렁에서 남루한 옷을 걸친 농사꾼에게서 난데없는 영어를 듣게 된 선교사는 너무 놀랐지요. 곧 교회 전도사를 통해 소년의 사정을 알게 되었습니다. 이렇게 해서 소년은 서울로 유학을 오게 되었는데 신학을 공부해야만 장학금을 준다는 단서 때문에 원하는 영문학 대신 신학을 선택했지요. 그 소년이 바로 우리 아버지입니다. 이 이야기를 들은 나는 아버지가 원해서 신학을 하신 게 아니구나 싶어 자라면서 몇 번이나 확인을 했습니다. 아버지는 절대로 후회하지 않으시며 목사가 된 것을 기뻐하셨고 자기 생애를 전적으로 주관해 오신 하나님께 늘 감사하면서 하늘나라로 가셨습니다. 아버지 생전에 장학금 이야기가 나왔지만 재단을 만들 만한 금액이 되지 못해 적극적으로 추진하지는 못했습니다. 그래서 아버지 살아생전에 이 일을 이루지 못하고 결국 내겐 오랜 빚으로 남아 맴돌고 있었습니다.

보름 전에는 남편의 애제자들이 사은회를 마련해 주었습니다. 감사한 일이었지요. 감사예배를 드리기 전날 또 만나자고 해서 나갔더니, 논문집을 헌정하려 했는데 여의치 않았다며 뜻밖에도 현찰 5백만원을 선물로 주는 게 아닙니까. 우리는 지금껏 이런 큰 돈을 받아 본 적이 없어서 대단히 놀랐지만, 제자들의 정성이라 여겨 고맙게 받았습니다. 돌아오는 길에 남편이 먼저 장학금 제의를 해서 나를 더 기쁘게 해 주었습니다. 하나님이 우리 마음을 아시고 이런 길을 열어 주셨기에 시작에 불과한 장학금이지만 교회에 의탁하면 개인이 하는 것보다 열매를 잘 맺어 주리라 믿습니다. 이 장학금을 간절히 원하는 누군가에게 하나님이 또 연결해 주시리라 믿어 안심이 됩니다.

예년보다 빨리 오는 봄 어귀에 김유정 문학촌을 다녀왔습니다. 우리나라에서 기차역을 사람 이름으로 한 곳은 이곳 하나뿐이라고 하는데, 경춘선 종점인 남춘천역 바로 앞 정거장입니다. 원래는 신남리역이었는데 김유정의 고향이고 문학촌이 생기면서 이름을 바꿨습니다. 바람처럼 지나가는 고속철도와 비교되듯 느릿느릿 가는 완행열차를 타고 넓은 창밖으로 펼쳐진 풍광을 음미하며 가노라니 제법 문학 여행의 맛이 납니다. 잠에서 깨어나는 들판은 햇볕에 기지개를 켜고, 개울물은 맑은 강으로 졸졸 흘러들어갑니다. 김유정은 감칠맛 나는 짧은 단편을 많이 썼는데 '봄봄'이 생각나 이 기차를 탔습니다. '봄봄'의 주인공은 데릴사위로 들어와 죽어라 일을 하며 장가갈 날만을 기다리는데 장인은 딸년이 아직 자라지를 않았다고 일만 시킵니다. 장인 봉필이는 원래 고약해서 딸 셋을 미끼로 데릴사위를 부려먹으며 재미를 톡톡히 봅니다. 어떻게 된 것이 키는 자라지 않고 옆으로만 퍼지는 점순이에게서 바보라는 비웃음을 받자, 안 그래도 스멀스멀 봄기운이 올라 몸이 달은 주인공은 장인을 두들겨 패지만 본전도 못 건진다는 얘깁니다. 실제 이야기여서 봉필이를 마을 사람들이 다 알고 집을 가르쳐 주는데 집터만 있습니다. 이곳을 잘 복원한다면 관광 효과가 높아지고 김유정역도 매번 정거하는 번화한 역이 될 텐데……. 실연만 하다 총각으로 세상을 떠난 김유정의 모든 것이 문학기념관에 고스란히 담겨 있습니다.

이번 북클럽 활동은 야외로 나가 보았습니다. 양평 가는 길에 있는 유명한 '국수리 국수집'에서 부추 넣은 수제비와 칼국수를 맛있게 먹었습니다. 반대편 길인 상심리로 올라가면 백년 된 교회와 최근에 지은 교회가 있습니다. 상심리 교회는 지나다가 잘 들르는 곳으로, 교회도 예쁘장하고 2층에는 무인 카페를 열어 누구나 무료로 커피와 차를 마실 수 있습니다. 남한강을 내려다보고 차를 마시노라면 고마움과 부러움이 저절로 생깁니다. 우리가 간 날은 마침 결혼식이 있었는데, 야외에서 식사하는 모습이 아름다웠습니다. 상심리에서 조금 더 가면 나만의 비밀 아지트인 오두막 카페가 있습니다. 반갑게 맞아 주는 여주인의 얼굴을 보니 절로 웃음이 번집니다. 이 여주인은 10년 전 허물어져 가는 오두막 한 채를 사서 손수 고치고 타일에 그림을 그려 여기저기 아기자기하게 꾸며 놓았습니다. 1년에 수차례 음악회도 열고 돈 버는 일과는 무관하게 하고 싶은 일을 하며 자유롭게 지냅니다. 야외로 나가면 바람도 쐬고 별난 곳도 방문하고 책 토론도 할 수 있어서 일석삼조라고 좋아들 하니, 아무래도 나들이가 잦아질 것 같습니다.

❧

옥성호의 〈마케팅에 물든 부족한 기독교〉는, 〈심리학에 물든 부족한 기독교〉에 이어 나온 책으로 이 시대에 꼭 필요한 내용입니다. 교회가 세상의 방법에 따라가느라 마케팅을 받아들여 복음을 상품으로, 목사를 사장으로, 교회를 회사로 만들어 가는 현상에 대한 심한 질책입니다. 죄인, 회개, 고난, 예수, 십자가는 뒤로 물리고 위로, 행복, 성공을 미끼로 사람들을 불러 모으는 사태를 경고하는데, 특히 목회자들이 읽으셔야 합니다. 강준만의 〈한국 근대사 산책 1-개화기편, 천주교 박해에서 갑신정변까지〉는 새로운 외부 문화와의 충돌을 경험하기 시작한 개화기부터의 역사서로, 이렇게 근대부터 거슬러 올라가는 역사 공부도 새로운 맛이 납니다.

목련꽃 그늘 아래서 빠에야를

편지 3 • 2008년 4월

내 편지의 애독자 중 이런 사람이 있습니다. 여고 후배지만 사회생활을 하다 만났기에 서로 선생님이라고 부르며 존경하는 사이인데 내가 소개하는 책, 여행지, 영화 등을 빠짐없이 따라 해 보는 열혈 독자입니다. 본인만이 아니라 주위 사람들에게도 널리 알리기를 즐기는 문화 전도사입니다. 고양의 중남미문화원은 4월 목련 필 때가 가장 아름답다는 이야기를 주고받다가 함께 가기로 의기투합을 했습니다. 삼송역에서 그녀의 차를 타고 멋진 길을 따라 드라이브를 했습니다. 모퉁이를 돌자, '아!' 하는 감탄사가 절로 날 만큼 흰 목련이 뽀얗게 군락을 이루며 피어오르고 있습니다. 한 점 두 점 팔랑거리며 내려앉는 귀족 같은 꽃잎들은 땅에 밟히는 게 못마땅한 듯 금방 색깔이 변해버립니다. 머리 위로 툭툭 떨어지는 꽃비를 맞으며 꽃그늘 아래 앉아 있으려니 가슴이 조여들 듯 행복합니다. 예전에 내 친구는 잎사귀 없이 활짝 피는 목련을 '남자 없이 잘 사는 잘난 여자' 같다고 비유했는데, 목련을 볼 때마다 그 말이 생각납니다. 정열 하나로 사시는 문화원 이사장님이 우리를 위해 불고기를 정성껏 구워 주십니다. 새가 날아갈 때마다 후드득 떨어지는 꽃잎을 보며 노란 밥의 빠에야를 먹었습니다.

남편도 은퇴했고 여섯 번째 책도 출판했고, 또 감사예배도 무사히 마쳤더니 한가롭고 홀가분해졌습니다. 오랫동안 방송을 하느라 항상 긴장하고 멀리 여행을 가지 못했는데, 내친 김에 방송도 그만두었습니다. 만 4년간 노인층을 대상으로 여행지와 영화, 책, 전시회 등을 소개하느라 많은 것을 공부하느라 즐거웠던 것은 사실입니다. 박수 칠 때 떠나라고, 이젠 자유로워진 남편과 외국 여행이라도 훌쩍 떠나볼 요량입니다. 프리랜서란 생계 보장이 안 되는 파리랜서라고들 부릅니다. 하지만 이렇게 하고 싶을 때 하고 지루하면 그만두는 장점도 있어 나 같은 사람에겐 안성맞춤입니다. 안성맞춤 얘기가 나왔으니 안성 소개를 해야겠네요.

일찍이 장인들의 솜씨로 빚어 낸 안성 유기는 품질이나 모양이 사람들의 마음을 만족시켰지요. 그래서 '안성맞춤'이란 말이 나오게 되었답니다. 아산만의 흙, 갯토가 좋았기 때문이지요. 예부터 안성은 지방에서 올라오는 물건들의 집합지이자 한양으로 올라가는 중간지점이었기 때문에 장사가 잘 되었다 합니다. 그런데 일제가 안성보다 평택을 택해 그곳을 발전시켰기에 안성 토박이들은 일본을 너무 싫어합니다. '안성맞춤박물관'은 중앙대 캠퍼스 입구의 숲 속에 자리하고 있습니다. 그곳의 해설사는 안성을 알리는 일에 혼신을 다하더군요. 지방을 다녀 보면 지자체들이 자기 고장을 알리느라 여념이 없습니다. 있는 것은 물론 없는 것도 찾아내는데, 안성 유기야 원래 유명한 것이니 반짝반짝 더 잘 닦아 빛을 내야겠지요. 유기를 비롯하여 쌀, 포도, 인삼, 배, 한우 등에 모두 안성맞춤이란 단어를 붙였는데 그중에서 단연 '안성맞춤 일일 여행'이 돋보입니다. 안성시에서 매주 토요일 아침 10시에 안성 버스터미널을 출발하여 안성의 곳곳을 안내합니다. 마지막으로 '남사당놀이' 공연을 보여 주고 다시 터미널까지 데려다주는데 단돈 2천원이랍니다. 물론 점심과 입장료는 자기 부담이지만 여행 코스도 세 가지나 되어 선택의 여지가 있습니다. 안성시 관광정보센터에 예약을 하셔야 합니다.

〈가까운 우체국〉이 여섯 번째 책이라고 하니 누군가 출산이 쉬웠겠다고 합니다. 하긴 아이를 여섯 명이나 낳다 보니 순산이란 말이 맞습니다. 이렇게 순산을 하다 보면 옛날 여자들처럼 '한 타스'의 아이들을 낳을지도 모르는 일입니다. 책을 팔아 유명해지고 싶은 욕심도 없어 서점에 내놓지 않고 선전도 안 하고 증정도 아끼게 됩니다. 책을 읽지도 않는 사람, 당연히 거저 받으려는 사람에게는 주고 싶지 않아, 엿장수처럼 내 맘대로 팔고 싶으면 팔고 싫으면 안 팝니다. 이 기회에 편지 발송도 구조 조정을 했습니다. 내게는 꾸준한 후원회원들이 있어 그들이 어김없이 사 주기에 지금까지 명맥을 유지해 오고 있습니다. 얼마나 감사한 일인지요.

〈한국교회핍박〉은 1913년에 이승만 대통령이 쓴 것을 현대 언어로 쉽게 풀이해 다시 펴낸 책입니다. 당시 미국의 여러 신문에 보도된 자료들, 미국 교회에서 파송한 대표들의 보고서, 미국 선교회의 글 등을 토대로 일본이 한국 교회를 어떻게 핍박했는가를 알려 줍니다. 이 책의 목적은 일본의 잘못함보다는 우리의 잘한 바를 알리고자 함이랍니다. '105인 사건'을 비롯하여 당시의 상황을 잘 알게 됩니다. 서대석이 엮은 〈우리 고전 캐릭터의 모든 것 1〉은 열녀 춘향, 착한 흥부 등 평면적인 고전 속의 인물 여든다섯 명이 인간적 체취와 매력을 가진 입체적인 캐릭터로 살아납니다. 열악한 사회적 조건 속에서 진정한 삶의 길을 찾기 위해 분투해 온 인간의 형상을 제대로 대면해 보면 살아 있는 인간의 모습을 볼 수 있습니다. 결국 '인간의 길'을 열어나가는 인문학이란 학문을 외면해서는 안 될 것입니다. 이언 매큐언이 쓴 소설 〈체실 비치에서〉는 보수적인 시대에서 해방의 60년대로 넘어가던 시절, 성적인 서투름과 헛된 자존심으로 첫날밤을 망치고 영원히 헤어지게 된 신혼부부의 이야기를 그립니다. 관계라는 것이 얼마나 깨어지기 쉬운가, 가지 못한 길에 대한 슬픔을 모차르트 현악 5중주 D장조가 나타내 줍니다. 〈속죄〉도 그렇지만 이 작가는 순간의 실수가 걷잡을 수 없는 상황으로 내닫는 것을 대단히 잘 그려 줍니다. 소설 없는 세상을 상상할 수 없는 나는 이렇게 상큼한 소설을 먹을 때 살맛이 납니다.

영화 〈어웨이 프롬 허〉는 44년간 함께 살아온 아내가 치매에 걸려 허물어져 가는 모습을 지켜봐야 하는 남편을 그려 냅니다. 아내는 요양원에서 만난 남자와 사랑에 빠지고, 남편은 그 장면에 벌을 받는 것처럼 괴로워합니다. 사랑하는 사람을 반짝이는 눈으로 쳐다보는 흰머리 할머니에게는 끝까지 여인으로 남아 있으려는 존귀함이 서려 있습니다. 〈닥터 지바고〉의 라라로 기억되는 줄리 크리스티는 예순일곱의 나이인데도 여전히 아름답습니다.

돈을 가지고

편지 4 • 2008년 5월

돈은 벌기도 잘해야 하지만 쓰기도 잘해야 하는데 그런 면에서 나는 낙제생입니다. 지금까지 살아오면서 돈을 벌기는 했는데 남은 것이 없으니 관리를 못 한 탓이겠지요. 한때 나는 여러 가지 핑곗거리를 찾아보았습니다. 어려서부터 용돈을 주기적으로 받지 못해 돈 관리의 경험이 없다는 식으로 말이지요. 월급이란 게 항상 모자라기 마련인데도 빚 안 지고 잘 꾸려 가는 아내들이 얼마든지 있습니다. 알뜰한 부모 밑에서 자란 내가 알뜰하지 못한 것은 그에 대한 반발이 아닐까 생각한 적도 있긴 합니다. 경제관념이 투철한 부모 밑에서 숨을 제대로 쉬지 못하다가 취직하고 첫 월급을 탔을 때 호기를 부리던 것이 그냥 습관이 돼버린 것 같습니다. 그렇다면 저축이 없는 내 인생이 완전히 실패한 것일까, 그것 역시 아니란 생각입니다. 나는 기분 좋게 돈을 쓰면서 살아 왔고 결국은 내가 번

것을 내 맘대로 써 왔기에 후회가 없으니 애면글면 모은 돈을 써 보지도 못한 사람과 비교하면 실패는 아닌 셈입니다. 어느 목사님의 말처럼 자기가 먹은 것과 남에게 베푼 것만이 자기 것이라고 한다면 나는 풍요롭게 잘 산 사람입니다.

우리 어머니는 '사람 노릇' 하며 살고 싶다는 말을 하신 적이 있는데 돈이 없으면 제대로 사람 노릇을 하기가 어렵습니다. 그런 의미로 돈이란 물이 아닐까요? 목마를 때 마실 수 있는 물, 더러울 때 씻을 수 있는 물, 다른 사람이 목말라할 때 떠 주는 한 잔의 물이 아닐까요? 수도꼭지를 돌렸을 때 물이 안 나오면 답답한 것처럼 돈이 없으면 심란해집니다. 물이란 항상 돌아야지 고여 있는 물은 썩을 수밖에 없습니다. 그래서 돈이 있으면서도 인색한 사람, 경우가 없는 사람을 무척 싫어하다 보니 내 주위에 그런 사람들이 거의 없습니다.

항간에는 친한 사람끼리는 돈거래를 하지 말라고, 친구한테 돈을 꿔 주면 돈 잃고 친구 잃는다는 말이 공식처럼 떠돕니다. 그런데 친구한테 돈을 안 꿔주면 돈은 안 잃겠지만 친구는 분명 잃습니다. 그까짓 돈 몇 푼에 사람을 잃는다는 것은 깊이 생각해야 하는 문제가 아닐까요? 톨스토이는 "돈이란 비료와 같은 것이다. 여기저기 뿌리면 기름진 땅이 되어 열매를 거두지만 한군데 쌓아 놓으면 악취만 풍길 뿐이다"라고 잊지 못할

명언을 했습니다.

❧

내 주위에는 돈의 여유가 있으면서도 멋있게 쓰는, 그래서 늘 경탄의 눈으로 바라보게 되는 몇몇 사람이 있습니다. 이들이 돈이 있어서 마음이 너그러운 것인지 넉넉한 씀씀이가 돈을 불러들이게 되는 건지는 모르겠습니다만 한없이 부러울 뿐입니다. 어떤 이가 도둑을 맞았는데 억울하다는 심정 전에 자기가 충분히 베풀지 못해 일어난 일이 아닌가 먼저 반성을 했다는 소리를 듣고, 다시 한 번 쳐다본 적도 있습니다. 그런가 하면 평생 돈 꿔 달라는 소리를 듣고 사는 이는 그것을 성가셔하지 않고 당연하다는 듯이 선선히 빌려줍니다. 돌려받지 못하는 경우도 있지만 마음을 상해하지 않으니 어떡하면 그런 경지에 이를 수 있을까요. 식당에서나 찻집에서 남들이 내기 전에 먼저 계산을 하느라 지갑은 항상 열려 있고, 어렵게 부탁하는 기금이나 행사에 대해서도 기꺼이 협조를 아끼지 않습니다. 그러한 시원한 태도를 보며, 돈보다 한참 위에 서 있는 인간을 봅니다. 돈을 가지고 돈으로 살 수 없는 것을 산 이들은 참으로 현명합니다. 이렇게 보면 돈이란 가장 쉬운 해결책이 될 수도 있습니다. 이런 사람들을 주위에 둔 나는 꿈속의 부자처럼 마음이 늘 풍족합니다.

❧

부의 문제를 가장 적극적으로 설명한 한국 설화가 있습니다. 서대석이 엮은 〈우리 고전 캐릭터의 모든 것 1〉에 나오는 석숭은 극빈자에서 부를 추구하여 거부가 된 인물입니다. 자신의 박복한 신세에 의심을 품고 옥황상제에게 해답을 얻고자 길을 떠납니다. 가는 도중에 제각기 문제에 처해 있는 사람들에게 그 해답을 얻어 오라는 부탁을 받게 됩니다. 해답을 얻은 석숭은 돌아오는 길에 모두 답변을 해 줍니다. 용이 승천하지 못하는 이유가 욕심이 많아 여의주를 두 개씩 갖고 있기 때문이라 하자, 용은 얼른 석숭에게 여의주 하나를 주고 승천합니다. 부잣집 매화나무가 자라지 못하고 마르는 이유가 그 나무 밑에 금항아리가 묻혀 있기 때문이라고 하니, 부자는 얼른 금항아리를 파서 석숭에게 줍니다. 마지막으로 누구에게 장래를 맡겨야 하는지 묻는 청춘과부에게는 석숭 본인이 바로 그 인물이라고 답합니다. 결국 그녀와 결혼에 성공했고, 이웃에게 베풀면서 잘 살았답니다. 석숭이 부를 구하는 과정이 성공적이었던 이유는, 먼저 노력하는 태도가 있었고, 남들을 도와 주변 사람들과 더불어 행복해지며 너그러운 마음을 소유했기 때문입니다. 예부터 나이는 삼천갑자 동방삭의 것을, 재물은 석숭의 것을 빈다고 합니다.

목회자인 조엘 박의 〈맞아죽을 각오로 쓴 한국교회 비판〉

은 교회와 교인에 대한 쓴소리입니다. 듣기는 껄끄러운데 다 옳은 말입니다. 저자는 '맞아죽을 각오'로 썼다지만 무딘 대상자들이 눈 하나 까딱하지 않을 것 같으니 더 문제지요.

〈공부의 즐거움〉은, 학문을 하는 것을 '아는 것을 훔치는' 행위라고 주장하는 물리학자 장회익의 자전적인 공부 이야기입니다. 과외공부 아니면 안 된다고 생각하는 현대인에게 좋은 귀감이 됩니다만 이 책 역시 얼마나 관심을 끌까요?

재미교포 이민진의 〈백만장자를 위한 공짜 음식〉은 자식의 공부를 위해서 미국으로 이민 가 뼈 빠지게 고생한 부모와, 미국인이나 다름없이 자라 공부는 잘했으나 생김새 때문에 차별받는 1.5세대의 갈등을 생생하게 그린 소설입니다.

이번 달 북클럽은 포천의 '아프리카문화원'으로 갔습니다. 나는 마음에 드는 곳에 가면 그다음에 꼭 누군가를 다시 데리고 갑니다. 이번에도 북클럽 회원들의 찬사를 받았습니다. 춥지도 덥지도 않은 날씨에 시내에서 한 시간 정도 걸리는 곳에 수목원처럼 아름다운 동산에 들어서니 짐바브웨 남자 셋이 전통 악기를 연주하며 환영합니다. 마침 학예사가 나와 친절하게 설명을 해 주어 훨씬 도움이 되었지요. 54개국으로 이루어진 아프리카에서 가장 천대받는 민족이 작은 피그미 족인데, 이들을 잡아먹으면 행운이 온다는 미신 때문에 멸종의 위기에 처했다는군요. 나뭇조각으로 유명한 마콘데 부족의 작품, 세계에서 가장 위대하다는 돌조각을 만든 쇼나 부족의 작품, 코끼리 발로 해놓은 의자와 기린의 뼈로 만든 램프를 돌아보았습니다. 야외 테이블에 식탁보도 깔고 와인도 마시며 책 토론을 하노라니 공기는 한없이 맑지요, 분위기는 최고지요, 책을 놓고 행복해하는 우리를 사람들이 힐끔힐끔 쳐다봅니다. 웬 아줌마들이 책을 펴놓고 떠드나…….

여러 가지 무늬의 답장

편지 5 • 2008년 7월

연경당 마님 한 분이 케이크과 함께 선물을 보내왔습니다. 내 편지 백 호를 축하한다는 쪽지와 함께 종이 한 묶음, 편지 봉투, 우표가 담긴 이 소박하면서도 따뜻한 선물에 감동하지 않을 수 없습니다. 이분은 내 편지 애독자 중 으뜸입니다. 한 달간의 생활을 이모저모 적어 답장을 하는데 점점 내 편지와 비슷해져 감탄을 자아내게 합니다. 안 그래도 우등생인데 이런 마음 씀씀이라니, 답장이란 것에 대해 다시 생각하게 되었습니다.

편지를 받으면 숙제하듯 금방 답을 하는 분들이 있습니다. 전자우편으로 받는 분들이 이에 속하는데 신속한 반응이 시원합니다. 우표를 붙인 봉투 편지로 답장하는 분들은 으뜸 고객입니다. 매번은 아니더라도 두 달에 한 번쯤 편지를 보내거나 우표 몇 장을 보내며 잊지 말아 달라는 부탁을 하기도 합니다. 매월 나는 우체국에서 한번에 우표를 백 장 삽니다. 이것은 편지독자들에게 보낼 한 달치 분량입니다. 개인이 소모하는 양으로는 많아 우체국을 벌어 먹인다는 소리도 듣습니다. 요금별납 스탬프를 찍으면 편할 텐데, 하는 의견도 주시는데 나는 여전히 봉투에 손수 주소를 쓰고 풀 발라 일일이 붙이는 일이 더 좋습니다. 답장과 함께 우표를 동봉하시는 분들 덕분에 우표가 떨어지는 일이 없습니다. 가끔 우푯값이라며 돈을 주시는 분도 있는데 이러면 내가 좀 부담스럽습니다.

자신의 답장은 식사를 같이 하는 것이라며 한 달에 한 번 꼭 만나자는 친구도 있는데, 이것은 확답을 못 드리겠습니다. 편지를 프린트할 색지를 내내 공급해 주는 분도 있습니다. 그분은 백지에 프린트된 편지를 받으면 색지가 떨어진 줄 알고 즉시 또 보내 줍니다. 편지를 쓸 수는 없지만 나를 위한 기도는 쉬지 않고 하신다는 분도 있습니다. 실제로 나는 여러 사람들의 기도의 힘으로 살고 있습니다. 시골에서 농사짓는 분은 한 달에 한 번 오는 편지가 정말 기쁜 소식이랍니다. 힘든 생활에 얼마나 활력소가 되는지 모른다며 농사지은 수확물을 보내오기도 합니다. 이런 소리를 들을 때면 함부로 편지를 끊으면 안 되겠구나 하고 새삼스레 느낍니다. 온 식구가 돌려본다는 어떤 분은, 유난히 무뚝뚝하고 웃지도 않는 남편이 내 편지 유머에 껄껄거린다니 봉사치고는 참 괜찮지요. 들고 날고 하지만 매달 백이십 명 정도에게 편지를 띄웁니다. 책을 낼 때마다 이 분들이 여러 권씩 사 주어 자주 책을 낼 수 있었습니다.

그런가 하면 이런 부류도 있습니다. 편지를 받으면 좋긴 하지만 이런 글에 감히 내가 어떻게 답장을 한단 말인가, 도대체 뭐라고 써야 좋을지 몰라 그냥 있다고 합니다. 답장은 성의요 소통이지 글짓기 대회가 아닙니다. 가만히 있으면 내가 그 뜻을 어떻게 안단 말입니까? 배달 사고로 편지를 못 받은 경우도 있는데 드디어 잘렸구나 하며 체념을 하고 전화도 안 합니다. 답장이 없어도 웃어른이라 계속 보냈는데 돌아가셨으니 더 이상 보내지 말라는 유가족의 전화에 섬뜩해진 적도 있습니다.

나는 기분파지만 명분이 있는 기분파지 막가파는 아닙니다. 답장 안 하면 편지 안 보낸다고 하니 그러면 그만두라는 쌀쌀맞은 대꾸를 하는 이도 있습니다. 줄 테면 주고 말 테면 말라는 식의 오만한 태도입니다. 나는 인색한 사람을 제일 싫어하는데 감정에 인색한 사람이 행동에도 인색합니다. 더불어 사는 한세상 베푸는 데 그리도 인색하면서 무엇을 얻겠다는 것인지 할 말이 없을 때도 있습니다. 그리고 받는 데 익숙해져 당연한 것으로 알고 인사도 안 하고 주지도 않는 독특한 그룹이 있습니다. 성가셔 하며 무시하는 이들은 사회에서 대접받는 특수 계층인데 인사를 하면 권위가 손상되는가 봅니다. 편지도 전화처럼 오고가는 게 순리입니다.

선물에 대한 얘기를 하지요. 선물은 받는 것보다 주는 것이 더 좋다는 게 지금껏 살아오면서 터득한 진리입니다. 선물을 받으면 물론 기쁘고 고맙지만 때로 내게 필요치 않은 경우도 있어 주시는 분의 정성이 선물보다 더 귀합니다. 그런데 내가 남에게 선물을 하려면 과연 무엇이 좋을지 생각하는 시간부터 즐거운 고민을 하게 됩니다. 물건을 고르러 나가고 사서 포장하며 상대방이 좋아할 것을 상상하는 시간까지가 모두 기분 좋은 시간이 되기 때문입니다. 게다가 받는 분이 진정 좋아하면 기쁨이 배가 됩니다. 선물에 쓰는 돈은 아깝지 않아 평생 선물하며 살고 싶습니다. 친한 사이라면 무엇이 좋은지 묻기도 하고 내가 원하는 것을 솔직히 말하기도 합니다. 내게 필요치 않은 선물이 들어올 경우 그것을 긴히 쓸 만한 사람에게 주기도 하는데, 이 과정에서 주신 분의 기분이 상할 수도 있어 조심합니다.

우리 부부는 선물을 주고받는 일에 있어서 남들과 좀 다릅니다. 결혼 전에 내가 넥타이를 사 준 적이 있는데, 남편은 자기가 직접 골라야 한다는 것입니다. 그래서 그 후로는 일절 사 주지 않습니다. 남편이 겉으로는 원만한 것 같지만 상당히 까

다로운 데가 있습니다. 이러한 자신의 취향을 이야기해도 제자들은 넥타이나 포도주, 양주 등을 선물합니다. 교회에 다니므로 술은 안 마신다고 선언했는데도 비싼 양주가 들어옵니다. 수집벽이 있는 남편이 그것들을 그대로 쌓아 놓으니 좁은 집이 더 좁습니다. 짜증이 난 나는 친구 남편 중에 술을 아주 좋아하는 사람이 있어 갖다 주었습니다. 그랬더니 그분이 눈이 둥그레지며 도저히 그냥 받을 수 없다고 고기를 사서 보내온 적도 있습니다. "우리 엄마는 술하고 고기하고 바꿔 먹는다." 우리 아이가 어렸을 때 동네 나가서 이렇게 떠든 적도 있습니다. 결혼식이나 행사를 할 때 화환을 안 받는다고 분명히 밝혀도 문짝만 한 것을 보내는 사람들이 있습니다. 화환 대신 쌀을 받겠다고 해도 굳이 3단짜리 화환을 보냅니다. 자기들의 이름을 나타내고자 광고로 그리하는 것이겠지요? 나는 우리나라가 이 화환 문화에서 벗어나기를 간절히 원합니다.

나는 예전부터 다수의 모임을 기피해서 잘 안 나가다 보니 동창회도 없습니다. 우리 남편은 안 다닌 유치원만 빼고 초등학교 동창회부터 열심히 챙깁니다. 내가 생각하는 이상적인 숫자는 다섯 내지 여섯, 즉 한 식탁에 둘러앉아 담소할 수 있는 정도면 좋습니다. 차로 이동하려면 다섯 명인데 이 다섯 속에 우주가 다 들어 있습니다. 소수에서 느끼는 만족도와 매력은 대단해서 일단 이 맛을 알면 다수가 부럽지 않습니다. 무슨 일을 해 볼 수가 있고 잘되면 규모가 커질 수도, 안 돼도 부담이 없습니다. 여기서 더 늘린다면 열둘이란 숫자가 완성수입니다. 왜 예수님이 열두 제자를 택하셨는지 알 듯합니다. 어느 모임이건 열두 명만 나오면 됩니다. 개척교회를 하시는 어느 목사님이 열두 명, 열두 가정만 있으면 소원이라고 했는데, 동감하는 바입니다.

빅토리아 시대 영국 여성의 우상이었던 이사벨라 버드 비숍 여사는 조선을 네 차례 방문, 최상의 왕실로부터 최하층 빈민에 이르기까지 직접 체험하며 속속들이 경험한 것을 책으로 냈는데, 〈조선과 그 이웃나라들〉입니다. 바다에서 바라본 조선의 모습은 초라하고 보잘것없는데, 이는 외부인을 거부하려고 일부러 그랬다는군요. '찝찝한' 첫 인상을 받았던 이 나라가 강렬한 매력을 지니고 있음을, 그리고 무한한 잠재력의 희망을 보았다고 합니다.

미국에서 한여름을

편지 6 • 2008년 8월

하나님의 은혜로 우리는 이 더운 한여름을 미국 로스앤젤레스 지역에서 잘 보냈습니다. 폭염과 폭우로 고생하는 한국의 동포들에게 미안한 마음이 들 정도로 좋은 시간이었습니다. 이곳은 우리가 안식년으로 1년을 살았던 곳이고 그 후로도 잠깐 들렀던 곳이어서 마치 미국의 고향처럼 느껴지는 정다운 곳입니다. 친구, 친지, 친척 들이 이 넓은 지역에 흩어져 살다 보니 일일이 다 만나기 어려워 계획을 잘 짜야 할 정도입니다.

올 때마다 신세를 지는 남편의 외사촌 동생은 코리아타운 근처에 삽니다. 여기저기 편하게 다닐 수 있어서 이곳에 여장을 풀었지요. 40여 년 전 빈손으로 이민 온 부모님과 함께 어린 시절을 보냈던 추억이 깃든 집을, 성공한 딸이 다시 샀다고 합니다. 유서 깊은 백 년 된 앤티크로 옛날 한국에 왔던 미국 선교사의 집을 연상케 합니다. 열악한 환경에서 노력해 3남매를 다 박사로 만든, 오로지 하나님 한 분만을 의지해 드라마틱한 여정을 걸어오신 숙부님은 작년에 소천하셨고, 숙모님은 자녀들의 효도를 받으며 감사 속에 여생을 보내십니다.

독신인 동생의 집에는 개 두 마리가 같이 삽니다. 개를 좋아하지 않는 나는 동생 집에 머물 때는 고민이 많습니다. 이분법을 쓰기 좋아하는 내가 내린 결론은 세상에는 '개파'와 '반개파'가 있다는 것, 중간파는 절대 없습니다. '개파'들은 한결같이 개도 영혼이 있으니 친절하게 대하라고 하는 반면, '반개파'는 그 반대입니다. 이층집에 익숙지 않아 물건을 가지러 쉴 새 없이 오르락내리락하다 보니 다리에 알이 배겼습니다.

친구 중에 고급 양로원을 운영하는 의사 부부가 있는데 자기네 시설에 잠깐 와서 지내라고 초청하여 2박 3일 다녀왔습니다. 로스앤젤레스에서 조금 떨어진 패서디나라는 고급 동네에 있는데 병원까지 딸린 비싼 곳입니다. 그 가격을 듣고 도대체 누가 들어오나 했는데 대기자가 있는 형편이라니 처음에는 이해가 가지 않았습니다. 주로 백인 부자들인데 평생 물던 집값이 다 끝나니 그걸 팔아 현찰을 가지고 이곳에 들어와 여생을 걱정 없이 산답니다. 집 관리할 필요 없지, 해 주는 밥 먹지, 보안 시설 잘돼 있지, 쇼핑이고 어디고 말만 하면 태워다

준답니다. 아프면 병원에 바로 데려가고, 몸이 불편한 사람은 개인 간병인까지 두고 삽니다. 평균 나이는 여든다섯이며 여기 들어와 5년쯤 살다가 생을 마감한다니 '파파 노인들'뿐입니다. 가끔 친척이나 자식들이 먼 데서 방문할 경우 서비스 차원에서 오두막 한 채를 빌려 주는데 마침 비어 있어 우리에게 쓰라고 한 것입니다. 이층집인 경우 지붕에 스카이룩을 설치해 태양광선이 그대로 집안으로 쏟아져 들어와 전기를 절약할 수 있었습니다. 도서실에 가 보니 대활자 책들이 흥미를 끕니다. 그곳에 북클럽, 영화클럽도 있어 활동적인 사람은 죽을 때까지 자기 식대로 살 수 있습니다.

패서디나의 '헌팅턴 라이브러리'를 갈 때마다 티하우스에 들어가 보고 싶었는데, 항상 할머니들이 비둘기처럼 벤치에 옹기종기 앉아 예약 순서를 기다리고 있어 지나치기만 했습니다. 이번에는 아예 문 여는 시간에 가서 예약 없이 들어갔지요. 꽃무늬 테이블보에 잉글리시 브랙퍼스트 티를 예쁜 잔에 따라 마시며 브런치를 즐겼습니다. 장미 정원에서 일하는 할아버지는 자원봉사자인데 일주일에 한 번 여기 와서 장미를 손질하며 큰 정원의 꽃을 만끽한답니다. 천 명이 넘는 이런 자원봉사자들로 잘 유지되는 이곳은 철도회사로 돈을 번 재벌이 책과 미술품을 사들이고 선인장을 비롯하여 장미와 동백, 일본식, 중국식의 정원을 꾸며 놓은 곳입니다.

내가 좋아하는 또 다른 곳은 '폴 게티 센터' 입니다. 석유왕인 폴 게티는 살아생전 남에게 점심 한 끼를 대접하지 않고 돈을 모아 예술품을 사들여 이렇게 훌륭한 문화공간을 남겨 주었습니다. 그리고 돈 없는 사람도 예술을 즐길 권리가 있다고 입장료를 안 받는 제도를 만들어 감동을 주니 비싼 입장료의 헌팅턴 라이브러리와 대조됩니다. 다만 주차장 관계로 주차비만 받는데 산타모니카 언덕에 우뚝 선 이 게티 센터를 대단히 좋아하는 나는 시간 있을 때마다 여기 오곤 했습니다. 왜 한국 친구들이 이런 곳에서 손님 대접을 하지 않고 다운타운의 한국 식당에서 그저 그렇고 그런 밥을 사 주는지 이해가 안 간다고, 북클럽 해외 회원인 미세스 김과 공감의 사연을 나눴습니다.

여기서 그 유명한 반 고흐의 '아이리스' 를 감상했습니다. '아이리스' 는 단순한 수선화 그림이 아니라, 정신병원에 입원해 있던 고흐가 유리창 밖에 있는 아이리스를 보고 생명력을 느껴 다시 붓을 잡은 사연이 있는 그림입니다. 게티 센터를 지은 건축가는 리처드 마이어인데 흰색의 주제를 썼고 로마에서 돌을 직접 들여다가 정방형으로 잘라 지었으며 건너편 산의 구릉과 어울리게 곡선으로 테를 둘렀습니다. 여기도 4백 명이 넘는 할머니, 할아버지 자원봉사자들이 기쁘게 일하는 모습을 보니 나도 해 보고 싶었습니다. 말리부 해변가의 '올드 게티 센터'는 규모가 작아 예약을 하고 가야 합니다. 음악회도 여러 번 갔고 특히 여름철에만 하는 할리우드 볼은 두 번이나 갔지요. 여름 밤 야외에서 피크닉을 하고 베토벤과 차이코프스키를 들으며 밤하늘의 별을 쳐다보는 맛은 놓치기 어려운 행사입니다. 여기 사는 한국 사람들은 바쁘다며 이런 생활을 즐기지 않아 손님이 와야만 마지못해 나오기에 우리는 마치 시골 사람이 서울 와서 서울 사람 관광시키는 꼴이 되었습니다.

현지 여행사를 따라 '브라이스캐니언'과 '자이언캐니언'을 다녀왔습니다. 그랜드캐니언이 한마디로 '우와' 하는 감탄사를 발하게 한다면, '어머나, 예뻐라 어쩌면' 하는 '브라이스캐니언'과 '우와, 우와, 우와' 감탄사를 연발하게 되는 '자이언캐니언'까지 모두 하나님의 걸작품입니다. 2박 3일의 강행군으로 새벽 4시에 일어나 5시에 아침밥을 먹고 전쟁터처럼 붐비는 식당에서 끼니를 때워야 하지만, 여행사를 통한 여행은 짧은 시간에 많은 것을 보고 또 운전을 안 해도 된다는 장점이 있지요. 라스베이거스로 가는 15번 도로를 지나면서 이곳에서 차 사고로 희생된, 내가 아는 여러 명을 생각하지 않을 수 없었습니다. 너무 똑바른 길이라 지루해서 졸았는가, 사고가 날 리 없는 길에 왜 이리 사고가 많이 나는지 별별 생각이 다 났습니다.

빈익빈 부익부 현상이 두드러지는 한인 교회 중 스무 명 내외의 신도가 모이는 작은 교회를 찾아가서 예배를 드렸습니다. 가정교회 같아 마음이 차분하게 모아졌습니다. 이 교회와 목사님을 위한 간절한 기도가 절로 나왔습니다. 어느 거리는 아예 교회 길이라고 할 만큼 두 집 건너 한국 교회가 늘어서 있습니다. 3천여 개의 한인 교회, 2천 명이 넘는 목사님들이 목회를 못 하고 있어 어느 교회는 평신도보다 목사님이 많을 정도입니다. 나는 이 현상에 대해 처음에는 걱정을 많이 했으나 한국인의 신앙심에 대해 긍정적으로 생각하기로 했습니다. 로스앤젤레스 지역에는 술집과 교회가 정비례하여 생긴다고 합니다. 아무리 교회가 사회로부터 비판을 당해도 기도하는 무리가 있는 우리나라가 잘될 수밖에 없을 거라는 희망을 가지게 되었습니다. 마침 아는 목사님이 오셔서 부흥회를 하는 교회에도 참석하여, 여행 중에 소홀해지기 쉬운 영적 공급을 충분히 받았습니다.

남편과 나는 여행에 대한 생각이 다른 편입니다. 남편은 젊었을 때부터 어떻게 하면 돈을 들이지 않고 할 수 있는 방법이 있을까, 하고 많은 연구를 했습니다. 여기에 와서도 최저의 생계를 유지하는 방도를 찾아다닙니다. 버스를 타고 다니고 심지어 노인들에게 제공하는 공짜 밥까지 얻어먹으며 온갖 혜택을 누렸습니다. 그 시간에 친구와 나는 시원한 바닷가에 나가 우아한 카페에서 남편의 어느 구석에 거지 근성이 있나 보다고 깔깔댔습니다. 어느 곳에서 무엇을 하며 살든지 자기 하기 나름이라는 생각을 여러 사람의 모습을 보며 느꼈습니다. 미성년자가 아닌 한 모든 게 자기 탓입니다. 환경 탓, 나라 탓 할 것 없이 모든 게 내 탓입니다. 나는 이번 기회에 완벽한 방향치라는 것을 다시 재확인했습니다. 그 문제로 남편에게 구박을 많이 받았는데, 티격태격하면서도 종횡으로 하이웨이를 누비며 잘 다녔습니다. 집 떠난 지 오래되니 'East or west, home is best'라는 말이 절로 나옵니다.

책 주름 속에서 길을 잃으며

편지 7 • 2008년 9월

지난달에는 여행 이야기로 지면이 차서 책 소개를 못 했지만 책 읽는 것을 쉰 적은 없습니다. 공항에서 비행기를 기다리며, 비행 중이나 시차 조절이 안 되는 시간에 손에 든 책이 없다면 참 이 세상을 어찌 살까 싶을 정도로 중독이 되었습니다. 이 책 저 책, 책갈피 속에 빠지다 보면 내가 있는 곳이 중세인지, 조선 시대인지 모르게 길을 잃고 헤매기도 했습니다. 책을 든 채 잠이 들면 계속해서 줄거리를 만들며 어디론가 따라가기도 했습니다. 이 행복한 취함 속에서 책을 사랑하지만 눈병으로 인해 읽지 못하는 친구 몇 명을 생각하며 애틋함을 금할 수 없었습니다.

한평생을 번역에 종사해 온 김석희 씨가 두 번째로 번역에 관한 이야기를 펴냈습니다. 〈번역가의 서재〉에는 아흔아홉

편의 작품 이야기가 들어 있습니다. 나는 예로부터 책을 선택하는 기준을 번역서인 경우 역자를 보고 택했는데 거의 실망한 일이 없습니다. 학생 시절 나는 장왕록 교수(장영희 교수의 부친)가 번역한 책을 의심 없이 읽었는데 그만큼 역자를 신뢰했기 때문입니다. "번역은 조강지처 같고 소설은 애인 같다"라고 말하는 김석희 씨 역시 문학에 깊은 애정을 가졌기에 번역할 책을 함부로 고르지 않습니다. 내가 미처 읽지 못한 책은 구하려 해도 이미 절판이 되었으니, 아쉬운 대로 이 책 속에서 단편적으로 느낄 수밖에 없습니다. 한편 좋은 책은 언제고 다시 살아난다는 희망을 가져 봅니다.

작년 미국에서 베스트셀러가 된 〈마지막 강의〉의 한국어판이 나왔는데 동영상 DVD까지 끼어 있어 그 감동을 생생히 느낄 수 있었습니다. 카네기멜론 대학의 컴퓨터 공학교수인 랜디 포시는 췌장암이 간으로까지 전이되어 6개월 정도밖에 살 수 없다는 진단을 받았습니다. 주어진 시간을 어떻게 활용할까 생각하다가 어린 세 아이들을 위해 '마지막 강의'를 준비합니다. 자기가 어렸을 때 꿈꾸던 것을 어떻게 이루었는지를 알려 주는데, 시한부 인생의 정리를 이렇게 진지하고도 아름답게 할 수 있다는 게 놀랍습니다. "우리는 존엄하게 죽을 권리가 있다"라고 주장하는 최철주 씨의 〈해피…엔딩, 우리는 존엄하게 죽을 권리가 있다〉도 같은 맥락의 책입니다. 아직도 '존엄사'와 '안락사'를 구별하지 못하는 우리의 현실을 안타까워합니다. 삶과 죽음이 둘이 아니라 하나인 것을, 웰빙은 곧 웰다잉인 것을 일깨웁니다. 삶과 죽음을 별개로 여기고 준비 없는 삶을 살고 있는 우리들에게 새로운 깨달음을 줍니다.

우리 외할머니는 자기 죽음을 알고 기본 식사 외에 일체의 특별 음식이나 약을 거부하셨습니다. 기본 음식마저 들지 않으면 그것은 자살이니까 죄가 된다고 하셨습니다. 나도 할머니처럼 그렇게 세상을 뜬다면 좋겠다고 이야기하면 대부분 안락사라고 규정을 짓는데 어이가 없습니다. 이 책을 읽으면서 나는 그 옛날 몽테뉴가 한 말, "출생할 때 조산원이 필요한 것처럼 죽을 때도 조사원이 필요하다"라는 것을 다시 생각했습니다. 치료가 목적이 아닌 웰다잉을 위한 호스피스 병원이 더 많이 생기기를 원합니다. 다만 돈벌이가 되지 않는 그런 시설을 하려고 들지 않는 것이 문제이긴 합니다만.

인간이란 얼마나 오묘하면서 독특한 존재인지요. 인간 존재의 수수께끼를 푸는 심리학 탐험 열여섯 가지 사례를 모아 놓은 조프 롤스의 〈유모차를 사랑한 남자〉란 책이 있습니다. 모든 것을 기억해서 괴로워하는 남자가 있는가 하면, 기억력을 잃어버려 과거도 모르고 미래도 모르고 현재만 사는 사람도 나옵니다. 생후 열 달에 시력을 잃어 평생 시각장애인으로 살던 사람이 수술을 받아 눈을 뜨게 되었는데, 막상 그는 기뻐하지 않고 우울증에 걸렸답니다. 자신이 본 것들에 환멸을 느껴 차라리 못 보던 시절이 좋았답니다. 한 인격 안에 서로 다른 인격을 서너 개씩 가진 다중인격장애는 소설과 영화에서 환영받는 소재입니다.

왕비를 알면 조선의 역사가 보인다고 합니다. 윤정란이 쓴 〈조선왕비 오백년사〉를 읽으면 조선 오백 년이 한숨에 정리됩니다. 조선의 왕은 모두 스물일곱이고 왕비는 그보다 숫자가 많습니다. 소외되어 기록에서 찾을 수 없는 왕비들을 빼고 스물여덟만을 다루었는데, 그 파란만장한 삶 속에 우리 역사의 진면목을 볼 수 있습니다. 조선의 사대부들은 여성을 인정했던 고려의 풍습이 그대로 이어지는 것을 반대했습니다. 여성을 제압하려면 왕비부터 그래야겠기에 '유교'를 들이대며 숨도 못 쉬게 했습니다. 왕보다 훨씬 지혜로웠건만 모사에 밀려 눈앞에서 친정이 멸족당하는 비운을 겪은 왕비, 많은 후궁 속에서 모멸을 삼키며 품위를 잃지 않으려 애썼던 왕비, 수렴청정의 최고 권력을 행사했건만 결코 행복하지 않았던 왕비들에게 연민을 지울 수 없습니다.

그중에 반짝하고 눈에 들어오는 에피소드가 있더군요. 워낙 출중해서 간택에서 빠질 수 없었던 박씨라는 여성이 궁으로 들어오자 모두들 그 자태에 압도당해 으레 왕비가 될 거라고 생각했습니다. 그런데 밥을 어찌나 지저분하게 먹던지 시험관인 상궁들이 고개를 저어 불합격되었답니다. 왕비가 되기 싫어 일부러 한 짓이라니 이런 똑똑한 여자는 자기 삶을 충분히 잘 요리해 나갔을 것입니다.

방송작가로 시간에 쫓기며 16년간이나 원고지를 메꾸는 일이 삶이고 힘이고 돈이며 명예라고 생각하던 여성이, 마흔이 다가오는 어느 날 참으로 지치고 망가진 자신을 돌아보며 작은 정원에 앉아 풀을 만지다가 문득 깨달은 게 있어 어린 두 딸을 앞세워 영국으로 유학을 갔습니다. 정원사로 일하며 말할 수 없는 행복을 느끼는 오경아의 〈꿈꾸는 정원사의 사계 소박한 정원〉을 소개합니다. 책 제목처럼 화려한 사진도 그림도 없이 소박한 책이지만 그 진솔한 느낌이 소리 없이 다가오는 깨끗한 글입니다. 유학 3년 동안 정원사도 되었고 가든 디자이너도 해 보며 아직까지 공부하는 이 여성의 용기가 참 부럽습니다. 우리는 정말 무슨 일을 하면서 살 때 평화와 행복을 느끼는 걸까요. 보통 유약하고 세상 풍파를 알지 못하는 사람을 표현할 때 온실 속에서 자랐다고 하는데, 어린 시절을 온실에서 스트레스를 줄이면서 자란 식물은 의외로 야생의 상태에서 잘 적응해 간다고 합니다. 처음에는 당황스러워하지만 곧 환경에도 빠르게 적응하고 병충해를 이겨 낼 힘도 갖게 된답니다. 비록 인간의 보호 속에서 자랐지만 건강하게 자라면서 자신을 지킬 만큼 충분히 튼튼해졌기 때문이라는데, 사람에게도 적용이 된다고 봅니다.

한 달간 여행을 하고 돌아오는 날 터미널에 마중 나온 수빈이가 나를 보자마자 대뜸 하는 소리가 "할머니, 이 가방 속에 내 선물이 뭐가 들어 있어요?" 하는 것이었습니다. 그 소리를 들으며 내가 꼭 하나님께 하는 태도가 떠올랐습니다. 나는 얼마나 하나님께 선물을 달라고 졸랐는가, 마치 주문명세서처럼 긴 기도가 잘하는 것인 줄 알았고, 응답을 받았다고 자랑을 한 적은 얼마나 많았던가. 나를 보자마자 달려와서 품에 안기며 할머니를 외치는 손주 모습을 기대한 것처럼 하나님도 내가 그러기를 얼마나 기다리셨을까, 외롭고 쓸쓸해하는 하나님을 생각하며 깊은 회개를 하지 않을 수 없었습니다. 선물이 아닌 하나님 한 분만을 사모하는 열정을 이야기하는 토미 테니의 〈하나님, 당신을 갈망합니다〉를 정말 실감나게 읽었습니다.

따뜻한 식탁

편지 8 • 2008년 10월

일산에 있는 교회로 가려면 삼사십 분에서 한 시간 정도 걸립니다. 전속 기사인 내가 운전하면 남편은 의자를 길게 눕히고 움직이는 침대에서 잠을 잘도 잡니다. 우리는 보통 예배를 두 번 드리는데 그 사이에 있을 공간이 없어 주로 차 속에서 지냅니다. 옛날부터 나는 차를 '달리는 응접실'이라 생각하는데 그러자니 차 속이 좀 효율적이면 좋겠습니다. 가령 운전석 옆자리는 나 혼자 사용할 수 있는 공간을 만들어 봅니다. 비행기 좌석처럼 테이블을 펼 수 있고 수납공간도 있어 책과 종이를 넣어둔다든가 하면 글을 쓸 수도 있지 않을까요. 음악보다 책을 더 좋아하므로 어떤 날은 차 속에서만 한 권의 책을 읽는 때도 있습니다. 나는 아이디어는 많지만 재주가 없어 이런 얘기를 다른 사람들과 나눕니다. 그러면 대뜸 '법에 걸린다'는 반응을 하니 의욕이 꺾입니다. 나는 '발명품 전시회'를 즐겨 가는데, 거기 가면 기발한 아이디어 작품이 나와 상품으로 만들어 줄 손길을 기다립니다. 임자를 못 만나면 그냥 사장되고 마는 게 안타깝기 그지없습니다. 그래서 발명가들이 가난하기 짝이 없지요. 옛날 거기서 '핫패드'를 사서 어머니에게 드렸더니 매우 좋아하셨습니다. 어머니 친구분들이 모두 사달라고 하셨지만 그것이 상품으로 나오기까지는 실로 오륙 년은 걸렸어요. 명 짧은 어머니 친구분은 쓰지도 못했어요.

발명품 얘기를 하니 이런 사연이 생각납니다. 남편과 데이트를 하던 시절 버스를 타면 으레 행상이 올라옵니다. 행상의 시끄러운 소리를 외면하는 나와 달리 남편은 손들고 꼭 그 물건을 사며 질문까지 하는데 그의 지론은 이런 영세한 사람들을 살려 줘야 된다는 것이지요. 어떤 날, 머리빗 장사가 올라와 '할머니 빗, 어머니 빗, 큰언니 빗, 작은언니 빗……' 하면서 빗 열 개를 천원에 파는데 또 그걸 사서 내게 선물로 주더군요. 집에 와서 빗으려니 우수수 빗살이 떨어져 할머니 빗부터 막내딸 빗까지 모조리 다 부러져 쓸 수 없는 것을 남편에게 갖다 도로 주었어요. 자기도 무안한지 실패는 성공으로 가는 길이라고 얼버무리지만 그 버릇은 여전합니다. 우리 아이들은 길에 다니면서 저런 걸 누가 사나, 하고 집에 오면 아버지가 사들고 온답니다. 그래서 우리 집은 발명가들의 잡동사니 창고입니다. 흉보며 닮는다고 나도 지하철을 타면 행상들의 물건을 유심히 보게 되고 YWCA 바자 때 팔 수 있지 않을까 사게 되는데 이러자니 좋은 물건을 싸게 사는 기술이 늘었습니다. 내 옷, 물건 등을 다 싸게 샀는데도 사람들은 비싼 줄 압니다.

YWCA에서 하는 기독교 성지 프로그램으로 강화도를 다녀왔습니다. 가는 버스 안에서 목사님이 해설을 해 주셨습니다. 성공회의 강화읍 성당은 영국의 대폭적인 지원을 받아 108년 전 강화에 제일 먼저 세워진 목조 건물인데, 세상을 구원하는 방주의 역할을 하는 의미로 배 모양입니다. 서양식으로 언덕 위에 우뚝 자리 잡은 이곳은, 외부는 전형적인 한옥이지만 내부는 바실리카 양식의 회랑이 있으며 태극 문양이 도처에 있어 사찰 같은 느낌도 줍니다. 마당에는 석가모니가 득도했다는 보리수나무가 있는가 하면 선비나무라 불리는 회화나무가 오랜 세월을 견디며 살아 있습니다. 성공회는 당시의 상황을 적절히 수용하여 거부감 없는 토착화를 시도했고 일본군과 담판을 해 왜병으로부터 주민들을 보호했습니다. 반면 본격적인 의병 활동으로 민족주의 단체라고 찍혔던 감리교는 많은 희생을 치러야 했습니다. 오늘날 강화도가 감리교의 밭이 된 데는 그런 순교의 피가 거름이 된 것이라고 생각합니다. 최초의 감리교 어머니 교회인 교산교회는 민통선 안에 있는데 경주 김씨의 집성촌으로 완강한 양반의 반대를 이기고 들어간 대단한 역사를 안고 있습니다. 교산리 출신으로 제물포에서 술장사를 하던 이승환은, 존스 선교사로부터 복음을 받았으나 '어머니보다 먼저 세례를 받을 수 없다' 하여 선교사를 강화 어구로 모셔와 배 안에서 모자가 함께 선상세례를 받았습니다. 존스 선교사는 한복을 입고 김 초시 양반 앞에 나아가 큰 절을 올리고 함께 진리를 토론합니다. 드디어 양반 김상임은 복음을 받아들여 온 마을이 예수를 믿게 됩니다. 양반과 천민이 사는 경계선에 교회가 세워지고 서로 화목하는 대역사가 일어난 것입니다. 교산교회를 시작으로 감리교는 전 강화와 서해안으로 뻗어 나갔던 것입니다. 백 년 된 최초의 돌집 교회 옆에 신축한 교회가 나란히 서 있는 교산교회를 들어가니 그 후예들의 신앙생활이 느껴져 가슴이 뭉클해졌습니다.

다시 책 구입비가 많아졌습니다. 출판계가 어렵다 해도 책은 끊임없이 쏟아져 나오니, 별별 일이 많은 세상사를 책이라는 창문을 통해 내다보는 일을 그만둘 수가 없습니다. 클립 한 개를 시작으로 열네 번의 물물교환을 통해 마침내 집 한 채를 장만했다는 카일 맥도널드라는 사람의 실화인 〈빨간 클립 한 개〉는 인터넷 세상이기에 가능한 얘기입니다. 요즘 항간의 화제인 신경숙의 〈엄마를 부탁해〉는 세상의 불효자들을 다 울리는 글인데 후회도 안 하는 나 같은 불효자는 좀 불편합니다.

이승우의 글은 항상 무겁고 깊은 원죄를 외면할 수 없게끔 파고드는데 이번에 나온 〈오래된 일기〉 역시 신학을 공부한 작가다운 면모가 보입니다. 조선일보에 연재했던 우리나라 사람들의 애송시 백 편을 모아낸 두 권의 시집 〈어느 가슴엔들 시가 꽃피지 않으랴 1, 2〉도 집에 둘 만하고 선물용으로도 좋습니다. 연말이고 기분도 울적하면 잰 캐론의 〈미트포드 이야기 1, 2〉를 읽어 보세요. '아, 참 이렇게 사는 사람들도 있구나' 하고 마음이 따뜻해지며 입에 웃음을 머금게 합니다. 조선을 한없이 사랑했던 〈언더우드 부인의 조선 견문록〉도 괜찮습니다.

두 딸을 둔 사십대 초반의 행복한 가정이 있었습니다. 부부가 각기 직장생활에 충실해 계속 승진하고 아내는 자기 계발을 위해 마흔에 대학원에 들어가 석사학위까지 받았습니다. 아내를 끔찍이 사랑하는 남편은 딸들에게도 이상형의 남자로 존경을 받는, 거의 완벽한 사람이었습니다. 건강하고 착실하여 장래 계획을 차근차근 쌓아가던 이 남편이 하루아침 헬스클럽에서 쓰러져 유명을 달리했습니다. 그 아내의 지도교수였던 남편은 어이가 없어 할 말을 못하고 절절 맸습니다. 문상을 다녀와서도 언짢아하는 남편을 보다가 내가 그 아내에게 위로 편지를 보냈습니다. 우리같이 살 만큼 산 사람은 이런 경우 차마 얼굴을 들 수가 없이 미안해집니다. 편지를 읽으며 한없이 울었다는 사연에 또 마음이 아파 이 계절에 얼마나 외로울까, 그 가족을 초대했습니다. 워낙 건강한 사람이 운동도 잘하고 양쪽 부모님들이 다 장수하셔서 죽음이란 걸 전혀 예감하지 못했다는 젊은 아내는, 그러나 너무나 완벽하게 행복해서 그것이 약간 불안하기는 했다고 합니다. 둘 다 직장이 있기에 주말에 함께 보내는 시간이 달콤해서 종교적인 생활은 뒤로 미루었다고 합니다. 아직도 넋을 놓고 있는 젊은 엄마에 비해 열다섯 살, 아홉 살의 두 딸은 씩씩해 엄마에게 든든한 기둥이 될 것입니다. 변호사가 되고 싶다는 큰딸, 그림을 잘 그리는 작은딸에게 1년 동안 구체적인 계획을 세워 실천하고 내년 이맘때 또 만나자는 약속을 했지요. 빨간 식탁보 위에 빨간 초를 켜 놓고 예쁜 접시 위에 음식을 담아 먹으며 화기애애한 시간을 가졌습니다. 이 가족이 부디 상처를 딛고 건강하게 잘 살아가기를 바라는 기도가 올해 내가 드리는 크리스마스 예물입니다.

아! 모닝커피

편지 9 • 2008년 11월

고종 황제가 커피를 즐겨 마시게 된 것은 미국 의료선교사 알렌이 소개한 데서 비롯된 듯한데, 그런데 이 커피로 인해 고종 황제가 큰일을 당할 뻔한 사건이 있었습니다. 1899년 아라사(러시아) 공사관의 통역관인 김홍륙이란 자가 고종의 총애를 받는 것을 기화로 러시아와의 통상에 거액의 뇌물을 착복했습니다. 그 사실이 드러나 흑산도로 유배를 가게 되자 앙심을 품고 고종의 생신날 황제와 황태자가 마시는 커피에 독을 타서 시해하려고 했습니다. 고종은 냄새가 이상해서 마시지 않았지만 황태자는 마시다가 토해 쓰러져 난리가 났지요. 김홍륙 일당은 사형됐지만 이런 엄청난 일이 우리나라 커피사에 남아 있습니다.

다방 문화가 한창 꽃을 피운 1960~1970년대를 추억하노라면 입가에 엷은 미소를 짓게 됩니다. 고등학교를 졸업하고 성인식을 치르는 것처럼 설레는 마음으로 처음 들어간 다방, 키 큰 화분들, 금붕어와 물레방아의 어항, 담배 연기와 함께 레이 찰스의 노래가 고막을 때리는데, 부풀린 머리를 올린 삼승 하이힐의 레지들이 어서 오라고 반기는, 빵집과는 전혀 격이 다른 그곳을 좋아하지 않을 수 없었습니다. 우리는 거의 하루 한 번은 다방에 가서 미팅도 하고 책도 읽고 개똥철학을 논하며 설탕과 프림을 잔뜩 넣은 커피를 맛있다고 마셔 댔지요. 다방이 많다 보니 각기 특색이 있어 고전 음악만 틀어 주는 곳, 문인들이 많이 드나드는 곳, 젊은이들의 놀이터인 대형 광장이 있는가 하면, 자칭 사장들의 실업자 사무실 노릇도 했지요.

데이트 장소로 다방을 빼놓을 수 없는 것이 그 당시엔 영화관과 다방 외에 갈 곳이 마땅치 않아서였기 때문입니다. 어떤 연인들은 하루 종일 다방 순례만 해 커피로 배를 채우고 잠이 안 와 날밤을 새기도 했답니다. 어느 다방에서 선을 보면 성사가 된다더라, 깨진다더라, 소문도 돌았는데 선보는 손님들의 그 어색함이 그토록 재미있어 눈길을 뗄 수 없는 좋은 구경거리가 되곤 했습니다. 다방 탁자 위엔 으레 팔각형의 대형 성냥통이 있었는데 안 오는 애인을 기다리며 성냥으로 탑을 쌓아가는 고독남이 있는가 하면 성냥을 모조리 동강 내는 이상성격자도 있어 레지들의 타박을 받곤 했습니다. 커피는 도시에서만 마셨던가요. 국회의원 선거철이 돌아오면 시골 마당에도 커피가 등장했는데 이들의 커피 마시는 풍습이란 커다란 양푼에 커피, 설탕, 프림을 마구 쏟아 붓고 휘휘 저어 대접으로 권하는 게 막걸리와 사촌인 듯 인심 한번 후했답니다. 그래서 온 나라 백성들이 커피를 마시고 마셔 댔습니다.

커피 한 잔으로 다방에서 몇 시간을 버틸 수가 있으니 백수들은 차라리 점심을 굶을망정 커피를 포기할 수 없었지요. 한때 아침 손님을 끌기 위한 작전으로 아침 시간에 모닝커피란 것을 내놓았는데 커피에다 생계란 노른자를 띄워 주는 것으로, 요즘 젊은이들은 웩! 하겠지만 어려운 시절 영양 보충의 서비스여서 그런대로 인기가 있었습니다. 어느 교수님은 이 계란 서비스를 질색해서 이렇게 주문하셨어요. '나는 모닝은 빼고 그냥 커피만 줘.'

10월 3일부터 11월 9일까지 왈츠와 닥터만 커피박물관에서는 그때를 회고하는 '다방전'을 열었습니다. 우리나라 최초의 커피하우스는 인천에 세워진 대불호텔이라고 하며 한국전쟁 직후 전주시에 등장한 '삼양다방'이 아직까지 영업 중이라고 합니다. 그 당시 다방 탁자 위에 있던 성냥갑이나 컵, 의자 등이 보이는데 가장 귀한 전시품은 고종이 사용하시던 티스푼입니다. 오얏 꽃무늬가 새겨진 은제 티스푼이 진열장 안에서 은

은한 빛을 발하고 있습니다. 주말에는 옛날 다방마담이 직접 와서 '모닝커피'를 대접했는데 나도 한복을 입고 일일 다방마담 노릇을 해 보았습니다. 젊었을 적 다방을 해 보고 싶었는데 하루 연극처럼 해 보니 원을 풀었다고 해야 하나요. 젊은 세대들은 옛날 다방 이야기에 무척 재미있어 하더군요.

❧

은퇴한 남편과 함께 신문에 소개된 곳을 찾아다니는 게 취미가 되었습니다. 정보가 다 좋은 것은 아니지만 참고는 할 수 있었지요. 특히 외환 사정으로 당분간 해외여행은 쳐다보지도 말아야겠습니다. 가평에 '쁘띠프랑스'라는 어린 왕자 주제의 마을이 생겼다 해서 가 보니 집은 아기자기 예뻤는데 내용은 좀 빈약하더군요. 주중에도 학생들의 단체 관람이 줄을 이으니 주말에는 오죽 붐빌까 싶어 얼른 빠져나왔습니다.

점심을 먹으러 '귀곡산장'이란 데를 갔는데, 꼬불꼬불한 비포장도로가 한참이기에 '돌아갈 歸, 골짜기 谷'인가 보다 했어요. 아, 그런데 귀신이 떡! 하니 머리 풀고 입구에 버티고 서 있지 않겠어요. 말 그대로 귀신이 곡할 산장이더라고요. 귀신 옷도 빌려 주며 돈을 받아요. 그런데 차밥만은 맛이 있어요. 두 번 올 곳은 못 되네, '행복한 정원'이란 간판은 '으스스한 정원'으로 바꾸시오, 하며 좁은 길을 간신히 빠져나왔지요. 당신이 몰랐던, 서울의 가 볼 만한 곳 백 군데를 소개한 책 〈서울, 이런 곳 와보셨나요? 100〉을 들춰 보니 서울을 샅샅이 소개했더군요. 서울 시내는 반나절만 잡아도 볼 수 있으니 산보 삼아 여기저기 구경하세요. 친구를 만나도 음식점이나 카페에서 시간을 보낼 게 아니라 고궁이나 근린공원을 걸어 보면 일석이조의 효과를 보게 됩니다.

❧

이번에 헌금에 관한 특별한 경험을 또 했답니다. 잘난 척하는 것 같아 밝히기가 좀 뭣합니다만 헌금이니까 얘기를 해야겠습니다. 금년 남편 은퇴식 때 교회에 장학금으로 5백만원을 바쳤는데 속으로는 2천만원을 해놓고 싶었습니다. 퇴직금이나 뭐 돈이 생기는 대로 부지런히 냈는데도 천2백만원까지 하고 나머지 8백만원이 남아 마음이 무거웠습니다. 성격상 깔끔하게 마무리하고 싶은 초조한 마음에 기도를 했건만 전후좌우 돌아보아도 돈 생길 데가 없었습니다. 할 수 없이 교회를 떠난 후에 보내드리겠다고 목사님께 말씀드렸고 이 약속이 지켜지기를 기도했습니다. 그런데 기도 중에 불현듯 '주택청약예금' 통장이 생각나는 것입니다. 천만원짜리 아 그게 있었지, 무릎을 치며 대뜸 남편에게 얘기하니 안 된다는 것입니다. 내 돈이 아니니까 강제로 하자고 할 수도 없고……. 우리 나이에 언제 또 집을 사겠느냐고 간간 얘기하며 눈치를 보는데, 드디어 남편이 통장을 깨 내 생일 선물로 8백만원을 만들어 주었습니니다. 내 생애 최고의 생일선물을 받고 감격했습니다. 아, 하나님은 진정한 마음으로 헌금을 사모하면 이렇게 이루어주시는구나. 나 자신을 위해서는 돈 천만원을 못 모으지만, 헌금을 작정하고 못 낸 일은 내 생애에 아직까지 한번도 없었습니다. 이렇게 마무리를 하고 싱글벙글 웃는 얼굴로 목양교회를 떠났습니다, 랄랄라.

이렇게 살 순 없을까

편지 10 • 2008년 12월

평생을 다닌 직장을 은퇴하고 연금으로 편안하게 살 수 있는데도 일하던 습관이 가만 놔두질 않아 병원으로 자원봉사를 다니는 여고 동창 친구가 미국에 살고 있습니다. 일주일에 두 번 그녀가 가는 곳은 종합병원인데 거기 입원한 한국인들의 부족한 영어를 통역해 주고, 병상기도를 해 주며, 한국 음식이 먹고 싶다면 자기 돈으로 사다 주기도 합니다. 이민 와서 고생해 몸이 망가질 대로 망가져 무료 병원으로 오게 된 이 한국인들의 사연에 어찌 웃음이 있을 수 있겠습니까. 이 친구는 나를 만날 때마다 그들을 웃게 할 유머를 해 달라고 조릅니다. 우리가 안식년 갔을 때 만난 이 친구와 나는 꽤 많은 시간을 함께 보냈습니다. 그러다 내가 귀국할 즈음 그 친구는 뜻밖의 말을 했습니다.

"학교 다닐 때 피아노를 그렇게 치고 싶었는데 돈이 없어서 못 배웠어. 우리 아이들에게는 꼭 시키려고 피아노를 사 줬는데 안 하더라. 나는 피아노보다 첼로를 하고 싶어. 이 나이지만 한번 해 봐야겠어. 정말 하고 싶어.”

하고 싶다는데 누가 말리랴. 잘해 보라며 내가 떠난 때가 2004년이었지요. 그런데 이번 여름에 다시 만났더니 아, 그 마을 오케스트라 단원이 돼 있지 않겠습니까. 어찌나 놀랍고 대견한지……. 돈은 못 받는다지만 첼로를 안고 다니느라 차도 큰 것으로 바꾸고 연습에 매달리는 모습이 그리도 보기 좋았습니다.

한편 이런 사람들도 있습니다. 어떻게 하면 영어를 잘할 수 있을까 물어 온 친구에게 그 당시 영어를 가르치던 몸인지라 아주 상세하게 안내를 했는데 5년 후에 만났더니 똑같은 질문을 하더군요. 좀 못마땅했지만 성의 있게 답변했는데 다시 5년 후에 식당에서 만났더니 시작도 안 한 주제에 똑같은 질문을 해 대는 것입니다. 내가 그만 폭발을 했지요.

“야, 10년 공부를 했으면 지금 영어를 가지고 훨훨 날겠다. 너는 왜 나만 보면 그 말을 하니? 놀리는 거냐 뭐냐?”

주위에서 놀라 쳐다보는 바람에 그 친구는 무안해서, 나는 화가 나서 둘이 다 얼굴이 벌게진 일이 있습니다. 피아노를 배워 찬송가를 치고 싶다는 친구에게 피아노 선생까지 소개했는데 그것도 10여 년 전 일이고 그 친구는 아직까지 벼르기만 합니다. 왜 사람들은 하고 싶은 일을 뒤로 미루는 것일까요. 죽을 때 '내 인생은 뭔가, 뭔가' 할 사람들입니다.

43년간 같은 중학교에서 가르치던 선생님은 은퇴하고도 바로 학교 앞 하숙집에 기거하며 항상 학교를 바라보고 삽니다. 차를 마실 때도 자습시간에 맞춰 마신다든가 마지막 종소리를 듣고 잠자리에 든다든가 하는 식입니다. 기억력이 비상해 학생들의 모습을 그대로 간직하고 있어 출세한 졸업생이 그 학교를 다시 찾는 경우 학생 때의 실수를 어김없이 들려주어 폭소 분위기를 만들기도 합니다. 장난꾸러기를 야단칠 때도 "내가 네 아버지, 할아버지, 증조할아버지까지 다 가르쳤는데 다 바보였지만 네 놈이 그중에서 제일 멍텅구리구나" 하는 식의 익살을 떠는데 학생 어느 누구도 삐치지 않습니다. 전쟁의 소용돌이 속에 폭탄이 떨어지는데도 방공호 속에서 라틴어를 가르치던 선생님, 사랑하는 아내를 일찍 보내고 홀아비로 살아 결혼 사실을 모르는 사람들은 가족 없는 그를 동정했지만 수많은 제자들을 자기 친자식처럼 생각하고 행복하게 눈을 감는 선생님, 제임스 힐튼의 〈굿바이 미스터 칩스〉 이야깁니다.

요즘 세상이 하도 각박해서 따뜻한 얘기가 그리워집니다. 그럴 땐 고전을 다시 꺼내 봅니다. 제임스 힐튼은 〈잃어버린

지평선〉에서 이상향을 '샹그리라'로 불렀는데, 전후 사람들에게 희망을 불어넣고자 프랭클린 루스벨트 대통령이 별장 이름을 샹그리라로 붙이기도 했지요. 고전이란 가끔 책꽂이에서 이런 손짓을 보내기에 두고두고 읽힙니다.

나는 좋은 것을 보면 알리고 싶어 안달을 하니 '타고난 전도사'라는 말을 듣습니다. 아프리카문화원도 세 번이나 안내했고, 좋은 영화를 보면 혼자 보기 아까워 극장에서 끝난 후 DVD를 사느라 돈을 쓰고 또 그것을 보여 주는 영화클럽 '아르떼'을 만들어 오라오라 합니다.

지난번 〈초원의 빛〉을 보여 주니 할머니들의 눈매가 촉촉해지며 저마다 젊은 시절을 추억했습니다. 좋은 책, 좋은 영화는 다시 봐도 좋습니다. 나탈리 우드가 입은 옷은 어찌나 예쁘던지 지금도 손색이 없습니다. 대공황기를 배경으로 한 영화라, 주식이 폭락해 사람들이 빌딩에서 우수수 떨어진 일도 지금과 유사합니다.

11월 30일 드디어 일산소망교회에서 남편의 장로 임직식이 있었습니다. 우리는 늦게 날아 들어가 졸지에 장로가 된지라 조심스러운데 많은 분들이 오셔서 장내를 빛내 주셨습니다. 평소 오라는 데 잘 가던 사람인지라 자기 발걸음만큼 다양한 모임의 회원들이 오셔서 따뜻한 축하와 격려를 해 주셨습니다. 여러 장로님들의 손이 그의 머리에 안수할 때 무거운 책임감을 실감했다고 합니다. 이 마음 변하지 않도록 계속 기도를 부탁드립니다.

❧

방송국에서 불러 주셔서 6개월 쉰 후 다시 방송을 시작했습니다. KBS 제3라디오 '출발! 멋진 인생, 이지연입니다' 프로그램에서 평소 읽는 책을 부담 없이 소개합니다. 금요일 오후 2시 격주로 나가는데 '브라보 마이 라이프' 코너입니다. 올해는 시간이나 만나는 사람 모두를 소중히 여기며 살아왔어요. 내 편지를 받으시는 애독자 여러분께 따뜻한 차 한 잔을 올립니다.

2 장

상상 카페

〈편지 11〉~〈편지 22〉

초목회

편지 11 • 2009년 1월

기어이 '걷기 클럽'을 만들었습니다. 다섯이란 숫자를 좋아하기에 다섯 명을 모아 발대식을 하며 클럽 이름을 '초목회'라고 지었습니다. 이름이란 것이 정말 중요해 잘 지어야겠다는 생각을 하는데 그것은 '날라리' 모임이 이름처럼 책임감 없이 흩어져버렸기 때문입니다. 빨리빨리에서 벗어나 여유 있게 천천히 걸으며 자연도 즐기고 눈, 코, 귀에 다 좋은 그런 모임이 되기를 바라는 마음에서 목요일을 지정하며 모두가 다 좋아하는 이름으로 정했습니다. 평소에 가고 싶었지만 혼자서 엄두를 못 내던 곳을 지하철이나 대중교통을 이용해 함께 걸어 다닐 생각을 하니 시작부터 기대가 됩니다. 영하의 추운 날씨지만 첫 모임이라 코끝에 싸한 바람을 맞으며 서울숲을 걸었지요. 옛날 왕들이 사냥을 나오던 왕의 숲이었는데 아파트에 먹혀들지 않고 대단히 넓은 자리를 그대로 차지하고 있어 얼마나 다행인지요.

오래전 우리 교회 부흥회에 강사로 오신 목사님은 나의 애독자로 책을 낼 때마다 몇 십 권씩 사 주시는 후원회원이기도 합니다. 교회와 교도소 목회를 함께하고 계신데 감동적인 사연을 보내셨기에 소개합니다. 교도소에서 회심하여 생명을 걸고 조폭의 세계를 탈출한 분으로 이분의 인생 자체가 여러 편의 드라마입니다.

교도소에 수감 중인 한 남자가 있었습니다. 3년 형기가 끝나고 나가면 마누라를 죽이겠노라고 씩씩댔답니다. 마누라가 이혼을 원하기에 해 주면서 아파트를 처분하여 30퍼센트는 노모에게 드리고 나머지는 가져가랬더니, 노모에게는 한 푼도 주지 않고 다 가지고 도망을 갔답니다. 그들의 세계에선 배신이란 생명과 같은 것임을 잘 아는 목사님은 달리 위로할 말을 찾지 못해 기도만 해 주고 말았는데, 6개월 후 다시 상담을 온 얼굴이 밝아져 물으니 목사님 설교를 듣고 회개해 마누라를 용서했다며 울더랍니다. 나이도 젊으니 성경 보면서 검정고시를 준비하라 했더니 신앙생활 잘하고 검정고시도 합격하여 모범수로 출소했답니다. 한동안 잘 지내다가 사라져 목사님을 근심하게 했는데 어느 날 나타나 또 울더랍니다. 전처가 재혼을 했는데, 술주정뱅이 남편을 만나 매를 맞고 재산도 다 없했다는 얘기를 듣고 화가 나 달려가 그 남편을 죽도록 패 주었답니다. 그러다가 자기 비상 재산인 집을 팔아 들고 가서 그 남편으로 하여금 각서를 쓰게 했는데 '술을 끊을 것, 아내만을 사랑할 것, 외아들을 대학까지 보낼 것'을 조건으로 가게를 내주고 불이행 시 압수한다고 변호사 공증까지 받았답니다. 비상금까지 주었으니 어떻게 살 거냐는 목사님 물음에 장사를 하겠다며 한여름에 담요를 판다니 어이가 없었지요. 교인들에게 여름 수련회 때 담요 한 장씩 사 가지고 가라고 하여 두 달 동안 천 장을 팔았고 러시아를 오가며 장사를 해 지난달에는 십일조로 5백만원을 냈다니 목사님이 자랑을 안 하실 수 있겠어요. 사연을 읽는 나도 기도가 절로 나와 소개하지 않을 수 없습니다. 한겨울 추위를 녹일 따뜻한 이야기지요. 마포구 연남동에 있는 선민교회 김유정 목사님이고 그 성도는 김기웅 형제랍니다. 여러분도 기도해 주세요.

이번 달에는 이런 책들을 읽었습니다. 구한말 조선의 모습을 선교사가 아닌 기자와 학자의 눈으로 살핀 정성화와 로버트 네프의 〈서양인의 조선살이 1882~1910〉은 정확하고 객관적인 서술에 사진자료도 풍성합니다. 미 대사관이 정동에 자리 잡게 된 사연은 이렇습니다. 임오군란 때 일가족이 몰살당한 민비의 친척 민겸호의 저택은 흉가가 되어 모두 피했는데,

초대 미국 공사는 바로 이 점을 이용합니다. 싼 값에 대저택을 구입하고 동료 외국인들에게 적극 추천하여 정동을 서울 안의 외국인 동네로 만들었습니다. 귀신이 나온다는 저주의 집을 흥미로운 이야기 소재로 삼은 미국 공사는 아름다운 정원을 만들어 구경꾼들을 불러 모았습니다. 거주민들은 자발적으로 도로를 보수하고 냄새나는 하수구를 정비하며 교회와 학교를 세워 살기 좋은 동네로 만듭니다. 서양인이 있는 곳이면 어디든지 몰려들어 구경을 했는데 외국 선원이 식사 후 틀니를 빼내어 닦는 것을 보고 외마디 소리를 지르며 도망가다 다치기도 했답니다.

〈한국 교회 처음 이야기〉, 〈한국 교회 처음 여성들〉, 〈눈물의 섬, 강화이야기〉 등은 모두 이덕주 교수가 사명감을 가지고 쓴 글들로, 교회 도서실에서 빌려 읽었던 책을 사서 다시 읽었는데 역시 감동입니다. 그런데 시리즈로 기획한 이 책들이 너무 안 팔려서 앞으로의 출판에 영향이 있다고 하네요. 선교에 관한 이런 책들을 교인이 안 사면 누가 사겠어요. 사명감을 가지고 쓴 책이니 사명감을 가지고 사시기를 권합니다. 초기 선교사들은 구경 좋아하는 한국 사람들을 위해 자기 사는 집을 개방했는데 남녀노소, 심지어 양반까지 언덕 위에 있는 붉은 벽돌집으로 몰려들어 서양식 집기를 보며 신기해했습니다. 어떤 마을 양반이 '목사, 당신은 천당 갈 필요 없겠소. 여기가 바로 천당 아니오' 하는가 하면 구경을 마치고 나가던 노인이 현관에 걸린 거울 속에 비친 자기를 보고 '자네도 구경 왔나. 어서 들어가 보게나. 그런데 어디서 많이 본 것 같으이' 해서 선교사를 웃겼답니다. 초기에는 믿는다고 해도 세례를 함부로 주지 않고 신앙을 면밀히 점검했습니다. 황해도에서 여러 사람들이 세례 받기를 원했지만 정부의 눈치를 보느라 선교사들이 선뜻 지방으로 갈 수 없었습니다. 이들은 선교사를 기다리다 못해 서울에 있는 언더우드 목사를 찾아왔습니다. 미심쩍어 하는 선교사 앞에 그들은 두루마기를 벗고 돌아섰는데 등에는 하나같이 나무 십자가가 묶여 있었답니다. 그게 뭐냐고 하니 예수님의 말씀, '누구든지 나를 따라오려거든 자기를 부인하고 자기 십자가를 지고 나를 좇을 것이라'는 말씀대로 했다고 합니다. 성경을 문자적으로 해석한 일도 많았으니, 나무 십자가를 몸에 묶고 천릿길을 걸어온 소래 교인들의 소박한 믿음에 신학교를 갓 졸업한 20대 선교사는 감동하지 않을 수 없었답니다. 처음 믿음을 받고 좋은 일이 생기면 본인도 좋고 전도도 쉬웠을 텐데, 믿고 난 후 식구가 연달아 죽는 흉한 일을 겪으면서 쏟아지는 사람들의 비난과 조롱을 어찌 견뎌냈을까요. 잘못된 선택이 아닐까 본인 스스로 일말의 회의가 들었을 법한데, 참 대단한 믿음의 조상들입니다.

이디스 워튼의 〈순수의 시대〉는 영화로도 몇 번 만들어진 고전인데 제목 '순수'에 대해 작가가 의도하는 뜻이 있습니다. 1870년대 뉴욕의 상류 사회는 순수한 상태를 지키기 위해 복잡한 사회적 관습과 규범을 만들어 내어 이질적인 요소가 유입되는 것을 철저히 막습니다. 이미 약혼한 몸인 젊은 변호사는 유럽 귀족 부인의 삶을 청산하고 돌아온 사촌 이혼녀에게 말할 수 없이 끌립니다. 그러나 흠 없이 아름다운 약혼녀와 잘 보장된 미래를 포기하지 못하게 만드는 제도를 벗어나지는 못합니다. 결국 마음에 담아 둔 이를 평생 그리워하며 다른 사람과 사는 것이 현 질서를 유지하는 순수인가, 작가가 한 번 비꼰 것입니다.

부러워라 부러워

편지 12 • 2009년 2월

오바마 취임식에 몰려든 인파를 보면서, 링컨의 성경책 위에 손을 얹고 선서하는 것을 보면서, 반대당인 공화당 위원들에게 일일이 전화를 걸어 국정 수행을 도와달라고 부탁하는 것을 보면서, 아 부러워라 부러워 감탄이 절로 나옵니다. 운동경기 하듯이 힘 다해 뛰지만 일단 승부가 결정되면 승자에게 박수와 축하를 보내는, 그렇게 정치하는 사람들이 참으로 부럽습니다. 정치를 운동경기처럼 하는 사람들이 있는가 하면 운동도 정치처럼 치고받는 사람들이 있는 세상입니다.

이번 서울YWCA 총회에서 30년 자원봉사상을 받았습니다. 미국에서 귀국해 곧바로 서울YWCA 주부영어반 강사로 시작한 것이 30년이 훨씬 넘습니다만, 전적으로 무급 자원봉사인 위원생활을 한 것은 30년입니다. 한 부서에서만 있었는데 이름이 교육부–평생교육부–노인부–노인문화부로 바뀌었지요. 감정의 기복이 심한 내가 한번 정한 소속을 못 바꾼 것은 남편을 못 바꾸는 것과 같다고 하겠습니다그려. 대단한 세월로 보이지만 나 자신은 이 무대 위에서 아주 즐거운 세월을 보냈기에 새삼스레 봉사라는 생각이 들지 않습니다. 여기서 나는 돈으로 살 수 없는 귀한 사람들을 만났고, 내가 생각하는 프로그램을 맘대로 진행할 수 있었고, 혜택을 받은 사람들이 고마워하는 모습을 보며 행복했습니다. 나같이 나이든 사람이 많아 점점 OWCA가 돼 가는데 젊은 사람들이 많이 와서 다시 YWCA가 되기를 바랍니다.

요즈음 '느리게, 천천히'가 유행인데 기축년에 때맞춰 나온 영화 〈워낭소리〉가 대단히 좋습니다. 주인공 소와 할아버지, 할머니가 보여 주는 꾸밈없는 실생활이 이다지도 가슴을 울리네요. 어떤 배우가 이보다 더 실감나는 연기를 할 수 있을까요. 다큐멘터리 영화를 이 정도의 수준으로 만든 감독을 칭찬하지 않을 수 없어요. 부디 소띠들은 꼭 보시기 바랍니다. 취향이 다르면 사랑도 하기 어려운가, 내 취향이 아니라고 무시했는데 슬며시 스며드는 사랑이라는 느낌을 프랑스다운 여운으로 보여 주는 〈타인의 취향〉도 볼 만하고, 일본의 오기가미 나오코 감독의 영화 역시 묘한 뒷맛을 줍니다. 〈카모메 식당〉

을 보면서 이것 봐라 했는데 다른 작품 〈안경〉에서도 관객에게 생각할 여지를 넉넉히 줍니다. 바쁘게만 살던 생활에서 도망쳐 핸드폰도 안 터지는 섬으로 가서 바다를 바라보며 한없이 '젖어 드는' 그런 휴가에 대한 이야기로, 남자 감독과는 다르게 여자를 이상적이 아닌 있는 그대로 보여 줍니다. 개봉 당시보다 입소문을 타고 DVD가 잘 팔린다고 합니다.

레이첼 나오미 레멘의 〈할아버지의 기도〉는 원제가 '할아버지의 축복'인데, 일생 이런 조부모 밑에서 자란 사람들은 대단한 유산을 받은 셈이지요. 신봉승의 〈조선도 몰랐던 조선〉은 제대로 알려지지 않았던 역사의 행간을 파고들어, 제멋대로 내보내는 방송 사극에 대한 우려, 신윤복이 여자로 둔갑하는 세상에 대한 경고입니다. 신앙 따로 생활 따로인 크리스천들에게 실생활에서 참다운 그리스도인으로 살아가도록 권고하는 방선기의 〈그리스도인의 일상다반사〉는 무심한 그리스도인들을 일깨워 줍니다. 양육비가 많이 들어 아예 아이 낳기를 포기하는 사람을, 평생 설거지할 그릇을 계산해 보다가 질려 눈앞에 그릇도 안 씻는 주부에 비유하니 웃음이 나옵니다. 국가의 장래, 하나님 나라를 위해 아이를 낳아 좋은 그리스도인으로 만들라 하니 교회가 이 문제에 적극적으로 개입했으면 합니다. 표어를 "많이 낳자!"라고 한 교회도 사실 있습니다.

❧

초목회는 인기 폭발입니다. 다섯으로 시작해 일곱이 되었고 기웃거리는 사람들이 많습니다. 이달에는 올림픽공원을 걸었는데 한두 번 들르기는 했지만 이렇게 자세하게 걸어 보기는 처음입니다. 각국의 조각작품들이 늘어선 이곳은 세계 5대 조각공원 중의 하나라는데, 한성백제 문화의 꽃을 피운 몽촌토성까지의 산책로는 그림처럼 아름다워 한겨울인데도 운치가 있어요. 넓게 펼쳐진 금잔디밭, 옷을 벗은 겨울나무의 투명한 자태, 깨끗한 산책길을 마음 놓고 걸을 수 있는 이런 환경이 어디 흔한가요. 우리나라 좋은 나라, 콧노래가 절로 나옵니다.

❧

나는 '사람'이 가장 중요하다고 생각하기에 관계를 잘 유지하려고, 내가 먼저 등을 돌리는 일은 하지 않으려고 애를 씁니다. 그러나 선생 노릇을 한 죄로 바른말을 해서 상처 입고 떠나가는 이들을 바라본 적이 꽤 있습니다. 등 돌리는 이들에게 따라가 사과하지 못한 미련이 남아 있지만 그동안의 관계를 생각하면 그렇게 한마디에 돌아설 수 있나 씁쓸하기도 합니다. 가끔 떠나간 이들 생각이 나면 꼭 그렇게 해야만 했을까, 나를 사귀어 손해 본 적이 있나, 함께 누리지 못하는 시간을 아쉬워해 봅니다. 그런 의미에서 지금까지의 세월을 한결같이 옆에서 좋아해 주신 여러분에게 심심한 감사를 드립니다.

여러분들과 맺은 인연으로 나는 부자라는 생각에 외로워해 본 적이 없고 험한 세상을 험하다고 원망하지 않으며 일생을 살아 온 것은 참으로 축복입니다.

애독자 중 이런 사람이 있습니다. 편지가 오면 반가워 차마 뜯지 못하고 오래 간직하다가 다음달 편지가 오면 그제야 전달 편지를 열어 본답니다. 맛있는 음식을 오래 두고두고 아껴 먹는 심정이라는데 이해가 가십니까. 어렸을 때 재미있는 연재만화도 죽어라 참았다 봤다니요. 그래서 이 사람은 편지에 대해 주위 사람들이 얘기할 때 눈을 동그랗게 뜨고 뭔 얘긴가 합니다. 결혼도 그렇게 기대하면서 아직도 미루고 있는 50대 후반의 처녀인데 누가 이 사람을 어떻게 해 줬으면 합니다. 성질이 급한 나는 이메일도 안 열어 보는 사람이 답답한데, 마치 집에 들어갈 때 우체통을 안 열어 보는 것처럼 이상합니다. 수학 잘하는 친구는 내가 수학을 못 해 이해심이 부족하다고 하는군요. 고등 수학으로 올라갈수록 정답이 없는 게 인생과 같다나요. 이메일 외에 내가 우표 편지를 보내드리는 독자가 60여 명이 되기에 한번에 우표를 백 장씩 산다니까, 백 장 사면 깎아 주느냐는 친구도 있어요. 우표가 호떡인가요. 그렇다고 우표 사 달라는 얘기는 아녜요. 어느 분이 몇 백 장 우표를 보내 주셔서 배가 불러 홍얼대며 즐거워하는 요즘입니다.

집으로…… 집에서……

편지 13 • 2009년 3월

언제부턴가 우리나라 사람들은 손님 대접을 바깥에서 합니다. 귀찮다는 이유에서인데 그래서 외식 산업이 발달했는지는 모르겠지만, 나는 이것을 고쳐야 된다고 주장합니다. 집에서 대접을 꺼리는 것은 음식 준비가 번거롭고 사는 집을 공개하기가 내키지 않아서일 텐데, 심지어 교회에서 심방을 오시는 경우도 예배만 드린 후에 식당으로 나갑니다. 최근에는 식당에서 식사를 하고 자기 집으로 데리고 가서 차를 마시기도 하는데, 나는 이것이 참 우습고도 싫습니다. 차라리 차도 바깥에서 마시든지, 번거롭게 이동하는 것도 그렇고, 대부분 그런 집에 가면 멀쩡하게 잘사는데 요컨대 음식을 하기 싫다는 것밖에 이유가 없습니다. 한국의 이 습관을 미국 동포들도 배워 우리가 미국 갔을 때 대부분 바깥에서 대접을 받았습니다. 미국에 있는 한국 식당은 맛도 없고 양은 많아 두 사람이 1인분을 시켰으면 좋을 만큼 부담스러웠습니다. 모처럼 대접을 했는데 저런 소리를 하나, 하고 미국 동포들이 섭섭해하시겠지만, 그들이 한국에 와서 배워간 것이라는 말에 생각을 많이 하고 이런 글을 쓰는 것입니다.

우리 시어머니는 이북분이라 밥상이 늘 푸짐합니다. 언제 누가 오더라도 손님들이 다 자기를 위해 특별히 차려준 줄 알 만큼 잔칫상이 나옵니다. 나도 처음 인사 갔을 때 감격했는데 이것이 이 집안의 일상이란 것을 알고 놀랐습니다. 부엌에 들어가 본 적이 없던 내가 시집가서 무탈하게 지낼 수 있었던 것은 워낙 음식 솜씨가 좋은 아줌마가 있었기 때문입니다. 그런데 좋은 시절은 남편의 미국 유학 때문에 끝이 나고 말았습니다. 미국 가서는 고생을 많이 했습니다. 한국에 돌아와서도 바깥일을 한 덕분에 음식은 다른 사람이 해 주는 것을 먹었습니다. 인복이 있어서 우리 집에 오는 도우미들은 한결같이 솜씨가 좋았습니다. 그 덕분에 손님 대접을 심심치 않게 했습니다. 아파트에서 하는 무료 요리강습에 도우미를 대신 보내기도 했답니다. 그러다가 친정 부모님을 모시게 되면서 더 이상 남의 손에 맡길 수가 없었습니다. 그때가 친구들은 다 부엌에서 나올 무렵인 중년의 후반기였습니다. 늦게 배운 도둑질에 밤이 샌다고 요리책을 들여다보고 저울질을 해 가며 음식 만드는데 여념이 없었습니다. 실수해서 다 버리고 다시 시작하는 등 밤을 새며 음식을 만들어 부모님을 대접해 드렸습니다. 맛있게 드시는 아버지를 볼 때마다, 솜씨 좋은 어머니가 칭찬을 해 주실 때마다 신이 나서, 베고 데고 성한 데가 없는 손을 싸매고 다니면서도 힘든 줄을 몰랐습니다. 효도 중의 으뜸이 음식 봉양이라고 생각했던 나는 부모님이 다 떠나시자 손을 털며 부엌을 나왔습니다. 일을 안 하고 얼마를 지내다 보니 잊어버리는 게 아까워 집으로 손님을 부르게 되었습니다. 다른 사람에게 대접을 받으면 다음번에는 꼭 우리 집으로 초대를 했습니다. 오는 분들에게 간단한 인사말을 방명록에 받기 시작했는데, 그것이 점점 두꺼워졌습니다. 그릇과 식탁보, 냅킨에 관심이 쏠리게 되었고 청소를 하며 식단을 짜서 장을 보는 일이 즐거웠습니다. 내가 좋아서 하는 일이기 때문이지요. 집에서는 눈치 볼 것 없이 오래 떠들 수 있어 모두 좋아합니다. 효과로 따지자면 외식보다 세 배는 좋지 않을까요? 그런데 이 일에 대해 핑계가 많습니다.

'너는 늦게 시작했잖아.' 그래도 15년이 넘는데요.

'나는 집이 좁아.' 지금은 부엌이 크지만, 싱크대에서 돌아서면 식탁이 있는 좁은 집에서 부딪쳐 가면서도 했습니다.

'나는 음식을 할 줄 몰라.' 빵을 사 오고 샐러드에 커피만 끓여도 훌륭한 식사가 됩니다. 우리 북클럽은 식사당번을 돌아가면서 하는데 음식 못 하는 이들은 빵을 사 옵니다.

'남편이 집에 있어서.' 여자들만의 모임일 때 나는 남편을 내쫓습니다.

'예전에 하도 해서 이젠 귀찮아.' 귀차니스트의 메뉴도 있고, 아니면 자기 부엌을 빌려 주는 방법도 있습니다.

그런데 대접을 받는 분들이 지켜야 할 예의가 있습니다. 미국에서는 초대받아 가면 음식에 대한 칭찬을 하고 레시피를 묻고 그리고 반드시 주부를 위해 재미있는 얘기를 해서 흥을 돋워 줍니다. 나는 요리법에 대해서 묻는 것은 대답을 안 하는 편이며 손님들이 거들어 주는 것을 사양하지만 재밌는 얘기만은 환영합니다. 그런데 내가 워낙 유머에 대해서 많이 알고 있기 때문에 썰렁하지 않은 유머를 준비해야 하는 부담이 있을 겁니다. 마땅한 유머가 없다면 자기 이야기를 해서 흥을 돋울 수도 있지요. 하여간 이런 만남을 가지면 훨씬 가까워집니다. 지금까지 핑계만 대던 분들, 올해에는 이런 시도를 한번 해 보시는 게 어떨지요? 생각보다 어렵지 않답니다.

내 버릇 중의 하나가 남에게 빌린 책은 못 읽는다는 것입니다. 읽다가 줄을 긋거나 메모를 하는 습관이 있어서인데 이 버릇도 고치기로 했습니다. 책 구입비가 만만치 않고 책장이 모자라 아무래도 안 되겠어서 동네 도서관을 찾아냈지요. 책이 많지는 않지만 읽을 만한 책은 있는 정도여서, 빌려다가 중요한 것이 나오면 필기를 하거나 복사를 하면서 적응하기로 했습니다. 일주일에 두 권 정도를 빌려오는데 빌린 책이므로 빨리 읽어야 하는 장점도 있군요.

1년에 반은 일하고 반은 노는, 즉 봄에 3개월, 가을에 3개월 '연경당 마님' 프로그램을 진행하고 나머지 여름과 겨울은 잘 쉽니다. 이 쉬는 기간이 대단히 귀중하면서도 필요합니다. 이번에는 특히 놀며 쉬는 게 좋아 개학을 4월로 미루고 느긋하게 생활을 합니다.

성경도 처음부터 끝까지 읽던 것을 한 복음을 몇 번씩 반복하여 읽는 습관으로 바꿨더니 장 수에 신경 쓰지 않고 깊이 생각하게 됩니다. 인터넷 설교까지 들으며 오전 시간을 보내고 오후에는 걸어서 동네를 다닙니다. 우체국, 도서관, 영화관이 다 걸을 만한 거리에 있으니 하루 한 번은 그렇게 걸어 다니며 볼일을 봅니다. 마냥 이렇게만 산다면 지루하겠지만 다음 시간을 위한 이런 비축도 필요하겠지요. 예순다섯이 됐을 때 머리 염색을 그만두었는데 칠순이 되면 한복을 자주 입으려고 합니다. 나는 한복을 참 좋아해 개량 한복도 잘 입는데, 대중교통을 이용하기엔 불편하고 간수도 어렵지만 노인에게 한복처럼 아름다운 옷은 없다고 생각합니다.

이 세상에는 어찌됐건 하고 싶은 일을 하며 사는 사람들이 있습니다. 도시에서 숨 막히는 직장생활에 넌더리를 낸 여자 서명숙은 고향으로 내려가 걷기를 위한 길을 만들며 사람들에게 오라고 외치는데 산티아고를 걸으면서 생각해 낸 일을 실행한 사람입니다. '올레'란 집 마당에서 마을의 거릿길로 들고나는 진입로를 일컫는 제주 방언으로 '제주 올래?'라는 의미도 담고 있답니다. 차로 휙 돌아볼 제주가 아니란 생각을 갖게 해 주는 〈제주 걷기 여행〉은 부록이 참 좋습니다.

〈피카소의 맛있는 식탁〉(에르민 에르세)에는, 일반인이 상상할 수 없는 정열의 소유자인 피카소가 먹을거리에 대한 관심이 지대해 그림의 소재로 많이 다뤘다는 이야기가 나옵니다. 식탁에서 마시다 남은 커피로 냅킨에 그림을 그리는가 하면 그린피스를 곁들인 비둘기구이는 입체 작품이 되기도 했고 생선뼈는 도자기 작품 속에 새겨지기도 했습니다. 초라한 아틀리에의 벽면을 화려한 그림으로 채웠는데 호화스러운 침대, 값비싼 물건, 그득하게 쌓여 있는 과일과 꽃다발 옆에 예쁜 하녀까지 그려 넣고 눈요기를 했답니다. 책에 나온 요리 몇 개는 해보고 싶고 피카소가 즐겨 마신 커피는 내 손님에게도 대접하고 싶습니다.

지구상에 아직도 그런 나라가 있다니……. 부족 간의 싸움의 방편으로 상대 부족의 여자들을 어린애에서부터 노인에 이르기까지 집단 강간을 하고 무기로 생식기를 훼손해 인종청소를 하는 콩고와 르완다의 실상을 포토저널리스트 정은진의 카메라가 담아냅니다. 살아도 제대로 살아갈 수 없는 갈기갈기 찢어진 여성들의 눈물을 고발하는 책 〈내 이름은 '눈물'입니다〉. 그 위험한 땅에 목숨 걸고 들어가 그들을 위로하는 저자의 용기에 할 말을 잃었습니다. 검은 눈물이 복음으로 기쁜 눈물이 되는 모습을 보며 어떻게 기도하지 않을 수 있겠습니까. 여러분도 이 여성들을 위해, 이 나라의 불쌍한 영혼들을 위해 기도해 주십시오. 모르는 사람을 위해 하는 사심 없는 기도는 반드시 능력이 있습니다.

건청궁, 명성황후의 마지막 거처

편지 14 • 2009년 4월

서울의 궁은 멋쟁이 할머니반에서 답사한 적이 있고 또 나무를 보기 위해 자주 즐겨 찾는 편이지만, 이달 초목회 모임을 경복궁에서 하기로 한 이유는 이번에 복원하여 공개하는 몇 채의 건물인 건청궁, 함화당과 집경당, 태원전을 보고 싶어서였습니다. 고종이 아버지 대원군의 간섭에서 벗어나 정치적으로 자립하고자 경복궁 가장 깊숙한 향원정 뒤쪽에 세운 건청궁은, 이름부터 궁 안에 궁을 썼다는 의미가 고종의 비장한 각오를 나타냅니다. 여기에 거처하던 명성황후가 1895년에 시해되고 1909년에 헐린 것을 이번에 복원한 것입니다. 초목회는 회원 가운데 매월 한 명이 답사처를 미리 가보고 책을 읽거나 자료를 조사하여 안내를 합니다. 그 덕분에 건청궁을 지키는 문지기 아저씨가 보통 아줌마들이 아니구나 감탄하여 일반인에게는 절대 공개하지 않는다는 실내를 자물쇠를 따고 다 보여 주었습니다. 소나무 향이 확 풍기는 건청궁의 실내는 모두 복도로 연결되어 있었습니다. 치맛자락 소리를 내고 걸었을 옛 여인들을 생각하며 우리도 조심조심 걸어 보았습니다. 어찌하여 왕비 한 분을 제대로 지키지 못했는가 한탄했지만, 일본이 가장 큰 걸림돌로 여긴 명성황후를 시해하고자 치밀한 작전을 짜고 궁 안에 첩자를 많이 두었기에 당할 수밖에 없었습니다. 영민한 왕비는 절대로 사진을 안 찍히며 자기 관리를 했건만 국운이 쇠하려니 비극을 맞을 수밖에 없었습니다. 왕비를 자처한 궁녀들이 무수히 칼을 맞았는데 마지막 순간에 궁녀들이 에워싸는 바람에 정체가 드러났다고 합니다. 어머니의 죽음을 목격한 아들 순종이 어찌 온전한 정신을 차릴 수 있었겠습니까. 참사의 현장인 옥호루 앞에 그런 안내문을 써 놓았다면 일본 관광객들이 시시덕거리며 스쳐 지나가지는 않을 텐데, 건청궁 뜨락에서 비감함에 젖어 한참 서 있었습니다.

건청궁 앞에 있는 향원정은 네모난 연못 가운데 지어진 아늑하고 아름다운 여성적인 정자입니다. 선교사들을 좋아했던 명성황후가 겨울이면 외국인들을 초청하여 스케이트 타는 모습을 향원정의 따뜻한 온돌에서 구경했다고 합니다. 그런데 여기서 또 무식한 행정이 들어납니다. 건청궁에서 나와 향원정으로 향하는 무지개다리가 있었는데 불타 없어지자 새로 다리를 놓는 사람들이 아무 건물도 없는 뒤에 놓을 게 뭐냐고 앞에다 놓았다는 것입니다. 사실 뒤쪽에 다리 있던 흔적이 있고 건청궁도 복원했으니 지금이라도 옛 상태로 돌려놓아야 할 것입니다. 전기를 처음 끌어들인 곳도 이곳으로 향원정의 물을 이용했기에 전깃불을 '물불'이라고도 하고 자꾸 꺼지는 통에 '건달불'이라고도 했다는데, 여기 쓰인 뜨거운 물을 다시 연못에다 쏟으니 물고기가 다 죽을밖에요. 물고기가 떼죽음을 했으니 나라에 불길한 일이 있을 거라고 쑤군댔답니다.

⁂

태원전은 역대 임금의 어진을 모시는 곳으로 왕자 출신이 아니었던 고종이 정통성 확보를 위해 세운 곳인데, 신정왕후(조대비)와 명성황후의 시신을 모신 빈전으로도 사용되었습니다. 왕이 승하하면 닷새 동안 혼이 돌아오길 기다렸다가 세자가 즉위하면 시신을 관에 넣어 빈전에 5개월 동안 안치했다가 왕릉으로 옮겨지는데, 이곳이 3년상까지 치르는 곳입니다. 함화당과 집경당은 정사와 경연, 외국공사 접견 등을 하는 데 사용됐으며, 지금은 사라진 흥복전은 후궁 영역으로 '수다문'이라는 것이 있었답니다. 많이 받는다는 뜻의 受多門은 왕의 승은을 받고 싶은 궁녀들의 애절한 소망을 담은 것이지요.

⁂

집옥재는 서재 및 외국 사신 접견소로 쓰였는데, 청나라 건축 양식을 따라 벽돌로 쌓아 지은 독특한 형태로 유리창이 달린 팔우정과 고유한 조선 양식의 협길당이 양쪽으로 있어 절묘한 조화를 이룹니다. 집옥재라는 현판은 가로가 아닌 세로로 걸려 있습니다. 어디를 가더라도 해설자에 따라 관람의 깊이가 달라지는데 우리 모임의 이달 해설자는 더할 나위 없이 훌륭했습니다. 그냥 휙 돌아보는 것은 보는 것이 아닙니다. 이 편지가 앞으로 여러분의 방문에 길라잡이가 되기를 바랍니다. 점심 먹고 한두 시간 궁을 걸을 수 있는 서울을 만끽하십시오. 경복궁으로 곧 이어지는 경복궁역 5번 출구에는 '고궁뜨락'이라는 카페가 있으니 거기서 차라도 한잔 하시든지요.

❧

나이 서른이나 마흔의 고비를 넘길 때 이게 뭔가 하며 주저앉아 한숨을 내쉬기도 하고 가슴을 쥐어짜기도 한 세월을 지나왔기에, 그런 젊은이들의 모습을 지금 보면 귀엽기까지 합니다. 젊음이란 참 얼마나 버거운 것인지 왜 또 그리도 서러운 것인지 그만 살아도 될 것 같은 마음에 쓸려 우왕좌왕하던 시절이 그립습니다. 미술사를 공부한 서른 살의 여기자 곽아람의 책 〈그림이 그녀에게〉에서는 그런 어지러운 풋풋함이 맡아집니다. 시선이 오래 머무르는 그림을 소개하며 자기 이야기를 절절이 읊어 대는 곡조가 감칠맛이 있습니다. 내가 사람을 보는 방법은 그 사람이 쓰는 말로 가늠하는데 상당히 정확

합니다. 아무리 명품을 휘감아도 말투를 보면 과거, 현재를 다 알 수가 있습니다. 조항범 교수의 〈말이 인격이다〉는 틀리게 쓰는 말, 거슬리는 단어를 끄집어내 줍니다. 전화를 끊을 때 '들어가세요'라고들 하는데 들어가긴 어디로 들어간단 말인가요. 존칭을 쓰다 보니 전화까지 오셨고 말씀이 계시겠다니, 죽을 때까지 배워야 할 것이 '말'입니다.

독일 영화 〈사랑 후에 남겨진 것들〉의 원제는 '벚꽃'으로, 먼저 간 부인을 그리는 홀아비의 사랑 노래입니다. 마누라가 그렇게 가고 싶어 하던 벚꽃 핀 일본의 공원을 마누라의 옷을 입고 옷에게 보여 주는 모습은 애틋하기보다 청승으로 보여 실소를 금치 못하겠습니다. 이 영화는 또한 결혼한 자식들의 집에 가서 묵지 말아야겠다는 교훈을 줍니다. 외국에 사는 자녀들에게 가는 부모들은 방문이 짧을수록 좋다는 것을 명심하세요. 온 세상이 사랑하라고 외쳐 대지만 막상 사랑에는 이성 간이건 동성 간이건 색안경을 끼고 봅니다. 아니 동성이 더 무서운 세상이 돼버렸으니……. 내가 미국에서 무심코 친구의 팔짱을 꼈더니 그 친구가 기겁을 하며 뿌리치던 일이 있었습니다. 신부가 되겠다는 흑인 소년을 친절하게 대하던 신부가 수녀원장의 의심을 받아 내쫓긴다는 영화 〈다우트〉는 그런 의심을 심도 있게 다룹니다.

황금빛의 화가 구스타프 클림트전이 예술의전당에서 5월 15일까지 열립니다. 입장료가 비싸서 선뜻 권하기가 망설여지지만 앞으로 백 년간 클림트의 그림을 해외로 내보내는 일이 없다고 하여 가 보았습니다. 클림트는 평생 독신으로 살면서 여자관계가 요란해 사생아가 열 명이 넘고 모델들과는 육체적인 사랑을, 말이 통하는 여인들과는 정신적인 사랑을 했다는데 그래서 그림의 주인공이 자기라고 주장하는 여인들이 많답니다. 가장 유명한 '키스'는 안 왔고 '유디트'가 대표작인데 유디트는 가톨릭 성경에 나오는 인물로 그 미모로 적장을 유혹, 목을 잘라 자국에 승리를 가져온 여인입니다. 클림트는 그림만이 아닌 장신구에, 카펫까지 볼거리가 진진합니다.

사순절이 돌아오면 나쁜 버릇 하나를 고치려고 애써 봅니다. 지난 몇 해 동안 '화를 내지 말자'를 해 보았더니 효과가 좀 있습니다. 전혀 안 낼 수야 없지만 벌컥벌컥 폭발하던 습관은 많이 누그러졌습니다. 항간에 도는 5대 불가능의 하나가 '늙은 남편 존경하기'라는데, 존경까지는 아니더라도 구박이나 잔소리를 안 하기로 이를 악물고 해 보려고 합니다. 단기간에야 어렵겠지만 사순절 기간에 시작한 일이니 여러분도 내가 남편 흉을 보면 지적해 주세요. 금식보다 어려운 일입니다.

상상 카페

편지 15 • 2009년 5월

아직도 마음 한구석에 틀어박혀 시도 때도 없이 툭툭 튀어 나와 나를 흔들어 놓는 생각이 있습니다. 하고 싶은 일을 거의 다 해 봤다고 할 수 있기에 이것만은 참아 보자고, 그리고 이성적으로 판단해 보건대 실패할 확률이 너무 많아 그만 포기해 버렸는데 완전히 떠나가지 않고 계속 나를 건드리고 있습니다.

20여 평의 공간이 있다면, 3면을 책으로 두르고 탁자 몇 개를 놓아 차를 마실 수 있고 내가 고른 책을 팔거나 빌려주는 그런 카페, 안쪽에는 6인용 식탁이 들어갈 수 있는 방을 꾸며 모임이나 식사 대접을 할 수 있는 그런 장소를 가졌으면 하는 것이 나의 소원입니다. 교통이 편한 장소에 있어 친구들이 쉽게 올 수 있는 곳이어야 하는데 구태여 1층이 아니더라도 건물 꼭대기 층에 옥상 정원을 쓸 수 있는 곳이라면 더 좋지요. 옥상에 잔디와 화초를 심고 비치파라솔 몇 개를 놓고 한쪽에 그네를 매어 거기 앉아 아스트리드 린드그렌(스웨덴의 여류 작가로 〈베네치아의 연인〉, 〈아름다운 나의 사람들〉 등의 소설을 썼음)의 소설을 읽는다면 손님이 안 와도 좋고 아니 안 와야 더 좋은 그런 시간을 가져 본다면 한이 없을 것 같습니다. 모임의 장소가 필요하다면 얼마든지 방을 빌려주고, 성경 공부를 하거나 북클럽 회원들이 모이거나 혹은 개인 상담을 할 수도 있겠지요. 가끔 맘이 내키면 식사 손님을 초대하기도 하는데 부담이 되지 않는 정도로만 하고 내가 외출할 때면 자원봉사자들이 도와주는 그런 카페……. 개중에는 자기 물건을 내놓고 팔기도 하고 바꾸거나 나눠 가지는, 한마디로 사랑방 역할을 하는 곳 말입니다.

애기를 듣던 카페 운영자가 두 손을 들어 말리며 1년에 1억 원쯤 손해 볼 거라기에 그만 주저앉아 버렸는데, 돈이 있었다면 벌써 해 봤을 것입니다. 내가 계속 노래를 부르니까 저러다가 일 저지르겠네 하는 눈초리, 세를 내지 않는 자기 집이어야 된다는 실질적인 의견, 카페를 열면 자원봉사자 노릇을 하겠다는 사람들, 재밌겠다고 호기심을 보이는 사람들, 나이 생각을 하라는 충고와 염려 등등, 감기가 오듯 아리아리하게 몸과 마음이 저려오는 이 생각을 떨쳐버릴 수가 없습니다. 내가 사람 만나는 것을 좋아하기에 이런 카페를 생각합니다만 실은 나 혼자 보내는 시간이 많습니다. 산책이나 나무 보러 다니기, 전시회 가기, 영화 보기를 다 혼자 하는데 외롭다거나 쓸쓸하다는 생각을 해 본 적이 없습니다. 신문을 보다가 문득 보고 싶은 전시회나 영화가 있으면 훌쩍 가서 보는데 방해받지 않고 감상할 수 있어서 좋습니다. 혼자와 외로움은 별개인데 외로워하지 않고 혼자 다니는 나를 남편은 이해를 못 합니다.

움베르토 에코는 이미 〈장미의 이름〉으로 유명해진 이탈리아 작가인데, 신문에 짧은 글을 써서 현대 문명의 모순된 면을 꼬집어내는 특기가 있습니다. 이 글 모음을 우리나라 출판사에서는 〈세상의 바보들에게 웃으면서 화내는 방법〉이란 제목을 달아 내보냈더니 꽤 잘 팔린다고 합니다. 휴대폰을 안 쓰는 사람이 정말 성공한 사람이란 말, 돈 내고 택시를 탔는데 왜 기사 눈치를 봐야 하는가 등등 공감하는 부분이 많습니다. 영화고 책이고 원제가 흐릿하면 제목을 바꾸는 기술이 우리나라는 특출합니다. 알랭 드 보통이 쓴 〈철학의 위로〉라는 책도 〈젊은 베르테르의 기쁨〉으로 탈바꿈하니 서점에서 젊은이들의 손길을 받는군요. 인기 없는 사람, 돈이 없는 사람, 좌절하거나 상심한 사람, 부적절한 존재라고 느끼는 사람 들에게

'우리 한 사람 한 사람은 스스로 생각하는 것보다 훨씬 더 소중한 존재'라는 것을 철학의 입을 빌어 일깨워 줍니다.

해외에 있는 편지 애독자 중 꼭 전화로 답장을 주시는 애제자 두 명이 있습니다. 이미 여든, 여든여덟의 고령인데 그 옛날 영어 배우던 시절, 젊은 선생에게 야단맞아가며 울기도 하면서 배우던 그 시절이 정녕 행복했었답니다. 여든여덟의 할머니는 물건을 정리하다가 옛날 노트를 발견해 들여다보니 참 많이도 배웠다고 합니다. 빨간 줄, 노란 줄을 친 현재완료 문장이 빼곡히 쓰여 있는 노트를 차마 버리기 아까웠는데, 손녀딸이 자기가 갖겠다고 해서 다행이라고 합니다. 나는 왜 그리 야단을 쳤던가 후회된다고 하니 그래서 배웠다고 고마워합니다. 갖출 것 다 갖춘 사모님들이 야단맞는 것을 재미있어 하는 통에 그 버릇이 몸에 배어 사람들을 무조건 비판하고 분석하며 아이들에게도 엄하게 했던 것이 지금에야 후회가 됩니다. 밥 냄새 풍기며 무조건 오냐오냐 받아 주는 어머니들을 보면 참 부럽습니다. 집을 가정재판소로 만들지 말라고 충고한 친구도 있었는데 나는 판검사도 아니면서 판결을 많이도 내렸던 게 부끄럽고 후회스럽습니다.

고난주간 동안 특별 새벽기도회를 일산 교회로 다녔는데,

이른 시간이라 성묘까지 다녀올 수 있었습니다. 꽃을 좋아하셨던 부모님이기에 묘소 주위에 개나리를 심었었는데 만개해 꽃동산을 이루었더군요. 따뜻한 햇볕 아래, 묘지에서 예배를 드리며 인간적으로 내가 부모님을 존경하지 않았던 점을 회개했습니다. 이번 사순절에는 이런저런 회개를 많이 했지만 정말로 변화되기는, 그래서 실천하기는 무척 힘이 듭니다. 어떤 면에서 오래 산다는 것은 죄를 많이 짓는 것이기에 장수하고 싶지도 않아요. 버거운 세상의 힘든 얘기는 듣고 싶지 않아 신문에서도 나쁜 소식은 건너뜁니다. 어떤 이는 무거운 책도 싫고 슬픈 얘기도 싫다며 무조건 다 해피엔딩이면 좋겠는데, 그것도 그냥 행복하게 살았습니다가 아니라 자손 대대로 행복하게 잘 살았습니다라는 얘기가 좋다고 하여 맞장구를 쳤습니다. 사는 동안 재미있는 얘기, 좋은 영향만 주위에 끼치면서 살고 싶어요.

연경당 마님들, 백 번을 만나다

편지 16 • 2009년 6월

지난 16일은 제게는 참 뜻 깊은 날이었습니다. 여성노인 여가문화 프로그램으로 만든 '연경당 마님반'이 드디어 백 회를 맞이하여 백일잔치를 한 것입니다. 5년 전 이 프로그램을 시작할 때 이렇게 오래 가리라곤 생각지 못했는데 모든 것이 하나님의 은혜입니다. '멋쟁이 할머니반'으로 시작한 이 여성노인문화 프로그램은 7기까지 진행되었는데 새 회원보다는 기존 회원들이 계속해 달라고 해서 연장된 것입니다. 봄가을에 12번씩 1년에 24번 강습하며 여름과 겨울에는 쉬는데, 혼자 기획하고 진행하며 '연경당'과 연애하듯 지냈습니다. 내가 읽은 좋은 책을 소개하는 나눔의 시간, 전시회가 있으면 미리 가서 보고 공부한 후 다 모시고 가고, 특이한 사람을 만나면 우리 강사로 모셔 오고, 서울 근교 알맞은 곳을 물색하여 일일여행을 가는 등 어떻게 하면 좋은 것을 맛보게 할까, 앉으나

서나 그 생각으로 즐거운 세월이었습니다. 중간에 깨질 뻔한 위기를 겪기도 했지만 내 생각을 잘 뒷받침해 주는 훌륭한 최봄 간사와 뾰족한 내 성격을 다독거리며 회원 간의 화목을 도모하는 박명애 반장님의 수고와, 그리고 계속해서 나와 주시는 여러 마님들의 덕분으로 오늘까지 온 것입니다. 그동안 서서히 변화되며 자신의 생활을 즐기는 마님들의 모습에 덩달아 보람을 느낍니다. 우리 얘기를 듣던 40대 여성이 자기도 빨리 늙어 이 모임에 오고 싶다고 하는가 하면, '우리 어머님 신 나셨네' 하고 외출하는 시어머니를 부러움의 시선으로 바라보는 며느리도 있다고 합니다. 의무와 책임감에서 벗어난 노년기는, 얼마든지 풍요로운 인생을 즐기며 살 수 있고 남들에게 좋은 영향을 줄 수 있는 황금의 시기입니다. 잔칫날 '연경당'으로 3행시를 지었는데 수상작품을 소개합니다.

〈연〉애 결혼하려는 나를
〈경〉거망동 말라며 억지로 중매결혼시킨 우리 아버지
〈당〉신은 하늘나라에서 지금 만족하십니까?
〈멋〉쟁이로
〈쟁〉쟁한
〈이〉웃집 아가씨.

〈연〉애 한번 못 해 보고
〈경〉대 앞에 앉아 있네
〈당〉치 않은 눈높이가 사람 울리네.

우수한 자질을 발휘하지 못하고 묻혀서 지냈던 우리의 할머니들과 어머니들이 조선시대 5백년의 굴레를 벗어났다면, 아마도 우리나라가 지금 이 모양은 안 됐을 거라는 생각을 하고 또 합니다. 그들의 피를 받은 딸들과 손녀딸들이 비로소 빛을 내는 지금, 미래의 대한민국은 여자들이 이끌어 나가야 된다는 게 나의 지론입니다. 교육공학을 전공한 이대 교수인 내 동생에 의하면 우리나라의 교육공학이 단연 첨단으로 외국에서도 배우러 오는데, 이는 술 안 먹고 뇌물 안 받고 정치공작 하지 않는 여자들이 오로지 정직하고 성실하게 연구한 결과라고 합니다. 맞습니다. 이런 여성들이 올바른 신앙생활까지 겸비한다면 그야말로 금상첨화의 미래를 꿈꿀 수 있습니다. 우리의 딸들이 맘껏 피어날 수 있도록 손주를 봐주며 애국운동을 합시다!!

얀 아르튀스 베르트랑 감독이 직접 찍은 〈홈〉이란 다큐멘터리 영화는 하늘에서 우리가 사는 지구를 내려다보며 촬영한 것으로 환경 문제의 심각성을 일깨워 줍니다. 일반인은 물론 학생들에게 단체로 보여 줄 필요가 있습니다. 예쁘고 연기도 잘하는 여배우들이 여우주연상을 타게 마련인데 전혀 그렇지 않은 욜랭드 모로는 청소부의 역할로 4관왕이 되었어요. 천부적인 재능을 타고난 〈세라핀〉의 본능은 숨길 수가 없는 예술이 되는데, 너무 앞서가는 사람을 세상은 미쳤다고 합니다. 일본 영화 〈걸어도 걸어도〉를 안국동에 있는 '선재미술관'에서 보았는데 상을 여섯 개나 탄 것이지만 대중적인 흥행은 안 되어 마니아들만 찾아옵니다. 이들은 대개 나 홀로 관객이고 상영시간이 나빠도 개의치 않습니다. 나 역시 더운 날씨에 지하철을 타고 무럭무럭 걸어서 갔는데, 여운이 남는 좋은 영화였습니다. 이 편지가 전해질 때는 영화가 끝나니 좀 아쉽군요.

평범한 사람이 자기 아이들을 위해 쓴 소설인 윌리엄 폴 영의 〈오두막〉은 출판사가 거절해 자비로 출판했는데 입소문을 타고 베스트셀러로 떠올랐습니다. 이 책은 기존의 신학이 알려 주지 못한 신비한 삼위일체에 대해 쉽게 풀어 줍니다.

〈여자로 태어나 꼭 해야 할 42가지〉는 중국의 자녀교육 전문가인 왕싱판의 자기계발서인데 '자신만의 특별 요리 개발하기', '아버지 안아드리기', '나만의 실수장 만들기' 등이 속해 있습니다. 조혜란의 〈옛 소설에 빠지다〉에는 고전소설을 재미있고도 맛깔스럽게 소개해 줍니다. 어느덧 고전소설이 입시 과목으로 공부의 대상이 돼버린 현실을 안타깝게 여긴 연구자가 요지경 같은 고전의 세계를 넓게 혹은 깊이 있게 펼쳐 보입니다.

얼마 전 남편이 조찬 모임에서 갑자기 응급실로 실려 간 일이 있었습니다. 숨이 막혀 헐레벌떡거리며 죽을 것 같다고 전화가 왔기에 얼른 119를 불러 가까운 병원으로 가라고 했습니다. 나도 전화를 끊고 곧바로 따라갔더니 결석이 요로를 막는 지경까지 간 것입니다. 문제는 그 유명하다는 큰 병원에서 돌을 잡아내지 못해 촬영만 여러 번 거듭하며 무려 네 시간이나 허비했습니다. 급기야 중앙대 용산병원으로 이동, 쇄석기로 부셨는데 통증이 가라앉지 않아 며칠을 고생했습니다. 아무리 유명하다는 병원이라 해도 연이 맞아야 하나 봅니다. 요즘은 명의가 곧 기계인 세상이라, 최신식 기계를 갖춘 곳이 좋은 병원이라는 사실입니다. 첫 번째 병원에서 찍은 CT를 들고 갔는데 노후된 기계라 잘 보이지 않는다고 하더군요.

이 과정에서 민간요법이 큰 효과를 보았기에 여러분에게도 알려드립니다. 우리 목사님이 알려 주신 방법대로 따랐더니 통증이 많이 가라앉았습니다. 복 요리를 먹고, 국산 호두 서너 개를 참기름에 살짝 볶다가 흑설탕을 1 대 1 비율로 섞어 먹고, 참기름을 소주잔 사이즈로 하루 세 번 마셨습니다. 파쇄는 했지만 그 부스러기가 다 나오려면 통증은 불가피한데, 진통제로도 견뎌 내기 힘든 것을 호두와 참기름이 해내더라고요. 나더러 많이 놀랐을 거라고들 하는데 숨이 막힌다고 해서 처음에는 심장마비인 줄 알았습니다. 아이들에게도 각오하라며 단단히 일렀습니다. 평소 죽음에 대해 생각을 많이 하는 편이어서, 일을 당하면 당해야지 별 수 있나 했는데 이번은 아닌 것 같습니다. 남편이 착한 사람처럼 보여도 아프니까 본성이 다 드러나 병원과 의사에 대해 참지 못한 불평을 터뜨리더군요. 이것저것 구해다 바치랴, 중요한 모임에 대신 참가하랴, 내 일 하랴……늙은 마누라도 힘들다고 하니 오랜 병간호를 한 친구가 꾸짖는군요.

그림은 아름다워야

편지 17 • 2009년 7월

〈폰더 씨의 위대한 하루〉를 쓴 베스트셀러 작가 앤디 앤드루스는 그의 최신작 〈오렌지 비치〉에서 사랑의 표현과 그 반응을 이렇게 구분했습니다. 말로 사랑한다고 하고 칭찬을 해 줘야만 사랑을 느끼는 형은 '강아지 형'이고, 쓰다듬어 주는 스킨십을 원하는 것은 '고양이 형', 함께하는 시간, 옆에 있어 달라는 것은 '카나리아 형', 그리고 배려와 행동으로 나타내야 한다는 이는 '금붕어 형'이랍니다.

금붕어는 칭찬도 필요 없고 오로지 먹이만 잘 주고 어항 청소만 해 주면 만족합니다. 이것이 서로 소통 안 되면 싸우게 되고 이혼으로까지 간답니다.

남편은 네 가지를 다 원한다지만 나는 아무래도 '금붕어' 과인 게 백 마디 말보다 한 가지 실천을 요구하기 때문입니다. 행동 없는 믿음이 죽은 믿음인 것처럼 배려하지 않는 태도는 사랑이 아니라고 단정을 내리고 사노라니, 상대방은 느끼지도 못하는데 나 혼자 분할 때가 많습니다.

'연경당'에서는 종강 파티를 항상 야외로 나가서 하는데, 그동안 좋은 곳을 많이 다녀 웬만한 데는 눈에 차지 않아 하니 장소 물색하느라 이 몸이 힘이 듭니다.

이번에는 연천 임진강변의 '허브 빌리지'로 갔는데 일행이 모두 다 좋아해 안내자도 덩달아 기뻤습니다. 1만 7천 평 땅에 아기자기 꾸며 놓은 디자인도 외국 못지않게 수준이 높아, 여러 곳을 여행해 본 사람들도 다 만족스러워합니다. 2006년에 문을 열었고 시공사에서 운영하는 곳이니 알 만한 사람들은 오너가 누구라는 것쯤은 알겠지요. 반응이 좋아 평일인데도 사람들이 꽤 오고 주말에는 상당히 붐빈다니 가능하면 주중에 가 보세요. 서울에서는 거리가 먼 것이 문제고 한여름은 너무 더우니 시원해질 때나 모든 꽃이 피는 사오월이 최적기입니다. 어린이들을 위한 시설도 계속 만들어 가는 중이고 펜션도 있습니다.

'그림은 즐겁고 유쾌하고 예쁜 것이어야 한다'라는 주장을 한 르누아르를 서울시립미술관에서 볼 수 있습니다. 장미꽃을 장식한 모자, 하늘하늘한 옷자락, 피아노 치는 소녀들, 책 읽는 여자, 바느질하는 여자들은 한결같이 통통합니다. 일상 생활에서 잔잔한 행복을 보여 주는 이 그림들이, 정작 궁핍한 생활로 물감 살 돈이 없어 힘들어 한 화가의 작품이라고는 믿기 어렵습니다. 아내를 한평생 사랑해 몇 점 안 되는 아내의 그림은 죽을 때까지 팔지 않았는데, 종종 '습작'이라는 제목을 붙여 판매와 비평을 막아 낸 흔적은 가슴을 울립니다.

영성 신학자 스베덴보리가 쓴 〈천국과 지옥〉을 읽기 시작했는데, 아직 가보지 않은 곳에 대한 호기심이 발동을 하는군요. 시를 쓰는 의사와 음악을 하는 과학도가 연령의 차이를 넘어 서로 예술의 감각을 공유하는 편지를 주고받았습니다. 마종기와 루시드 폴의 편지 묶음인 〈아주 사적인, 긴 만남〉은 청정한 공기를 마시는 듯합니다.

이태형의 〈배부르리라〉는 희망의 씨앗인 작은 교회 이야기입니다. 저자는 열 군데 교회만을 취재했는데, 이 땅에 백 명 미만의 교회가 70~80퍼센트를 차지하며 1년에 3천여 교회가 문을 닫는답니다. 기도만 하면서 하나님의 인도하심만 믿고 구체적인 준비 없이 개척교회를 시작하는 분들이나 시작하려는 분들에게 도움이 될 책입니다. 작은 뿌리가 있어야 큰 뿌리도 건강하게 지탱해 나갈 수 있습니다. 작은 교회는 절대로 필요하고 얼마든지 자립할 수 있다는 것을 증명해 주는 이 책을 애독자들에게 강추합니다.

⁂

황순원의 〈소나기〉는 한국 사람이라면 누구나 다 아는 서정적인 단편이지요. 양평을 지나다가 '소나기 마을'이라는 표지를 보고 문호리까지 따라가 보았더니 바로 그 황순원문학관이 깜짝 놀랄 만하게 자리를 잡고 있군요. 황순원 선생이 양평에 잠시라도 사신 적이 있나 했더니 그게 아니라 〈소나기〉에 등장하는 소녀네가 떠난 곳이 양평읍이었다는군요. 이 단 한 줄의 사연을 가지고 양평군이 잽싸게 마련한 것이라니 그 놀라운 행정에 입이 벌어집니다. 봉평의 이효석문학관, 남춘천의 김유정문학관처럼 작가의 흔적이 있는 곳에 생기는 문화재는 환영할 만한 일이지요.

한편 보은군이 김수영 시인의 거처를 놓친 것은 유감입니다. 이제는 작가들이 더 이상 이름 모를 꽃이니 나무니 하는 표현이나 P시, J읍 따위의 상상의 마을을 쓰지 않겠구나 생각했지요. 가을날 우리 북카페 모임도 이곳에 와서 원두막에 앉아 황순원의 문학을 이야기하면 좋겠습니다.

⁂

일산 호수공원에 있는 '노래하는 분수대'는 정확하게 저녁 여덟 시 반이 되면 노래와 함께 물줄기를 밤하늘에 쏘아 대며 장관을 연출합니다. 국지성 호우가 쏟아지는 장마철이라 분

수 공연이 열릴지 말지 몰라 약속을 해 놓고도 연신 일기예보를 들락날락했는데 다행히 비가 오지 않아 구경을 잘 했습니다. 패티김의 노래로 시작하여 국악에 차이코프스키까지 다채로운 음악에 화려한 조명이 한여름 밤을 수놓습니다. 돗자리에 둘러앉은 가족들, 기둥처럼 꼭 껴안은 연인들. 아바의 댄싱퀸이 나오자 소지품을 던지고 신나게 춤을 추는 댄싱 프로 아가씨가 벤치에 점잖게 앉아 있던 우리를 놀라게 했습니다. 이것이 과연 선진국의 모습이구나.

이렇게 더위와 함께

편지 18 • 2009년 8월

학생 때부터 공부를 아주 잘했던 친구가 있습니다. 항상 손에서 책을 놓지 않아 학계로 나갔더라면 기량을 폈을 터인데 사업하는 남편을 만나 그 뒤치다꺼리에 시집살이에 세월을 보내고 흰머리에 먼 산을 보는 나이가 돼버렸습니다. 공부하고 싶어 하던 마누라를 도와주지 못해 미안하다는 말을 남기고 남편은 먼저 떠나버렸습니다. 나는 종종 사람을 콩나물처럼 뽑아다 다른 곳에 놓고 싶은 심정이 자못 심합니다. 맞지 않은 일을 하는 사람을 보면 충동질해 자리를 옮기게 하는 못된 버릇이 있어 직장 알선을 잘합니다. 이렇게 해서 일자리를 옮겨간 사람들과 그 직장 상사 양쪽이 모두 만족해하는 경우를 많이 보았습니다. 말하자면 '헤드헌터'라는 요즘 일을 일찍이 했단 말이지요. 이런 나를 보고 중매를 부탁하는 사람들이 많은데 이상하게도 결혼중매만은 못 합니다. 직장이야 안 맞으면 그만두면 되지만 일생이 걸린 결혼에 대해서는 내 무의식 속에 부정적인 생각이 깔려 있기 때문인 것 같습니다. 너무 솔직해서 거짓말을 못 하는 점도 있지만, 결혼이란 조건을 맞춰 하는 중매든 눈이 뒤집혀 하는 연애든 당사자가 책임을 져야 하는 일이기에 거들고 싶은 생각이 없습니다.

내가 마흔이 넘어 대학원에 간 것은 별안간 과외가 금지돼 할 일이 없어졌기 때문이었습니다. 과외란 '늪'에 빠져 허우적대며 헤어나지를 못했는데 갑자기 법으로 금지하니 그 많은 시간을 주체할 수 없었습니다. 낮에는 YWCA에서 주부영어반을 가르치고 밤에는 학생들 과외를 했는데 두 탕 세 탕으로 뛰면서 아이들을 닦달하다 보니 예약이 밀려들었습니다. 그렇지만 내 몸은 망가지고 영혼은 피폐해져 신경질만 뻗치던 나날을 보냈습니다. 그러다가 하루아침에 뒤통수를 맞고 보니 남는 것은 허탈함과 병든 몸뿐이어서 견딜 수가 없었습니다. 국문과를 나온 내게 학생들이 몰리니 영문과 나온 사람들이 자격 운운하며 시비를 거는 것도 듣기 싫어, 이참에 그 자격증을 따자고 남편 덕에 수업료를 면제받아 대학원엘 간 것입니다. 낮에 하는 주부영어도 꽤 여러 반이었기에 세 사람에게 내가 하던 강의를 나눠 주었습니다. 세 사람 중 두 사람이 성공적으로 활동을 이어가고 있습니다. 그중 하나가 앞에서 말한 그 친구입니다. 그 시절에는 주부들이 영어를 배우려면 서울YWCA로 가란 말이 돌 만큼 독보적인 존재였지만, 지금은 도처에서, 심지어 슬리퍼를 끌고 동사무소에 가도 무료로 가르쳐 주니 우리 YWCA에서는 영어 강좌는 접고 남이 안 하는 다른 프로그램을 개발합니다.

우리는 언제까지 사회활동을 왕성하게 할 수 있을까요? 그것은 개개인의 사정에 따라 다를 것인데, 나는 그 한계를 운전을 할 수 있을 때까지로 잡아 봅니다. 운전을 할 수 없을 지경이면 거의 모든 활동도 접어야겠지요. 그러면 사회적인 참여, 예를 들면 경조사에 가지 않아도 결례가 되지 않는다고 생각합니다. 우리 친정어머니는 서울 사람 특유의 그 경우로 여러 사람을 피곤하게 했습니다. 누워 있으면서도 정신은 말짱해서 누구네 결혼이다, 돌이다 하면서 심지어 어느 목사님의 아들이 목사 안수를 받는다고 하니까 가만히 있으면 안 된다고 합니다. 바쁜 나는 잔뜩 짜증이 나, 내가 늙으면 이런 심부름은 절대 안 시키겠다고 선언을 한 바 있습니다. 소노 아야코는 주변 노인네들을 보면서 자기가 늙어 저러면 안 되지 하는 느낌을 마흔 무렵에 〈나는 이렇게 나이들고 싶다-소노 아야코의 계로록〉이란 책으로 낸 바 있습니다. 그 책 서문에 60이 넘은 사람은 노여워질 수 있으니 보지 말라고까지 했습니다. 사람은 죽을 때까지 배워야 함으로 남의 장점, 단점이 다 내 참고서가 되는 것입니다. 그래서 나는 배우려 들지 않는 막무가내인 사람들을 싫어합니다. 노인이라도 대접받으려면 대접받게 굴어야 합니다. 특히 남자 노인네들은 이 점을 유의해야 될 것입니다. 왜 항간에 듣기 거북할 정도로 심한, 남자 노인에 대한 유머가 도는 것입니까. 외딴 섬이 되지 않으려면 잘 삐치는 특성도 유의해서 가다듬어야 할 것입니다. 여든일곱에 돌아가신 친정아버지는 말년에 치매기가 있어 거의 모든 일을 잊어버렸는데, 딱 세 마디만 하셨습니다. '고맙다', '미안하다', 그리고 '잘 모르겠다.'

책을 열 권쯤 쌓아 두고 이 책 보다 저 책 보다 졸다가 생각나는 일을 하거나, 인터넷 설교를 들으며 영적 충족을 맛보고 오래 못 보던 친구와 맛있는 점심을 먹거나 영화를 보거나 하며 시간을 쓰다 보니 어느새 개학이 다가옵니다. 나이가 드니 특별히 싫은 계절이 없어 더우면 더운 대로 추우면 추운 대로 다 좋아 바람 불어 좋은 날도 감사하게 됩니다. 이러면서 본 책이 평소에 벼르던 김원중 번역의 〈사기열전〉, 앞서 읽은 스베덴보리의 〈천국과 지옥〉의 요약편인 〈스베덴보리의 위대한 선물〉, 송용진의 〈쏭내관의 재미있는 궁궐 기행〉, 성균관대학교 동아시아학술원에서 엮은 〈정조어찰첩〉, 헤라 린드의

〈그냥 보면 안 보이는 성경 속 평범한 사람들의 위대한 이야기들〉, 최경송의 〈사람을 살리는 해독요법〉, 소설로는 차오원쉬엔의 〈세 연인〉, 베트 바오 로드의 〈쑤저우의 연인〉, 산도르 마라이의 〈결혼의 변화 상, 하〉, 마커스 주삭의 〈책도둑 1, 2〉 등입니다. 옛날에 읽으면서 좋았던 책은 빨간 딱지를 붙여 보관하는데 이런 책들은 언제 읽어도 감흥을 주기에 나 나름대로의 고전이라고 할 수 있습니다. 다 아는 내용이지만 다시 읽어도 잔잔한 행복감에 젖어 들거나 글을 쓰고 싶은 충동을 주는 책들이 있습니다. 로자문드 필처의 〈조개줍는 아이들 1, 2〉가 그런 종류입니다. 어찌된 일이 두 권으로 된 책의 첫 권을 찾을 수 없는데, 필시 누가 빌려갔다가 돌려주지 않았을 터입니다. 할 수 없이 첫 권을 다시 주문했는데 절판이 되지 않아 다행이다 했더니 33쇄까지 나갔더군요. 90이 넘었는데도 아직까지 활동을 하는 할머니인데 내 생각엔 이 작품이 대표작입니다. 책을 사서 읽다가 누구 생각이 나면 새로 사서 주거나 내가 읽던 것을 주는 버릇이 있는데 대개들 좋아합니다.

아! 이 가을

편지 19 • 2009년 9월

한 사람과 모든 것을 공유하지 못하는 나는 여러 종류의 사람들과 어울려 지내는데 그중에 여행 친구가 있습니다. 그 친구는 나를 자기 여행 메이트로 가늠해 보려고 국내 일일 여행에 초대해 한동안 잘도 다녔습니다. 사람과 사물에 대한 견해가 일치하고 취미가 비슷하고 서로 방해를 안 해 그 친구의 합격선에는 달했습니다. 그런데 해외여행을 자유자재로 할 수 없는 나를 권유하다 훌쩍 잘도 떠나는 그녀를 나는 바라보기만 할 뿐입니다. 사회생활을 하며 알게 된 사이로 우리는 서로 예의를 지켜 선생님이라 부르지만 친구와 다름이 없습니다. 그 친구는 식당에 가는 걸 싫어해 꼭 자기 집으로 초대하는데 나를 식탁에 앉혀 놓고 요리를 해서 한 가지씩 대접합니다. 음식마다 바뀌는 예쁜 그릇과 접시를 보며 나는 '원 테이블 레스토랑'의 고객이 되어 귀족처럼 대접을 받습니다. 아기자기

한 물건들이 장식되어 있는 아름다운 집에서 책이며 영화며 사람이며 여행지에서의 얘기로 몸을 흔들며 웃다 보면 그 시간이 전부 황금 같은 영양제가 됩니다. 내가 보약이나 영양제를 먹지 않는 건 다 이런 사람들과의 만남 때문입니다.

무더위에 한 달간 쉬었던 '초목회'는 아픈 회원들이 몇 명 생겨 걱정을 하다가 반갑게 만나 새로 생긴 9호선을 타고 한강 가운데 있는 '선유도'에를 갔지요. 원래는 '선유봉'이라고 큰 봉우리가 있었던 별장지였는데, 일제 강점기 때 봉우리를 허물었고 홍수가 나서 평지가 돼버렸습니다. 이곳에 서울 시민에게 수돗물을 공급하던 정수장이 있었습니다. 정수장이 구리로 옮겨간 후 옛 건물 그대로를 살려 환경 생태 및 재생공원을 만들었습니다. 그래서 물을 정수시키던 네 단계의 정수장엔 수생식물을 기르고 시멘트 기둥엔 넝쿨식물을 올려 녹색의 기둥 정원을 만들었습니다. 정조 대왕이 화성 행차 시 이용했다는 배다리도 있고, 프랑스인이 설계했다는 나무다리는 미세하게 흔들리는 묘미가 있는데 다리 끝에는 커다란 포플러 나무들을 살리려고 구멍을 뚫어 놓았어요. 그 다리에서 하늘로 솟구치는 분수를 볼 수 있는데 2002년 월드컵을 기념해 분수 높이가 202미터랍니다. 나무에 대해 좀 아는 나는 안내자를 제쳐 놓고 잘난 척을 했지요. 아는 것을 보면 알려 주고 싶은 이 못 말리는 인자가 있으니 천생 선생 팔자입니다.

이렇게 사는 나를 보고 늙어서의 모델로 삼는 젊은이들이 꽤 있습니다만, 어느 날 갑자기 늙는 게 아니므로 젊었을 때부터 이리 살아야 됩니다. 나는 하고 싶은 것은 거의 다 하고야 마는 습성이 있지만 큰 그림은 그리지 않고 나 혼자 아니면 다섯 명으로 만족하기에 비교적 쉽습니다. 북클럽도 초기에는 드나드는 사람이 많다가 이제는 다섯으로 고정돼 잘 진행됩니다. 다섯이란 승용차에 탈 수 있는 인원이지만 손가락이 다섯 개라는 데 의미가 있습니다. 그래서 나는 선을 보는 사람들에게 다섯 안에서 고르라고 합니다. 한두 번은 착오가 있을 수 있지만 다 자기 꼴을 보고 소개해 주기에 다섯을 넘어가면 절대로 못 고릅니다. 그리고 숙제처럼 미루지 마세요. 언제 해야지 해야지 하다가는 못 하고 맙니다. 외아들인 남자와 결혼해 홀시어머니를 모시고 사는 여자가 있었습니다. 근검절약을 강조하는 노모가 좋은 것은 무조건 아끼라고 하기에 예쁜 그릇이 생겨도 노모가 돌아가신 후에로 미루었는데 그만 남편이 먼저 세상을 떠났답니다. 나는 뭐든지 생각나면 그때그때 합니다. 누구 생각이 나면 전화도 그 자리에서 걸고 뭘 사고 싶으면 곧바로 삽니다. 복숭아가 먹고 싶은데 없으면 그 길로 나가 먹고 싶은 만큼 사들고 와 그 자리에서 다 먹습니다. 저축이란 게 없는 나를 걱정하는 식구와 친구들이 있지만, 평생 이리 살았으니 죽을 때까지 이리 살 것 같아 걱정을 안 합니다. 나처럼 살려면 돈이 있어야 한다고 하는데 그렇지 않아요. 원래 백화점에서 물건을 사 본 적이 없는 나는 시장을 잘 가는데, 요즘은 더 단계를 낮춰 노점상을 기웃거립니다. 내가 옷을 잘 바꿔 입고 코디를 잘하니까 비싼 것을 사는 줄 아는데 차마 공개할 수 없는 나만의 비법으로 쇼핑은 늘 혼자서 합니다. 지하철은 공짜로 타지요, 웬만한 곳은 노인에게 무료나 할인해 주는 좋은 나라에서 즐길 수 있는 것이 실상 많으니 마음이 환경을 능가하면 됩니다.

애독자 한 분이 세상을 떠나셨습니다. 남편의 학교 선배이고 오래된 지기라 친척처럼 가깝게 지냈습니다. 대령으로 은퇴한 지 얼마 되지 않아 중풍이 들자 부인이 아파트를 팔아 강화도에 들어가 카페 레스토랑을 열었습니다. 거리가 멀어 나는 1년에 한두 번밖에 가지는 못했지만 부인의 훌륭한 인품에 감동을 받곤 했습니다. 몇 번 응급차에 실려 가는 남편을 지극정성 섬기며 뼈 빠지게 일해 4남매를 다 성공시킨 대단한 여성입니다. 그 덕에 발병한 남편이 근 20년을 더 사실 수 있었지요. 공기 좋은 곳에서 많이 회복된 남편은 산책을 할 수 있고 두뇌도 정상으로 돌아와 우리가 가면 학창 시절 이야기로 꽃을 피웠습니다. 쓰러졌을 때 언어 기능이 손실돼 의사가 창밖의 비둘기를 가리키며 뭐라고 하느냐 하니 화가 나 '꿩이지 뭐야' 했다는 소리, 처제가 가져온 반찬을 더 달라고 하는데 반찬 이름이 생각 안 나 처제가 '데리고 온 그것'이라고 해 부인이 깔깔댔다는 얘기 등을 하던 기억이 납니다. 내 편지를 읽고 또 읽고 유머에 웃으며 얼마나 즐겼는지 모른다고 합니다. 문상을 갔는데 부인이 너무나 애통해하며 절절이 우는 모습에 저리도 사랑을 받던 당신은 진정 행복했노라고 영정의 사진을 오래도록 바라보았습니다. 사랑이 환경을 능가한다는 진리를 또 깨달으며 나로 하여금 부끄러운 회개를 하게 했습니다. 돌아오는 길에 남편이 "당신은 내가 죽으면, '하늘나라가 더 편하니 그곳에서 잘 쉬시오', 할걸?" 하기에 어쩜 그리 잘 아느냐고 대꾸를 했지요.

이달에는 좋은 영화가 많았습니다. 여성을 갑갑한 코르셋에서 해방시키고 치마 길이를 무릎 아래까지 과감히 잘라버린 여자. 남자들만의 재킷을 여성용으로 만들어 세상을 놀라게 했던 〈코코 샤넬〉의 이야기를 비슷한 외모의 오드리 토투가 실감나게 연기합니다. 〈사일런트 웨딩〉은 1953년 루마니아에서 실제로 있었던 일로, 결혼식이 벌어진 마당에 스탈린이 죽었다는 뉴스가 전해집니다. 공산당이 일체의 가무를 금지시켜 할 수 없이 침묵으로 결혼식을 진행하는데 웃지 못할 상황을 웃게 만듭니다. 연기가 아닌 천연스러움이 돋보이는 〈나무 없는 산〉도 수작이고, 어둠에 갇힌 아이를 빛으로 끌어내고자 애쓰는 선생님의 이야기를 담은 〈블랙〉은 가슴이 많이 아픕니다.

매기 캘러넌의 〈마지막 여행〉은 말기 환자와 가족, 의료진이 함께 읽는 아름다운 마침의 지침서로 실천 사항이 많아 참고가 됩니다. 책 중에는 선물용으로 좋은 것이 많습니다. 선동기의 〈처음 만나는 그림〉은 잘 알려지지 않은 명화를 찾아내 친절한 해설까지 곁들였습니다. 세상에 이런 참 의사, 참 크리스천이 있다니, 하나님이 천국에서 쓰시려고 일찍 데려가신 〈그 청년 바보의사〉 안수현을 읽는 감동이 오래도록 남아 있습니다.

30분의 여유가 주는 상쾌, 유쾌

편지 20 • 2009년 10월

수원에는 정조 대왕이 억울하게 죽은 아버지 사도세자의 능을 모셔 놓았고 말년에 자신도 어머니 혜경궁 홍씨를 모시고 살려고 화성 행궁도 지었습니다. 애당초 10년 건축 계획을 세웠는데 벽돌과 마차, 그리고 당시에 등장한 크레인의 역할로 2년 8개월로 단축되었다고 합니다. 756칸의 이 행궁은 세계에서 제일 크다는데 482칸만 복원되었고 아직도 진행 중입니다. 이처럼 복원이 가능한 것은 〈화성성역의궤〉라는 설계도(책)가 남아 있기 때문이라니 놀랍습니다. 한국전쟁 때도 손실되지 않은 남문인 '팔대문'은 아직도 그 견고함을 자랑하듯 버티고 서 있습니다. 세계문화유산에 등재된 수원 성곽, 우리나라의 성곽은 외벽 하나만 있는 것이, 외벽과 내벽 사이에 길을 만든 중국이나 일본과 다르다고 합니다. 화성열차를 타고 돌아도 좋지만, 외벽 안쪽을 따라 걷기에도 아름답기 그지없습니다. 정조 대왕의 화성행차는 열세 번이나 되었고 행차 시에 2천5백 명이나 동원되었다니 국고의 손실을 염려하는 소리도 당연하겠으나, 어린 나이에 눈앞에서 아버지의 죽음을 목격한 그 한은 오죽하겠습니까. 한강을 건너 과천을 통과해야 하는 길을 일부러 돌아서 간 것은 사도세자의 죽음에 동조한 두 정승의 묘가 과천에 있었기 때문이랍니다. 사도세자는 부왕인 영조의 미움을 받을 때마다 자기가 만든 뒤주 속에 들어가 숨는 버릇이 있었는데, 결국 그 뒤주 속에서 죽었으니 무슨 아이러니입니까. 뒤주는 좀이 슬지 않는 회화나무로 만든다는데, 아이들에게 이 체험을 하라고 몇 개의 뒤주를 갖다 놓은 것은 좀 심하다는 생각이 듭니다. 나오지 못하게 못을 박았고 그 위에 떼까지 입혔는데 안타까워하는 신하들이 밤에 몰래 물을 부어 준 일을 정조 대왕은 잊지 않고 찾아 벼슬을 시켰다고 합니다. 이리하여 수원은 '효의 도시'가 되어, '효'를 강조한 '효원공원'도 아파트 숲 속에 자리하고 있습니다. 중앙에 아주 편안한 자세로 앉아 있는 마님의 동상이 있어, 저분이 누군가 했더니 유명 인사가 아닌 평범한 우리네 어머니였습니다. 효도를 듬뿍 받은 행복한 모습이었습니다.

공원 한쪽 끝에 중국 남부 지역의 전통 공원을 조성한 '월화원'이 있습니다. 깨끗하고 조용한 그곳에 들르니 별안간 중국 속에 들어온 기분입니다. 공원 밖에는 '나혜석 거리'가 있는데, 그림과 글에 특출한 재능을 가졌으면서도 시대를 앞서가다 비극적인 생애를 마친 선각자를 떠올리게 합니다. 카페가 늘어선 이 거리에 나혜석을 좋아하는 지인과 다시 와서 커피를 마시고 싶습니다. 수원은 강남에서 버스로 가기에도 편해 부담이 없으니, 이 편지를 받으시면 가을이 가기 전에 한번 걸어 보세요.

나는 시내로 들어갈 때 남산순환도로를 즐겨 이용하는데 어쩌다 30분의 여유만 있어도 공원 주차장으로 들어갑니다. 편한 신발로 갈아 신고 나무들과 인사하며 걷습니다. 이 공원은 내가 나무에 관심을 가질 때부터 들르며 이름을 외우던 곳이라 익숙한 정원 같습니다. 무궁화 동산, 소나무 동산, 야생화 들판 등 이렇게 몇 분만 걸어도 기분이 상쾌해져 그날 만나는 사람에게 좋은 기분을 전하게 됩니다. 점심 후 이런 곳을 거닐면 오후 일이 피곤치 않을 겁니다.

지금도 그렇지만 내가 대학을 졸업하던 1964년에도 취직이 참 어려웠습니다. 교수님의 추천으로 들어간 출판사에는 적응하기 어려운 문제가 많았습니다. 몇 달을 고민하다 교수님께 상의하니 그만두라고 하셨습니다. 홀가분해진 마음으로 불어 학원엘 갔는데 부담 없이 다니려고 초급반에 들어갔습니다. 완전 초보인 중년의 신사가 불어를 나불대는 나를 굉장히 똑똑한 줄 알고 자기 회사로 오라고 했습니다. 당장 취직할 마음이 없어 농담으로 받았는데 어느 날 사무실로 데리고 가 비서 자리를 내주었습니다. 비상한 자기 머리를 따라오지 못하는 주위 사람들로 인해 불행한 이분의 성격은 어찌나 독특한지 가늠하기가 어려웠습니다. 자신이 스카우트한 내가 생각처럼 똑똑하지 못하다는 것을 안 순간, 기대가 실망으로 바뀌며 구박이 시작됐습니다. 타자를 잘못 치거나 영어 스펠링을 틀리면 인격적인 모욕을 하는데 참을 수가 없었습니다. 그래서 당장 그만두고 싶었지만 나처럼 바람처럼 왔다가 떠난 사람이 한두 명이 아니라는 소리를 듣자 생각이 달라졌습니다. 그 학교 나온 사람도 별 수 없다는 소리를 뒤에 남기고 싶지 않았고 사회 부적응자로 낙인찍히는 것도 싫어 이를 악물고 참아 보기로 했습니다. 독수리 타자를 면하기 위해 퇴근 후에 남아서 연습을 하고 사무에 필요한 전문 영어를 찾아서 공부했습니다. 사장이 내게 호의를 베푼 한 달에 세 곱을 쳐서 석 달만 죽어라 일해 보자, 나름대로 빚을 갚는다는 심정으로 일을 했습니다.

그런데 어느 날 밤늦게 귀가하던 사장이 사무실에 불이 켜진 것을 보고 들렀다가, 내가 열심히 타자하는 것을 보게 되었습니다. 감동을 받은 사장은 그 순간부터 나를 다시 믿게 됐고 구박을 하지 않았습니다. 사장의 독특한 성격을 거슬리지 않으려고 연구하다 보니 '비위 맞추기'가 취미가 되어버렸습니다. 다른 직원들은 다 야단을 맞아도 나는 제외였습니다. 사장의 화가 어디까지 갈까 파악하게 되자 사무실에서는 나를 무당이라고 했습니다. 그러면서 혹독하게 일을 배웠습니다. 그 때문인지 남편 유학 시절, 미국의 직장에서는 보스가 칭찬을 아끼지 않았습니다. "어떻게 동양 여성이 이리도 일을 잘하는가, 당신 같은 사람이라면 언제라도 채용하겠다"라고 했을 정도니까요. 어쨌든 이 사장님 회사에서는 남자 직원들보다 월급도 많이 받았습니다. 그러던 내가 결혼하면서 회사를 그만두자 후임을 구하는 데 애를 먹었다고 합니다. 이때의 경험이 내 인생에 큰 도움이 되었습니다. 결혼생활이나 사회생활에서 상대방이 험하게 굴 때, 나름대로의 한계를 정해 놓고 빚을 갚는 심정으로 참고 노력하면 대부분 그 한계선까지 가기 전에 좋은 결과를 보게 됩니다. 상대방의 태도에 따라 절대로 흔들리지 말고, 내가 먼저 등을 돌려서도 안 되고, 상대방이 약할 때 떠나지 말라고 충고하며, 이혼의 위기에 있는 여러 사람을 구하기도 했습니다.

일의 순서를 잘 안다는 것으로 나를 완벽주의자로 보는 사람이 있는데 절대 그렇지 않습니다. '최선을 다하라'는 말을 나는 참 싫어합니다. 사람이나 일에 최선을 다하면 지치게 되고 힘든 만큼 마음도 몸도 상합니다. 그냥 적당히 5퍼센트 정도 남겨 놓고 하는 게 정신건강상 좋습니다. 하다가 안 되면 내 몫이 아닌가 보다, 에라 모르겠다 하고 포기도 잘 합니다. 그래서 한 우물을 파며 기를 쓰고 매달리는 사람, 죽어도 일등을 해야겠다는 부류와는 다른 세상에 삽니다. 그냥 적당히, 재미있게, 노는 것처럼 일을 하며 살다 보니 노년도 여전히 바쁘고 즐겁습니다. 우선순위는 하나님께 드리고, 나머지 시간에 방송 진행도 하고 한 달에 한 번 만나는 클럽 활동도 하다 보면 세월이 어찌나 빠른지 '한번 보자, 밥 한번 먹자' 하면서도 만나기가 어렵습니다. 어느 곳을 가든지 생각나는 사람이 있으면 그들에게 전화를 합니다. 그리고 마음에 드는 책을 읽으면 선물로 사서 보냅니다. 만남을 대신하는 방법도 여러 가지입니다.

❧

아침에는 신문을 오리고 저녁에는 골라 놓은 기사를 편한 자세로 읽으며 스크랩을 하기도 합니다. 그러면서 참고가 될 만한 기사를 뽑았다가 몇 사람에게 줍니다. 신문을 안 보는 젊은이들이 내 주위에 꽤 있는데 그들은 이것을 받을 때 고마워합니다. 나는 뉴스도 텔레비전으로는 안 봅니다. 보기 싫은 내용도 다 봐야 하기 때문입니다. 관심 없는 것은 외면하다 보니 책도 편향한다는 말을 듣습니다. 노인을 위한 방송에 책 소개를 해야 하므로 건강이 주제거나 세간에 화제가 되는 책을 고르게 됩니다. 치과의사 니시하라 가츠나리가 쓴 〈면역력을 높이는 생활〉이 있습니다. 코로 호흡을 하고, 음식물을 양쪽으로 잘 씹어서 먹고, 찬 것을 금하고, 잘 때 위를 보고 똑바로 누워 소(小)자 모양으로 자는 습관을 들이면 면역력이 강해진다고 합니다. 〈따뜻한 카리스마〉를 쓴 이종선이 이번에는 〈멀리 가려면 함께 가라〉는 책을 냈는데 세상을 내 편으로 만든 사람들의 사례를 실명까지 들어가며 설명하는군요. 중년 남성들에게 인기 폭발인 〈나는 아내와의 결혼을 후회한다〉는 '영원히 철들지 않는 남자들'을 위해 문화심리학자인 김정운이 쓴 것인데, 참 재미있습니다. 기독교 서적으로는 매일 한 장씩 읽는 오스왈드 챔버스의 365일 묵상집 〈주님은 나의 최고봉〉이 있고, 손기철의 〈기적을 일으키는 믿음〉은 하나님의 능력을 현실에 불러일으키라고 외칩니다.

〈벨라〉는 따뜻함이 생명을 구한다는 메시지의 영화인데 두 번이나 보았습니다. 좋은 영화를 연거푸 보는 것도 영화 친구에게서 배웠는데 감독이 슬쩍 흘린 세심한 부분까지 알게 되는 묘미가 있습니다.

외할머니 찬가

편지 21 • 2009년 11월

놀이터에서 뛰어노는 아이들을 바라보며 잔디밭에 돗자리를 펴고 앉아 며느리와 커피를 마시는데, 느티나무 단풍이 한 잎 두 잎 떨어집니다. 손주들이 크면 공부에 매달려 좀처럼 보기도 힘들 터이므로 아직 어릴 때 정기적으로 만나려고 날짜를 정했습니다. 손주 셋이 다 사내아이들이라 야외가 좋습니다. 바쁘거나 아프면 빠지더라도 한 달에 한 번만은 만나자고 할머니가 청한 것입니다. 공원으로, 미술관으로 자기들이 가고자 하는 곳에 가도록 할머니가 지갑을 열어 인심을 쓰면서 구애합니다. 덥지도 춥지도 않은 알맞은 가을 햇살에 온몸을 내어 주고 있으려니 시공간을 초월한 아득함 속에 그리움이 그림처럼 펼쳐집니다. 외할머니의 특별한 사랑을 받던 손녀가 어느새 할머니가 되어 그 사랑을 반추하게 되었습니다. 내 인생에 대단한 영향을 주셨던 분은 돌아가신 후에 더 빛을 발해 이토록 절절한 감탄과 경외심을 갖게 합니다. 모든 재능을 다 갖췄지만 시대를 잘못 타고나 피폐한 일생을 사시며 세속적인 복은 못 누리신 분, 그러나 하나님을 만났기에 우리 집안에 믿음의 뿌리를 내려 주신 훌륭한 조상입니다.

사내동생이 공부하는 어깨너머로 글을 깨친 영특한 소녀는 그리도 공부가 하고 싶어 뒷마당에서 올려다 보이는 배화동산의 여학생들을 부러워만 하다가 용기가 없어 가출을 못하고 부모가 정해 주는 시집을 가야만 했습니다. 중매쟁이의 거짓말을 두고두고 미워하면서 곤고한 날을 보내던 어느 날, 저잣거리에서 파란 눈의 선교사가 건네주는 전도지를 받았습니다. 호기심에 예배당으로 향했는데 반색을 하며 반기는 전도부인과 선교사에게서 자기 일생 처음으로 환영이란 걸 받았답니다. 감동받은 영혼에 하나님의 말씀이 쏟아지자 은혜로 다시 태어나는 기쁨을 맛보았고 그때부터 주님 한 분만을 의지하는 삶을 살게 되었습니다. 아들은 태어나는 족족 다 죽어 딸만 셋을 두었지만 어려운 살림에 죽어라고 딸들을 공부시켰습니다. 할머니는 모든 지식과 지혜를 교회에서 배웠고, 우리 어머니는 캐나다 선교사의 도움으로 배화고녀와 이화여전을 나왔습니다. 미모에, 총명한 두뇌에, 빼어난 솜씨에, 예리한 판단력을 두루 갖춘 할머니는 분명 시대를 잘못 태어났고 세속적으로 박복했습니다. 딸들의 이름에 다 목숨 수자를 붙이고 평생 기도를 하신 분(세 따님 모두 장수했음), 생활이 넉넉한 둘째딸네 집에 가지 않고 형편이 어려운 맏딸네인 우리 집에서 살림을 도와주시던 분, 유난히 몸이 약한 손녀딸인 나를 위해 끊임없는 기도와 정성으로 길러 주신 분, 새벽마다 이마에 얹히는 할머니의 손과 간절한 기도에 눈시울을 적시며 자랐고, 반항아로 삐딱하게 굴다가도 할머니의 설득으로 나쁜 길로 빠질 수가 없었습니다. 좁은 나라에 죽은 자의 묘지는 옳지 않다고 화장을 유언하신 분, 우리나라에서 최초로 안구를 기증하신 분입니다. 애통하는 자와 심령이 가난한 자가 복이 있다는 산상수훈의 팔복이 무슨 뜻인지 알게 해 주신 분입니다.

장례 문화에 매장보다 화장이 보편화된 것, 간장·고추장 공장이 생긴 것, 부위별로 가격을 달리 매겨 고기를 판매하는 것, 폐품을 재활용하는 것 등은 예전부터 할머니가 주장하시던 것입니다. 요즘 이러한 것이 생활화되는 것을 보면서 할머니가 반세기 정도 앞을 내다본 분이었다는 것을 알았습니다. 말년에 치매기가 들자 연탄가스로 죽어 가는 사람들이 안타깝다며, 연탄과 동치미 국물을 가지고 약을 개발하겠다고 하셔서 '노망도 격이 높다'고 우리들은 낄낄대기도 했습니다. 보통 사람들은 그들의 일생이 끝나면 그것으로 잊혀지게 마련인데 두고두고 삶의 길목에서 생각나고 그리워하며 존경하게 되는 그런 분이라면 위대하다 아니할 수 없습니다. 친구들은 그런 할머니를 가진 나를 부러워합니다. 그때마다 내가 하는 말은 "너희들이 그런 할머니가 되어라"입니다. 과연 나의 손자들이 내게서 잊혀지지 않을 추억을 갖게 될지는 모르겠습니다만, 그런 할머니가 되고는 싶습니다. 할머니가 생전에 제일 궁금해하던 손녀사위를 못 보셨는데 늘 "어느 불쌍한 녀석이 데려갈꼬", 혀를 차곤 하셨습니다. 그 얘기를 들은 남편은 보지도 못한 우리 할머니를 좋아하게 되었답니다.

연암 박지원은 얼마나 매력 있는 인물이었던지요. 고미숙의 〈열하일기, 웃음과 역설의 유쾌한 시공간〉를 통해 푹 빠졌습니다. 강현식의 〈심리학으로 보는 조선왕조실록〉은 조선 역대 왕들의 성격을 심리학적으로 풀어 본 것으로 대단히 흥미롭습니다. 동인문학상 수상작인 김경욱의 〈위험한 독서〉와, 조정래의 〈황홀한 글감옥〉도 재미있었습니다. 기독교 서적으로는 그렉 브레이든의 〈잃어버린 기도의 비밀〉, E. M. 바운즈의 〈기도하지 않으면 죽는다〉, A. W. 토저의 〈네 주인은 누구인가〉 등을 읽었습니다. 프랑스로 입양되어 영화감독이 된 한국 여성 우니 르콩트가 만든 〈여행자〉는 데뷔작이라는데 수작입니다. 눈물샘이 말라버린 내가 웃는 아이들의 얼굴을 보며 눈물을 흘릴 정도였습니다.

가끔 당황하고 민망한 일을 겪는 수가 있습니다. 나와 이름과 나이가 같은 대학교수가 있는데 인터넷에 그분의 인적사항에 소설을 썼다는 내 얘기가 겹쳐 있다고 합니다. 일전에 어느 잡지에 글을 썼는데 기자가 인터넷을 쳐 보고 대뜸 나를 교수라 불러 바로잡았는데도 기사에 교수로 나가 불편한 맘을 어찌할 수가 없습니다. 해외에 있는 친지들이 나더러 언제 교수가 됐느냐고 묻기도 하고 사칭죄로 걸린다는 친구의 말도 들어서, 소심한 나는 어찌할 바를 모르는데 이것을 고치는 게 쉽지가 않은 모양입니다. 그분도 나의 존재를 안다는데 아직 만날 기회가 없었습니다. 흔하지 않은 이름인데 이런 일을 겪는군요. 남편은 내가 옛날에 한 학기 대학에서 강의한 적이 있으니 괜찮다고 합니다만 나는 괜찮지가 않습니다.

광릉에 있는 국립수목원은 예약자에 한해 방문을 허락하기에 가기가 쉽지 않습니다. 마침 근처 식당에서 사람이 많으면 차를 보내 준다고 하여 모처럼의 기회를 잡아 우르르 몰고 갔습니다. 잎을 떨구며 겨울 맞을 준비를 하는 나무는 피톤치드를 뿜어내고, 우리는 그것을 맘껏 들이마셨지요. 환자들이 숲을 정기적으로 방문하면 병을 고친다는 말은 정말입니다. 눈

내리는 한겨울에 친한 여자 친구나, 자매, 친정어머니와 함께 이 숲을 꼭 거닐어 보라고 합니다. 추운데 거기는 왜 가느냐고 무드 깨는 남편과는 동행하지 말라는 게 여자 해설사의 권고입니다.

❧

주택을 지니고 살면 그 관리가 골치 아픈데 특히 잔디 깎는 문제가 보통이 아닙니다. 울타리 없는 미국에서는 조금만 소홀하면 온 동네에 게으른 집이라는 표시가 나고 심하면 경고까지 받습니다. 친척을 방문했을 때 내외가 그 문제로 다투니 민망해진 남편이 염소를 잔디밭에 키워 풀을 뜯어먹게 하라는 아이디어를 내서 한바탕 웃은 일이 있었는데요, 아 글쎄 그것을 실현하는 데가 있군요. 스위스 제네바에 있는 유엔 유럽본부(팔레드나시옹) 앞뜰에 3백여 마리의 양떼가 풀을 뜯고 있는데 지구 온난화의 주범인 온실가스 배출을 줄이기 위해 4년 전부터 실시해 오고 있다고 신문에 사진까지 났어요. 약한 전기가 흐르는 임시 울타리를 친 잔디밭에 양치기 개들이 양떼를 이리저리 몬다네요. 엉뚱하다고 버려지는 아이디어가 얼마나 많을까 이 기사를 보면서 생각해 봤습니다.

❧

9월에 시작한 '연경당 마님'이 12월로 가을 학기가 끝났습니다. 연경당 마님은 내게 손자 같은 존재여서 만나면 반갑고 끝나면 더 반갑습니다. 이번에도 열두 번을 잘 진행해서 다음 봄까지 느긋한 방학을 즐기게 되었습니다. 즐기면서 일을 한다고 하지만, 방송이나 연경당 마님이 끝나면 후련한 기분에 날아갈 것만 같으니 은근히 스트레스를 받는 모양입니다.

멋쟁이 친구가 있는데, 그녀와 만나는 날이면 묘하게도 서로 같은 색깔의 옷을 입고 나와서 남이 보기에 무슨 시스터즈 같아 당혹하게 됩니다. 그래서 미리 연락을 하는데 우스운 것은 그날 내가 입으려는 색깔을 그녀도 골라 놓았다는 것입니다. 약속하지 않고 길에서 우연히 만난 어느 날, 똑같은 색깔을 입어 이게 무슨 일인지 이해가 안 되는데 바이오리듬이 같은 것이 아닌가 하는 말을 듣기도 했습니다. 나보다 훨씬 옷이 많은 그녀가 선택권을 내게 주기에 내 맘대로 입지만 이런 별일도 있습니다그려.

그대가 나로 인해 즐거울 수 있다면

편지 22 • 2009년 12월

12월은 참 좋은 달입니다. 한 장 남은 달력을 아쉬워하기보다 열한 달을 잘 지냈다는 감사가 우러나오고 그동안 못 보던 벗들을 해 가기 전에 만나는 즐거움도 큽니다. 더군다나 예수님 오신 그날을 기다리는 대림절이 있다는 것이 고마울 뿐입니다. 크리스마스니 트리니 하는 것들이 점점 없어지고 송년회다 망년회다 흥청거리는 세상을 바라보며 오히려 구별된 성탄의 의미를 더 깊이 느낄 수가 있습니다.

편지 쓰는 것이 습관이 되다 보니 내게는 일상인 것이 남들에게는 특별함으로 다가온다는 말을 들을 때 고마운 마음이 듭니다. 지난달 할머니 편지는 자기 어머니가 생각나 눈물을 흘렸다는 사연, 이번에는 또 무슨 사연일까 가슴 설레며 뜯어보고 읽은 후엔 그 특별남에 감탄을 하지 않을 수 없다는 이야기, 외출에서 돌아오는 길 우체통에 꽂혀 있는 반가운 편지를 뽑아 드는 즐거움, 두고두고 몇 번이나 읽게 되는 자선치고는 최고의 자선이라는 찬사를 들을 때면, 알려 주지 않으면 모르는 것을 표현해 주는 마음씨가 고와 내 기쁨은 배가 됩니다.

추운 날씨에 불 켜진 조그만 빵집에 들러 맛있는 빵과 차를 즐기며 친구와 얘기하는 따뜻함, 가슴이 멍해지는 영화를 보고 아무 말도 할 수 없어 그냥 차만 마시는 오후, 상대방의 비위에 맞춰 행선지를 정해 데리고 가면 아주 행복해하는 모습을 보는 즐거움 또한 대단히 큽니다. 신문에 난 기사를 오려 수첩에 끼어 두고 이 전시회는 이 친구와, 저 카페는 저 친구와, 그리고 장거리라도 기꺼이 따라와 주는 나를 믿는 지기와 걸을 때면 이런 삶이 한없이 감사할 뿐입니다. 그래서 내가 가 본 곳이 좋을 때면 기를 쓰고 사람들에게 알리고 데리고 가는데 더 늙으면 못 할 것 같아서이기도 하지만 내 자신이 즐겁기 때문입니다. 내가 베푸는 잔치에 그들이 즐거워한다면 더 바랄 게 없으니 확실히 위안부의 인자가 있는 모양입니다.

나는 요즘 조선 왕릉에 관심이 가서 그쪽으로 눈을 돌립니다. 5백년 왕조에 왕릉이 온전히 남아 있는 사례는 세계 역사상 우리가 유일하기에 유네스코 세계문화유산에 등재가 되었습니다. 이우상이 글을 쓰고 최진연이 사진을 찍은 〈조선왕릉–잠들지 못하는 역사 1, 2〉를 보며 공부를 합니다. 조선 왕릉은 모두 마흔네 기로 북한 소재 두 기를 제외하고 모두 서울 근교에 있습니다. 이는 왕이 궁궐을 떠나 능에 가서 참배하고 올 수 있는 거리가 궁궐에서 80리로 정해졌기 때문입니다. 정조 대왕은 아버지 사도세자의 능을 쓸 때 궁에서 88리라고 신하들이 이의를 제기하자 80리라고 우겨서 그때부터 '한양 80리'가 유행어가 되기도 했답니다. 능제를 지낼 때 소를 잡았기에 수원갈비, 태릉갈비, 홍릉갈비의 유래가 되었습니다. 왕릉은 무덤만 있는 게 아니라 과거와 현재를 이어 주며 살아 숨쉬는 역사의 현장입니다. 그래서 행적이 그냥 살아남기에 왕은 죽었어도 죽지 못하는 존재입니다. 시내에 위치한 선정릉에 연경당 마님들과 같이 갔습니다. 비싼 강남 노른자위, 고층 빌딩이 둘러싼 곳에 오롯이 소나무 울창한 이만한 땅이 존재할 수 있는 것이 얼마나 다행인지요. 선릉은 조선 9대 성종의 무덤이지만 임진왜란 때 파헤쳐져 유해는 없는 빈 무덤입니다. 성종은 어머니 인수대비의 사랑을 받지 못했던 탓일까, 여자관계가 복잡해 부인이 무려 열두 명이었습니다. 그것은 바로 옆 정릉에 누워 있는 아들 중종도 마찬가지여서 부인이 역시 열두 명으로 부전자전 조선 랭킹 5위를 차지합니다. 모든 것을 다 이루었다는 뜻인 성종은 최고의 법전인 〈경국대전〉

을 비롯, 〈동국여지승람〉, 〈동문선〉, 〈악학궤범〉 등을 완성했습니다. 공혜왕후가 자식 없이 일찍 죽고 연산군을 낳은 윤씨가 폐비가 되자 세 번째로 정현왕후 윤씨를 맞아 중종을 낳습니다. 중종은 그야말로 힘없는 군주로 왕비 한 사람을 지키지 못해 단경왕후를 폐할 수밖에 없었고, 궁궐에서 쫓겨난 왕비가 울며 인왕산에 올라 다홍치마를 펼치고 임금이 보기를 원해 '치마바위'의 전설을 만든 주인공입니다. 중종이 열두 명의 부인을 얻은 것은 처궁이 산란했기 때문인데 죽어서도 왕비 하나 곁에 두지 못하고 아버지 성종과 어머니 정현왕후 사이에 있습니다. 시내에서 소나무 향기를 맡고 싶다면 2호선을 타고 선릉역에 내려 무조건 걸어 보세요. 근처 '예당'이라는 찻집에서는 대추차와 쌍화차를 아주 맛있게 달입니다.

세계적인 영성학자 유진 피터슨이 번역한 성경 〈메시지〉를 소개합니다. 살아 있는 언어로 읽는 즐거움을 이만큼 주는 성경을 만난 것은 행운입니다. 먼저 비기독교인, 초신자에게 권하고, 익히 성경을 오래 읽은 이들에게도 강하게 추천합니다. 아니 모든 이들이 읽었으면 하는 바람으로 요즘 내가 선물하는 단골 메뉴가 되었습니다. 〈루이스의 서재〉는 C. S. 루이스의 사상이 어떻게 만들어져 흐르게 되었는지 그 시작된 수원, 즉 그에게 영향을 준 작가와 글을 모아 놓은 책으로 루이스가 뽑은 에센스를 읽는 편리함도 맛봅니다. 신간은 아직 시험대에 있기에 검증된 고전을 읽는 것이 바람직하다고, 신간 한 권을 읽으면 반드시 고전 하나를 읽으라는 게 루이스의 권고입니다. 패트릭 헨리 휴스의 〈나는 가능성이다〉를 읽으며 자살이란 하나님의 가능성을 끊어버리는 행위라는 말이 생각났습니다. 태어날 때부터 눈도 없고 팔다리가 짧고 척추에 심을 박아야만 겨우 휠체어에 앉을 수 있는 아이가 어떻게 사람들에게 희망을 줄 수 있는지 알려주는 기가 막힌 실화입니다. 존 비비어의 〈순종〉을 읽으며 내내 불편했습니다. 나는 부모님, 선생님, 교회, 남편에게 다 순종하지 않았고 물론 하나님에게도 불순종한 죄인이므로 이 절체절명의 순종하라는 글을 읽으려니 한없이 괴로웠습니다. 그래도 읽어야만 하는 책입니다. 고집이 세 남의 얘기를 절대 안 듣는 가족이나 주위 사람들을 보며 참담함을 느끼면서도, 내가 바로 그런 모습인 것을 깨닫지 못하는 어리석은 인간이었습니다. 자아의식이 강한 사람, 고집이 센 사람, 개성이 강한 사람이 점점 싫어집니다.

지난 6월부터 기드온 사역을 본격적으로 하게 되었는데 힘든 것만큼 은혜를 체험하게 됩니다. 미국에 갔을 때 부인회원을 여성이나 부인이라 하지 않고 'auxiliary(보조)'라고 부르는 게 이상했습니다. 기드온 용사들이 일선에 나가 뛸 때 부인들은 뒤에서 기도로 돕는다는 뜻에서 실제로 땅바닥에 무릎 꿇고 기도합니다. 군대처럼 모든 것이 본부의 명령을 받아 실행하는 것으로 변경이나 이의신청이 받아들여지지 않고 그 원칙대로 130여 년 동안 이어져 와 세계 180여 개국에 지부가 있으며 계속 번창하고 있습니다. 각계각층에게 줄 일곱 가지 성경을 제작하는 데 드는 비용은 전적으로 교회 모금에 의존합니다. 문을 여는 교회에 가서 예배드리고 모금함을 들고 서 있는 것 자체가 은혜로운데, 동전이라도 넣는 사람에게 감사의 고개를 숙일 때 눈물이 날 정도여서 내가 더 은혜를 받습니다. 이른 아침 중고등학교 앞에 가서 등교하는 학생들에게 나눠주고, 군부대에도 가고, 병원에도 가는데 이 세상의 상급 없는 일을 전부 자비량으로 기쁘게 봉사하시는 분들을 보면 존경과 감탄을 하지 않을 수 없습니다. 나 역시 항상 가방 속에 조그만 성경을 넣어 가지고 다니며 식당이나 지하철에서나 눈이 마주친 사람에게 자연스럽게 건네면 그들은 뿌리치지 않습니다. 전도지를 주면 거절하는 사람들도 몇 마디 인사를 하며 성경을 주면 고마워하기에 전도용으로는 아주 좋습니다. 남편이 띠를 두르고 학교 앞에서 성경을 나눠 주는 것을 차를 타고 가던 동창이 보고 '저게 웬일인가, 저 녀석이 완전히 돌았구나' 했다는데 그의 학생 때 행적을 아는 이들에게서 나올 법한 소리입니다.

3 장

나의 보물단지

〈편지 23〉~〈편지 31〉

삶이여, 차가운 눈 언덕에 내리꽂히는 아침 햇살이여!

편지 23 • 2010년 1월

경인년 새 아침에 애독자 여러분께 세배를 올립니다. 올 한 해 영육 간에 강건하시기를 바랍니다. 나이 먹는다는 것을 싫다 마시고 빙그레 웃을 수 있는 느긋함으로 여유를 가지신다면 주위에서도 더불어 편안해할 것입니다.

우리는 새해 첫날 새벽 5시 30분에 교회에서 신년예배를 드리고 아이들의 세배를 받았지요. 손자 셋에게 모두 상을 주었습니다. 정초에 계획표를 작성하고 연말에 실행 결과를 보고 시상하는 것입니다. 내가 만든 우리 집안의 전통입니다. 남자들보다 여자들이, 어른들보다 아이들이 더 열심입니다. 나는 올해 일은 더 열심히, 말은 절제하며 살려고 합니다. 생각나는 대로 입에서 그냥 튀어나오는 말을 자제하지 못한다면 죽을 때 많이 후회할 것입니다. 누구처럼 화가 나도 웃고, 기가 막혀도 웃고, 말이 안 돼도 웃는다면 '평양성에 해 안 뜬대도' 웃은 죄밖에 없겠지요.

아, 이번 겨울의 눈이라니, 신년 일주일은 일산의 본 교회에서 새벽기도를 드리려고 새벽 4시 30분에 집을 나섰습니다. 약간의 눈발이 흩날렸습니다. 남편이 대표기도를 맡았기에 꼭 가야 합니다. 조심스럽게 운전을 했는데도 점점 심하게 오는 눈을 피할 수가 없더군요. 그만 미끄러져 펜스에 부딪치고 말았습니다. 차에 흠집이 생겼으나 제시간에 대갈 수는 있었습니다. 하나님의 은혜이지요. 돌아오는 길에는 남편이 운전을 했지만 앞이 안 보이게 쏟아지니 속수무책, 물경 네 시간이 걸렸습니다. 약간의 경사를 못 올라가 결국 길에다 차를 버리고 오는 수밖에 없었고 이틀 후에나 겨우 끌고 왔습니다. 이것도 감사합니다.

옛날 미국 동부 시러큐스 시절이 생각났습니다. 시름시름 오는 눈이 문 앞에 산더미처럼 쌓여 아침에 문을 열려면 온몸을 부딪쳐야 했습니다. 문을 열어도 천지가 눈바다라 주차장까지 부삽으로 눈을 헤치고 개구리처럼 헤엄쳐 나아갑니다. 이리저리 더듬어 차를 겨우 찾아내도 운전을 과연 할 수 있을까 엄두가 안 납니다. 온 사방이 눈천지라 눈을 어디 갖다 버릴 데가 있어야지요. 처음에는 우습기도 했지만 정말 장난이 아니었어요.

시러큐스 사람들은 그 생활에 잘 적응하여 10월부터 다음해 4월까지는 눈이 오는 것을 당연하게 여깁니다. 대학들은 스키를 탈 수 있다고 홍보해 학생들을 많이도 모읍니다. 스키 타다 다쳐 목이나 다리에 깁스를 한 사람들이 널려 있습니다. 나는 관절이 쑤실 때마다 따뜻한 온돌이 그리워 향수병을 핑계로 눈물을 흘리곤 했습니다. 주택에 살고 있던 선배는 집 앞 눈을 치우지 않으면 고소를 당하기 때문에 사람을 불렀지만, 폭설에 그마저도 오지 못했답니다. 잘 살아보려고 미국에 왔는데 무슨 시베리아 유형을 당한 것 같다고 하소연을 하며 죽도록 고생을 하며 직접 치웠답니다. 나는 눈이 참 싫습니다. 아니 무섭습니다. 눈 운전을 놓은 지 오래라 별안간 폭설에 이리 맥을 못 추는군요.

교회 창립기념일인 1월에 시무권사로 다시 취임했습니다. 다른 교회의 권사로 왔기에 1년 동안 협동권사로 있다가 신임 권사들과 함께 교육을 받았습니다. 은퇴를 앞둔 노인인데도 예외가 없다 하여 3개월 동안 신구약을 샅샅이 훑어가며 공부했는데 은혜로웠습니다. 목사님이 설교 중에 자신의 목회 철학은 사람을 키우는 것이라며, 우리 교회가 형편이 되는 대로 장학생을 길렀으면 좋겠다는 말씀을 하셨습니다. 그래서 내가 적은 돈이나마 그런 취지로 헌금했더니 목사님께서 감격해

하셨습니다. 올해 내게 장학위원장을 맡으라고 하시기에 위원장은 사양하고 위원을 하겠다고 하니 사람이 한 명뿐인데요, 그래서 깔깔 웃고 수락을 했습니다. 남들은 웃겠지만 우리 교회 장학위원회는 이렇게 시작되었습니다. 내가 뭐든지 생각나는 대로 하는 것은, 언제 죽을지 모르는데 벼르다가 못 하느니 작은 씨앗이라도 뿌리자 하는 마음에서입니다. 그리고 적으면 적은 대로 중학생 한 명에게라도 얼른 주자는 게 내 주장입니다. 샘물은 자꾸 퍼내야지 또 고이지요.

이참에 장학금에 대한 내 생각을 말해 보겠습니다. 평생 장학금 면제생인 내가 관심을 갖는 것은 장학금으로 공부하신 우리 부모님이 장학재단을 만들고 싶어 하시다가 세상을 떠나셨기 때문입니다. 재단은 엄청나니까 기회가 되는 대로 적은 돈을 기부하는데 이것이 과연 장학금으로 제대로 쓰일까 하는 우려는 늘 품고 삽니다. KAL기 추락 사고로 딸을 잃은 모 국회의원이 그 보상금을 딸이 다니던 대학 총장에게 딸 이름의 장학금으로 써 달라고 직접 건넸습니다. 그런데 유감스럽게도 그 돈이 총장의 술값으로 다 날아갔습니다. 이 사실을 아는 나는 대단히 분개했고 간혹 김밥 장사나 노점상을 하던 할머니가 평생 모은 돈을 대학에 기증한다 하면 조바심이 나서 안절부절못하는 버릇이 생겼습니다. 보통 장학금은 가난하면서 공부 잘하는 학생에게만 주는데, 가난하면서 공부를 못 하는 학생에게 주어야 한다는 게 내 주장입니다. 공부 잘하는 학생은 어떻게든 공부를 하게 마련이지만, 가난하고 공부도 못 하는 학생이 학업을 포기한다면 그 아이의 장래는 어떻게 되겠습니까. 말썽만 피우는 꼴찌에게 장학금을 주고 격려한다면 그 아이의 인생이 바뀔 거라는 상상을 하면서 나는 흥분합니다. 우리 교회 장학금은 성적과 관계없이 쓰일 것이며 그 운영 방법도 세심하게 신경을 쓸 것입니다.

왜 책을 읽는가? 이것은 나 스스로에게 묻는 질문이기도 합니다. 단답으로 하면 일종의 '도피'가 아닌가 싶습니다. 내 글이 안 써질 때 남의 글 속으로 도망가고, 외로울 때, 게을러질 때, 우울할 때 나는 책 속으로 숨어듭니다. 새로운 세상 속으로 들어가서 이 사람 저 사람을 만나기도 하고 대화도 하고 딱한 사정 속에 같이 헤매기도 하면서 동서양, 고대와 현대 속을 넘나들며 놀다 보면 책이 쌓이게 됩니다. 그러면 사람들이 언제 이 많은 책들을 읽었느냐고 놀랍니다. 책을 많이 읽었다는 것은 내 글은 못 썼다는 얘기가 됩니다. 때로는 머릿속이 한없이 헝클어지기도 하지만 텔레비전보다는 책이 훨씬 좋고 먹는 것보다 책 사는 게 좋으니 고치기 어려운 중증입니다. 시간이 없다느니 눈이 아프다느니는 내게는 해당 사항이 아닌 게 옛날부터 살아 온 방식이라 새삼스레 시간이 없을 리 없고 불편해도 돋보기에 의존하면 되지요. 90 넘은 할머니의 화투 내려치는 솜씨가 씽씽해서 물으니 '젊었을 적부터 해서 그랴', 몸에 밴 일은 이렇게 의식하지 않고도 됩니다.

지난번에 소개한 바 있지만 〈조선왕릉〉, 〈조선왕비 오백년사〉, 〈심리학으로 보는 조선왕조실록〉, 이 세 권의 책만 본다면 5백년 조선 역사는 꿰뚫게 됩니다. 다 재미있게 여러 시각으로 조명했기에 객관성도 있어 추천할 만한 도서입니다.

40년간 사마천과 〈사기〉를 연구한 학자 한자오치(韓兆琦)가, 베이징 텔레비전에서 최고 시청률을 올린 '사기 강의'를 책으로 엮어 〈사기 교양강의〉를 냈습니다. 쉽고 재밌게 〈사기〉의 세계로 안내하는 믿음직한 지도입니다. 기존의 관점을 탁월하게 뒤집는 견해의 묘미를 읽을 수도 있고 이해가 잘 안 됐던 부분에 대해 충분한 보충 설명이 있어 어렵지 않습니다. 그러나 바탕이 공산주의 사상에 의거한 것이라는 남편의 견해도 참고할 만합니다.

애독자 한 분이 자기 할아버지는 말년에 성경만 보셨고 아버지는 역사책을 보셨다고, 나더러 자기 할아버지와 아버지를 합쳐 놓은 것 같다고 하더군요. 나이가 들면 역사가 좋아집니다. 숱한 왕들의 행적을 보니, 무능한 지도자들이 단연 많았기에 세상이 이렇게 시끄럽고 그 영향으로 백성들이 고생을 합니다. 아무리 업적을 많이 쌓았다고 해도 살인을 많이 한 왕들은 그 억울한 영혼들의 원한에 어찌 편안히 잠들겠습니까. 백성들이 직접 선거하는 현대에도, 잘못 뽑은 지도자 때문에 지지리 고생을 하니 어떤 면에서는 백성의 탓이기도 합니다만, 이 지도자를 하나님이 허락하셨다는 데 우리들의 고민이 있습니다.

미술사학자 고종희가 쓴 〈이탈리아 오래된 도시로 미술여행을 떠나다〉는 11년간 이탈리아에서 유학하며 작은 도시에도 보석처럼 박혀 있는 미술품에 대하여 들려주는 예술 에세이집인데, 그곳을 샅샅이 가 볼 수 없는 우리는 책으로 만족할 수밖에 없지요. 책이 안 팔리더라도 좋은 책을 만든다는 한길사에서 나왔습니다.

절제의 계절

편지 24 • 2010년 3월

모든 것이 너무 많은 세상이 되어버렸습니다. 사람도 많고, 물자도 많고, 정보의 홍수 속에 정신이 흐려지기 십상이라 차츰 귀한 것이 그리워집니다. 유럽을 여행하고 온 사람이 처음에는 신기했는데, 너무 많은 예술품에 기가 질리게 식상해 좋은 것이 좋은 것으로 보이지 않았다는 얘기에 수긍이 갑니다. 소비가 미덕이라는 산업사회에 살다 보니 생각 없이 사대는 재미 속에 쓸려 지냅니다.

가끔 생각을 바로 할 필요가 있는데 마침 우리에게는 사순절이라는 고마운 시기가 있습니다. 과거 몇 번의 사순절을 지나며 나름대로 노력을 한 게 있습니다. 화를 자제하는 것이었는데, 아주 안 내지는 않지만 어느 정도 절제가 되었습니다. 이번 해에는 옷을 사는 일, 외식하는 일을 자제하려고 합니다. 밥을 산다는 사람이 비싼 음식점으로 가자면 말리게 됩니다.

대접하는 측의 정성을 모르는 바 아니지만 밥 한 끼에 그리 많은 돈을 써야 되는 것은 아니라고 봅니다. 가난했던 시절을 보상받으려는 듯이 내가 벌어서 잘난 체하며 쓰던 시절이 있었습니다. 몇 만 원짜리 호텔 점심을 먹고 왔는데, 3천 원에 점심을 먹었다는 남편의 소리를 들으면서도 내가 번 것이니 내 맘대로 쓴다고 양심의 가책을 받지도 않았습니다. 그런 것이 다 옳은 일이 아니었음을 깨닫게 된 지금, 비싼 곳에 가기가 싫습니다.

나도 분위기를 엄청 찾는지라 처녀 때 별명이 '미스 무드'였는데 생활에 시달리다 보니 '탈무드 할멈'이 돼버렸습니다. 분위기란 결국 장솟값이 돼버린 세상에서 돈 안 들이며 즐기기란 쉽지는 않습니다만, 찾아보면 없는 것은 아닙니다.

나는 백화점보다는 싼 가게나 길거리에서 물건을 잘 사는데, 지나가다 눈에 띄면 충동구매를 합니다. 그래서 맘에 안 들어도 바꾸기가 어려워 어울리겠다 싶은 사람에게 줘버립니다. 이번 사순절 기간만이라도 옷을 사지 않겠다고 하니, '두고 보자', '얼씨구' 등 식구들의 이러한 반응 때문에 내 결심이 더 굳어집니다.

또한 손해 보는 연습도 하려고 합니다. 잘못된 일을 보면 고치고 싶어 안달하는 심리가 아직도 내 안에 있어 그것을 잠재우기가 참 쉽지 않습니다. 당신 같은 사람이 있어야 한다고 주위에서 부추기는 통에 사회 정의 운운하던 일이 부끄러워지기도 합니다. 억울한 일을 당하면 조목조목 따져 가며 바로 잡느라 피곤하게 살았던 시절을 다 흘려보내고자 합니다. 그대로 손해를 보자고 하면 분할 것도 없다 생각하니 오래 사는 것도 나쁘지 않군요.

동대문 성곽을 끼고 올라가면 낙산공원으로 갈 수가 있는데 이곳에 볼 만한 곳이 꽤 있습니다. 서울의 동쪽에 위치한 낙산은 좌청룡에 해당되며 낙타의 등 모양처럼 생겨 낙타산이라 불렸습니다. 서민들이 모여 달동네를 이루었던 곳이었지요. 조선조 우의정을 지낸 류관은 청백리로 동대문 밖 누옥에 살았는데 사람들이 '우산각'으로 불렀습니다. 지붕이 새서 비가 오는 날이면 우산을 받치고 앉아 있었다지요. 이 소문이 임금에게까지 전해져 궁에서 내사를 한 뒤 지붕을 고쳐 주고 울타리도 쳐 주었답니다.

그런데 이곳이 임진왜란 때 불타버리자 〈지봉유설〉을 쓴 이수광이 그 자리에 집을 지었습니다. 초가를 보고 사람들이 누추하다 하니 이수광의 부친이 우산에 비하면 사치하다고 해 '비우당'이란 이름을 붙였는데, 지금은 잘 복원되었습니다. 바로 그 뒤뜰 '자주동천'이라는 샘은, 쫓겨난 단종의 비가 생계를 위해 비단에 자초(뿌리)로 물을 들이던 곳입니다. 단종

비는 바로 옆에 있는 정업원(청룡사)에 올라 단종이 있는 곳을 향해 매일 불공을 드렸는데, 한 많은 세상을 80여 세까지 살았습니다.

잘 포장된 낙산공원을 걷다 보면 '홍덕이네 밭'이라는 재미있는 곳도 나옵니다. 병자호란 때 청나라에 볼모로 간 봉림대군(효종)을 따라갔던 홍덕이라는 여인이 그곳에서 배추를 심어 김치를 담가 올렸답니다. 그 김치를 맛있게 먹은 봉림대군이 귀국해 홍덕이에게 하사한 조그만 밭인데 참 귀엽습니다. 대학로의 동숭교회 카페에 가면 맛있는 커피를 시중보다 싸게 마실 수 있습니다. 이런 산책은 돈도 별로 안 들고 재미도 있으니 한번 해 보세요.

붕어빵에 붕어가 없듯이 그 유명한 안흥찐빵의 원조 빵에는 안흥이란 말이 없습니다. 그 사람은 그냥 빵만 잘 만들면 되지 등록은 뭘, 하다가 약삭빠른 다른 사람들에게 특허권을 뺏겨 버려 전국 온 군데서 팔리는 가짜 빵에 묻히고 말았습니다. 그래도 아는 사람들은 알고 찾아간다고 해서 호기심이 일었는데 마침 안흥이 고향인 분에게서 원조 빵을 선물 받았습니다. 과연 맛있으니 관심 있는 분은 내게 물어보세요. 욕심이 없어 대리점을 내지도 않고 자기가 할 수 있는 만큼만 만들어 판다는 자세가 요즘 세상에 참 존경할 만합니다. 비슷한 예가 제주 보리빵입니다. 밀가루에 과민 반응을 일으켜 빵을 잘 못 먹는 우리 남편이 제주 보리빵을 먹었을 때 좋다고 해 그걸 계속 주문하려는데 그다음에 나온 빵은 예전과 같지 않았습니다. 골프를 치러 제주에 자주 가는 분이 드디어 그 원조를 찾아냈는데 고지식하게 빵만 만들지 장사는 어리바리 잘 못한다고 합니다. 그분이 보내 준 보리빵을 남편에게 시험했더니 과연 탈이 없습니다. 남편은 미국 가서 먹는 빵은 괜찮은데 수입 밀가루로 만든 빵을 여기서 먹으면 꼭 탈이 난다니 밀가루의 시험관입니다.

우리말은 낱말이 부족하다고들 하는데 김수업의 〈우리말은 서럽다〉를 보면 '비'에 관한 말이 무려 열 개가 넘고 사라진 예쁜 말이 수두룩합니다. 비교적 우리말을 아끼는 편인 나도 외래어나 틀린 말을 예사롭게 하다가 멈칫하며 자세를 바로 하게 되는데 관상 못지않게 중요한 것이 말입니다. 특히 여성의 경우 하루아침에 될 수 없는 게 '걸음걸이와 말'이라고 기회 있을 때마다 강조합니다.

〈지구에서 웃으면서 살 수 있는 87가지 방법〉을 쓴 로버트 풀검은 일흔세 살인데 여전히 실실 웃음을 만들어 냅니다. 어린이 놀이터에서 그네를 타니 어린이가 와서 이것은 아이들이 타는 거라고 하니 '나도 아이다' 하면서 양보하지 않습니다.

마침내 그 아이가 자기 아버지를 데려오는데도 빤히 쳐다보며 움직이지 않자 그 아버지가 '그렇구나, 이 사람은 아이구나' 하면서 자기 아들을 데리고 갔다는 것을 비롯, 지루한 일상을 웃음으로 바꾸는 은사가 빛납니다.

유럽에서 목회를 하시던 김승연 목사가 쓴 〈예배가 살아야 교회가 산다〉는 텅텅 빈 유럽의 교회들이 술집으로까지 팔려 나가는 현실을 보고 한국 교회도 안심할 것이 못 된다는 우려를 담은 내용입니다. 온몸과 마음을 예배에 쏟고 예배를 살려야 교회가 산다는 주장에 전적으로 동의합니다. 점차 주일 저녁예배가 사라지는 현상을 안타까워하며 '1천번제 예배'를 제안하기에 나도 세어 보기로 하였는데 어떤 날은 하루에 세 번이나 예배를 드린 적도 있었습니다. 어떤 개척교회 목사님은 예배에 목숨을 걸기로 하고 빈 예배당에서 혼자 수시로 예배를 드렸더니 한두 사람씩 모여들어 중형 교회로 자랐다고 합니다.

매년 봄 서울YWCA는 특별행사로 대공연을 관람하는데 올해는 아일랜드 무용단의 〈리버댄스〉였습니다. 빗방울에서 시작해 바다까지 흐르는 강의 일생을 그렸는데, 강이 비옥해질수록 땅도 비옥해진다는 주제를 강한 탭댄스로 용솟음치는 생명력을 보여 주었습니다. 탭댄스란 구두가 입이 되고 몸이 되는 춤이더군요.

뮤지컬 〈금발이 너무해〉는 미모의 금발이 공부도 잘해 하버드 법대를 나와 명성을 떨치는 변호사가 된다는 한마디로 얄미운 여자의 얘기인데, 인구가 많아서인지 이런 사람을 꽤 볼 수 있는 세상입니다.

피터 셰퍼의 연극 〈에쿠우스〉는 처음 보았을 때는 너무 난해했는데 이번에는 극 속으로 빨려 들어가며 완전히 몰입했습니다. 여덟 마리 말의 눈을 찌른 소년은 말 속에서 신의 모습을 보았고 그를 치료하는 정신과 의사는 환자 속으로 들어가 열정과 냉정, 광기와 정상 사이를 오가며 혼란해합니다. 이 난해한 연극이 왜 계속 공연되며 관객들을 잡아끄는지 중독성이 분명 있습니다.

나의 뜻이 아닌 것

편지 25 • 2010년 4월

비교적 지금까지는 내가 생각하고 뜻한 바대로 살아 온 인생이었습니다. 이러기가 결코 쉽지 않은데, 하고 싶은 일은 거의 해 보고 하기 싫은 일은 가능한 한 하지 않으며 살았습니다. 물론 피할 수 없는 운명적인 일들은 내 인생에 주어진 과제라고 생각해 의무를 다했습니다만, 직장을 선택하는 일, 친구를 사귀는 일, 사회활동이나 봉사는 내 나름의 잣대로 내키지 않으면 하지 않았습니다. 취미생활은 동반자가 없으면 혼자서 즐겼기에 외로움을 느껴 본 적도 없습니다. 감투 쓰는 것을 아주 싫어해 어느 모임에 가든지 구성원으로서 만족했습니다. 경쟁이나 명예를 지극히 피하는 유전자를 타고났는데 말하는 것은 좋아하다 보니 간혹 오해를 받기도 합니다. 마치 내가 무슨 직책을 갖고 싶어 하는 모양새로 보일까 봐 꽤 신경을 씁니다. 내가 진정 원하는 것은 아무 감투도 없이 홀가분하게 자유로운 제안이나 발언을 하며 사는 것입니다. 내 제안이 받아들여져 개선이 된다면 좋지만 그렇지 않은 경우 '잘해 보슈' 하는 식으로 방관하며 살아왔습니다. 누구처럼 오라는 데 다 가지 않고 능력의 분량만큼 조절하며 참여해 왔습니다. 초등학교 때부터 반장을 해 오던 남편을 정계로 나가지 못하게 하는 데는 성공을 했지만, 다른 모임에까지 일일이 간섭할 수는 없는데 어느 모임에서건 꼭 회장을 한 번은 하니 말릴 도리가 없습니다. 회장의 마누라가 안 나오면 어떻게 하느냐는 성화에 팔자타령을 하며 할 수 없이 나가곤 했습니다. 작년부터 남편이 한국 국제기드온협회 강남 캠프의 회장이 되는 바람에 역시 부인회 회장을 맡게 되었습니다. 어떤 건의사항이나 제안을 도통 받아들이지 않고 오로지 본부의 명령만 따르는 곳이라 이해되지 않는 점이 많았습니다.

역사와 전통을 자랑하는 국제기드온협회는 전 세계 237개국가 중 192개국에 들어갔으며 미개척인 45개국을 목표로 정진하고 있습니다. 우리나라는 과거 40여 년 동안 116억원의 원조를 받아오다가 비로소 원조하는 국가가 되었는바, 그 은혜의 빚을 갚아야 되는 부담과 함께 세계가 우리를 바라보는 기대의 눈길 역시 버거운 실정입니다. 은퇴가 없는 봉사활동이다 보니 온통 노인 밭인데 자비량으로 해야 하니 경제적인 문제가 심각합니다. 이번에 새로 생긴 서울지역연합대회를 치르면서 그 완고함에 머리를 저으며 임기가 끝나기만 바랐는데 느닷없이 지역이사로 호명을 당했습니다. 어이가 없어 퇴장하려다가 회의는 끝내려고 앉아 있는데 목사님의 설교, '나의 뜻과 점점 거리가 멀어지는 것이 하나님의 뜻'이라는 말씀이 나를 때렸습니다. 너는 지금껏 네가 하고 싶어 하는 일만 하고 살아 왔지 않느냐는 질책과 함께 얼마 전 이메일로 받은 '어느 작은 성당 벽에 적혀 있는 글'이 떠올랐습니다.

'하늘에 계신' 하지 마라,
　(세상 일에만 빠져 있으면서)
'우리'라고 하지 마라,
　(너 혼자만 생각하면서)
'아버지'라고 하지 마라,
　(아들딸로 살지 않으면서)
'아버지의 이름이 거룩히 빛나시며'라고 하지 마라,
　(자기 이름을 빛내기 위해 안간힘을 쓰면서)
'아버지의 나라가 오시며'라고 하지 마라,
　(물질 만능의 나라를 원하면서)
'아버지의 뜻이 이루어지소서' 하지 마라,
　(네 뜻대로 되기를 기도하면서)

전적으로 나의 뜻이 아닌 이 일을 받는 내 심정은 무겁고 두렵고 또 혼란스럽습니다. 기드온이 3백 명의 용사로 적군을 물리친 것처럼 아무리 불평을 해도 하나님의 일은 이루어진다는 이 철통같은 믿음의 군대를 보면서 속으로 '군인은 돈은 안 내지' 하고 불평을 하게 됩니다. 할 수만 있다면 안 하고 싶은 게 솔직한 나의 심정입니다. 이런 나를 위해 기도를 해 주십시오.

교회 '책사랑방'을 시작하면서 다시 책을 읽고 고르고 사는 일에 바빠졌습니다. 돈이 없어 교인들의 책도 기증 받기로 했는데 일단 내가 검증을 해야 하므로 읽어야 될 책이 나날이 늘어갑니다. 그래도 나는 즐겁기만 합니다.

우연히 일산에 사는 남편의 친척과 통화가 되었는데, 마침 교회를 찾는 중이라기에 우리 교회로 인도했습니다. 의류사업을 하는 이 외사촌 여동생이 교회 올 때마다 옷을 몇 벌씩 갖다 주어 우리 책방에 대단한 수입원이 되었습니다. 때맞춰 보내 주신 하나님의 선물로 넉넉해진 살림에 싱글벙글합니다. 폭설이 내리는 창밖을 내다보며 담요를 무릎에 두르고 따끈한 레몬차를 마시며 책을 읽는 호사를 누리다가, 옛사람도 이런 비슷한 분위기를 즐긴 일이 있다는 걸 알았지요. 고려 말 세도가 문인인 양촌 권근은 "흰 눈이 마당에 가득하고 붉은 해가 창을 비추는 따뜻한 방 온돌에서 병풍을 두르고 화로 앞에서 책을 한 권 들고 거기에 벌렁 드러누워 미희가 보드라운 손으로 수를 놓다가 이따금씩 바늘을 멈추고 밤을 구워 주는 것을 먹는 것이 가장 즐겁다"라고 했습니다. 김삼웅의 〈책벌레들의 동서고금 종횡무진〉에 나옵니다. 책벌레들의 모습은 시공간을 초월합니다. 책을 읽다가 생각나는 사람이 있으면 사서 주느라 돈도 만만치 않게 드는데 이것도 즐겨 하는 일입니다.

❧

미국 교회 중 주일예배 참석 교인이 백 명을 밑도는 교회가 전체의 3분의 2에 해당하는데, 이런 사정은 우리나라도 마찬가지입니다. 그렇다면 작은 교회는 전부 힘이 없는 미숙한 교회란 말인가에 대한 해답을 데니스 비커스가 〈건강한 작은 교회〉라는 책에서 알려줍니다. 작은 교회라도 얼마든지 건강하게 주님의 일을 할 수 있고 주님이 기뻐하시는 교회가 될 수 있다는 희망에 찬 메시지입니다.

함께 읽어야 할 〈생명력 넘치는 교회〉(크레이그 그로쉘)는, 살아 있어 성령 충만한 교회들에는 반드시 '이것'이 있고, 아무리 대형 교회라도 '이것'이 없는 곳이 수두룩하다는 '이것'은 말로 설명할 수 없는 것입니다. '좋은 생각'과 '하나님이 주신 생각'은 하늘과 땅만큼 다른데, 오늘날의 교회는 '좋은 생각'으로 가득 차 있다는 지적은 새겨들을 만합니다. 나를 포

함해 성전 뜰만 밟았지 정말 변화되지 않는 수많은 교인들을 보며 답답한 심정이, 나도 환자인 주제에 다른 환자 걱정하는 꼴입니다. 나와 다른 생각을 가진 남편은 주님이 고쳐 주실 터인데 웬 걱정이냐, 환자를 부지런히 병원에 데려다 놓으면 된다는 것입니다.

유명한 인사의 회심으로 세간의 관심을 끄는 이어령 교수의 〈지성에서 영성으로〉를 읽으며, 머리가 좋은 사람은 예수 믿는 것도 다르구나, 성경을 이렇게 읽는 방법도 있구나, 감탄을 하게 됩니다. 김하중 중국 대사의 〈하나님의 대사〉는 하나님과 동행하며 세세한 것까지 일일이 물으며 사는 부러운 간증입니다.

소설은 빼놓을 수 없는 달콤한 것, 그래서 정조 대왕은 소설 읽는 관리들을 벌하곤 하였답니다. 베른하르트 슐링크의 〈귀향〉, 유홍종의 〈아사의 나라〉, 르 클레지오의 〈황금 물고기〉를 읽었습니다. 어떤 지인은 정말 내가 이 많은 책들을 읽는지 거듭 묻는데 내가 좋아하는 일을 촌음을 아껴 가며 하노라면 이 정도 읽는 것은 이상한 일이 아닙니다. 소개할 만한 것만 언급해서 그렇지 사실 더 많습니다.

KBS의 라디오방송 여섯 개 중 하나가 '한민족방송'입니다. 북한을 비롯해 중국이나 러시아에 사는 한국 동포를 위한 방송인데 인터넷으로 거의 전 세계에서 들을 수 있는 영향력 있는 전파입니다. '종교와 인생'이라는 프로그램에 '믿음으로 사는 삶'이라는 주제로 내가 일주일간 방송을 했습니다. 무거운 과제라 여러분에게 중보기도를 부탁하고 나 역시 기도로 준비하고 나갔는데, 무사히 마쳤습니다. 본 방송은 4월 26일부터 5월 2일까지 새벽 3시에 나가지만 여러 차례 재방송되며 인터넷으로 들을 수 있습니다. 사회자의 질문에 따라 대화하는 식으로 내 삶을 이야기했는데 이미 여러분들이 다 아시는 내용입니다. 기도 부탁을 하면서 그 숫자가 많음에 놀라며 스스로 얼마나 부자인가 행복해했습니다. 기도해 주신 여러분 대단히 감사합니다.

나의 보물단지

편지 26 • 2010년 5월

재산목록 1호라고 할 수 있는 나의 보석함이 있습니다. 보석 반지도 골동품도 아닌, 돈으로 살 수 없는 귀중한 나만의 보물은, 책을 읽으며 기억해 둘 만한 것을 메모해 둔 몇 권이나 되는 노트와 독서 카드입니다. 내가 본격적으로 소설을 써야겠다고 작심하면서 공부하는 자세로 책상에 앉아 시작한 일로, 특이한 문장이나 개성 있는 성격이나 놀라운 발상 같은, 요컨대 내 글에 뼈와 살이 될 만한 것들을 적어 놓았던 것입니다. 가끔 전에 읽었던 책을 다시 사는 실수를 저지르는데 이 보석함을 자주 들여다보지 않았기 때문입니다. 세월의 양만큼 늘어나는 독서인지라 복습의 중요성을 간과해서는 안 되는 일인데 말입니다.

노벨문학상을 탄 도리스 레싱의 〈황금 노트북〉은, '검은 노트', '빨간 노트', '파란 노트', '노란 노트' 등으로 각각의 이야기를 구분해서 번갈아 왔다갔다 쓴 방대한 소설입니다. 창작은 아니지만 내 노트도 가히 황금이라 부를 만하기에 아끼며 보석함을 열어 보듯이 뒤적이며 즐거운 시간을 보냅니다. 죽기 전에 꼭 필요한 이한테 넘겨주고도 싶지만 내가 생각하는 것만큼 귀하게 여길 사람도 있을 것 같지 않아요. 아울러 머릿속에 들어차 있는 그 많은 유머도 칩처럼 만들어 누구에게 물려주고 싶다는 기발한 얘기를 했더니, 아무리 재미있는 얘기라도 전달하는 방식에 달린 것이니 그런 오지랖 넓은 짓은 하지 말고 생전에 자기네들을 즐겁게 해 주고 가라고 합니다. 코미디언이 죽으니 장례식장에서 웃을 수도 없다는데 내 장례식에 와서는 맘껏 웃으세요. 생전에 나한테서 들은 유머를 반추하며 조문객들이 웃는다면 죽은 나도 즐거울 것 같아요.

구슬이 서 말인데 이런 구슬을 꿰어 정갈하게 책으로 만들어 내는 사람이 있습니다. 〈모든 기다림의 순간 나는 책을 읽는다〉의 저자인 곽아람 기자는 자기가 읽은 책의 장면에 떠오르는 그림을 소개합니다. 전공을 살려 이런 열매를 맺는 이 도도한 젊은이는 이미 〈그림이 그녀에게〉란 책을 선보이며 나타나 관심을 끌었습니다. 그 절묘한 솜씨에 감탄하지 않을 수 없으며 갈수록 기대가 됩니다.

역사는 승자의 기록이라고 합니다만, 박영수의 〈조선유사〉

에는 조선왕조실록 정사에서 다루지 못한 진짜 조선 이야기가 재미있게 펼쳐집니다. 성삼문 이름의 유래며 황희 정승은 청백리가 아니었고 세종대왕의 아들 광평대군은 굶어 죽었으며 재상 맹사성의 유머는 현대판이고 한음 이덕형이 사랑하는 첩을 버린 이유는 대단히 낭만적입니다.

평생 교회를 다닌 법학자 김두식의 〈교회 속의 세상, 세상 속의 교회〉는 멀쩡한 사람이 왜 아직도 교회를 다니느냐, 도대체 교회를 계속 다녀야 할 이유가 무엇이냐에 대한 통렬한 답변입니다. 이렇게 고민하는 크리스천들이 많지만 그래도 우리에게는 한경직 목사님처럼 우뚝 솟은 믿음의 큰 조상이 있습니다. 〈아름다운 빈손 한경직〉(김수진)을 읽으며 가톨릭의 김수환 추기경을 생각했습니다. 이 훌륭한 신앙인을 세상에 제대로 알리지 못한 교계의 문제를 지적하지 않을 수 없습니다.

이달에는 볼 만한 영화가 꽤 있어 이메일 독자들에게 상영관까지 알려주느라 바빴습니다. 〈블라인드 사이드〉는 여러 곳에서 볼 수 있지만 〈소명 2–모겐족의 월드컵〉은 광화문 역사박물관 근처 시네마루로 가세요. 거기서 〈소명 1–아마존의 눈물〉도 볼 수 있어요. 대중적인 인기는 없지만 꽤 볼 만한 영화를 상영하는 예술 영화관이 몇 군데 있는데 이런 곳은 팝콘

안구락부

편지 27 • 2010년 8월

맹자가 말한 군자의 세 가지 낙은 첫째 부모가 모두 살아 있고 형제가 무고한 것이요, 둘째는 하늘을 우러러보아도 부끄러움이 없고 주변 사람에게도 부끄러움이 없는 것이요, 셋째는 천하의 인재들을 얻어 교육을 시키는 일이라고 합니다. 너무 고상하고 세상에는 군자만 있는 게 아니므로 소인의 낙을 정의한 사람이 있습니다(조용헌의 〈동양학 강의 1, 2〉). 시간 날 때마다 경치 좋은 산하를 찾아가는 일, 벗과 노는 즐거움 그리고 맛있는 음식을 먹는 일이라고 하는데, 그렇다면 나는 가히 소인의 낙을 즐긴다고 할 수가 있습니다. 두어자(북클럽), 초목회(걷기 모임)에 이어 눈을 즐겁게 해 주는 '그림 보러 가는 날'을 정했더니 신청자가 많아 시간을 안배해야 할 지경입니다. 이왕이면 입도 즐겁게 하자고 이름을 생각하다가 '안구락부(眼口樂部)'로 정했더니 작명가의 소질이 있다고 합니다.

또한 국내에 있는 기독문화 유산지를 가 보는 모임도 생각하고 있는데 이는 나 혼자 가거나 보기에 아까워서입니다. 이름을 '교구삼(교회구경삼천리)'으로 짓고 벌써부터 좋아합니다. 이리 돌아다니는 것을 보고 팔자 좋다고들 하는 이들에게 할 말은, 젊었을 때 뼈 빠지게 일을 했기에 지금 이런 호사를 누리는 걸 자책하지 않는다는 것입니다. 졸업 후부터 시작한 일을 신혼기간 몇 달만 빼고 쉬어 본 적이 없습니다. 유학생 남편 뒷바라지 하느라 미국 가서는 낮에는 대학 사무실에서 일하고, 주말에는 밤 근무하는 사람들의 애 보기 일로 잠도 못 자며 몸을 혹사했습니다. 귀국해서는 직장생활을 접고 영어 레슨을 했는데 출근 전에 공부하려는 비즈니스 우먼들로 시작, 과외 학생 상대하는 늦은 밤까지 쉬지 않고 일하느라 아파도 누울 수 없어 약을 들고 다녔습니다. 살림에, 노인 수발에, 도우미 아줌마며 간병인까지 다 내 힘으로 댔습니다. 일중독에 걸려 잠시라도 쉬는 날엔, 일하지 않았는데 밥을 어찌 먹나 하고 굶기도 했습니다.

딸이 살림을 해 보니 자식에게 과일을 맘대로 사 줄 수도 없다고, 자기들이 자랄 때 풍성하게 먹은 일을 대단하다고 여기더군요. 지금은 돈벌이가 없어 연금 받는 남편에게 용돈을 타 쓰면서도 큰소리를 치며 삽니다.

〈레미제라블〉에 나오는 미리엘 주교 이야기입니다. 그가 모습을 나타내는 곳은 어디나 잔치가 벌어지는 것 같았고, 그가 지나가는 언저리는 따스한 햇빛이 빛나는 것 같아 어린아이와 노인들은 마치 햇빛을 받으려는 듯이 문밖으로 나와 주교를 향하곤 했습니다.

돈이 있는 동안에는 가난한 사람들을 찾고, 돈이 떨어지면 부자들을 찾아가는 미리엘 주교가 스스로에게 허락한 단 하나의 사치는 반짝이는 은식기와 은촛대를 놓고 식사하는 시간이었습니다. 이것을 그만두려고 몇 번이나 마음을 먹었지만 안 됐는데 그만 장발장이 훔쳐간 것입니다. 자기가 주었다고 주장하는 신부의 마음 한구석에는 한편 후련하고 감사한 마음이 있었던 것입니다.

나는 어렸을 때부터 예쁜 옷을 유난히 좋아해 카탈로그의 사진을 오려 두며 보곤 했습니다. 맘대로 옷을 입고 싶어 의상실을 낸 친구도 있지만 그런 재주가 없는 나는 돈 벌 때를 기다렸지요. 취직해서 월급을 타면 거의 모든 돈을 옷을 사거나 여행하는 데 쓰며 적금 하나 들지 못해 시집갈 때 고생을 했습니다.

미국에 가서는 옷본을 사서 주말이면 밤새워 옷을 만들어

월요일에 입고 가서 자랑을 했습니다. 사람들의 반응이 '만들었구나'에서 '만들었니, 샀니?'로, 드디어 '샀지!'로 변하는 과정에 코피를 흘린 적도 많은데, 내 생전 공부를 하면서는 코피를 흘려 본 일이 없습니다. 사진을 찍어 한국 친정에 보냈는데 아무도 믿질 않아 동생 옷을 만들어 보내기까지 했습니다. 귀국해 보니 만드는 것보다 사 입는 것이 훨씬 나아서, 내 재봉소는 문을 닫고 시장을 뒤지며 싼 옷 사는 취미에 빠졌습니다. 돈이 생기면 우선 하나님께 헌금하고, 그다음은 옷을 사고 싶은 충동을 억제하지 못합니다. 연신 남들에게 주면서 옷장을 정리하지만 계속 입고 싶은 옷이 생기니 어찌해야 좋을지요. 그냥 구경만 하자고 기웃거리다가 기어이 충동구매하고, 혼자 쇼핑을 하며 눈에 띄는 것을 단숨에 값도 깎지 않고 사는 이 버릇을 언제 포기할 수 있을지 정말 모르겠습니다.

과거에 여자가 핍박 받던 시기에 걸쳐 태어난 나는 거의 평생을 여성의 권리를 주장하며 살아왔습니다. 선각자인 부모님 밑에서 태어나 억울한 일을 당하지 않고 자랐지만 남들이 당하는 것을 보고 견딜 수가 없어 목소리를 높였던 것인데 이제 세상이 바뀌었습니다. 이제는 남자가 구박받고 움츠러드는 세상이 돼버렸는데 이것 또한 옳지 않습니다. 남자건 여자건 그 성으로 인해 부당한 대접을 받아서는 안 됩니다. 항간에에 있는 북카페에서 일한다면 좋겠다는 생각을 하며 유모차를 끌고 와 책을 읽는 젊은 엄마를 한참 바라보았습니다.

어린이날에 큰손자로부터 '훌륭한 할머니' 상장을 받았습니다. "성경책을 읽어 주시고 맛있는 음식을 만들어 주시며 우리 가족에게 즐거움을 주신 부모님 다음으로 좋아하는 할머니"라고 써 있더군요. 세상에 오래 살다 보니 학교 때 못 받은 상을 다 받는군요.

외국에 다녀온 것 같다고 좋아하는군요. (우리나라가 얼마나 좋은데 아직도 외국 타령인가요.) 별명이 과천 명예시장인 후배의 안내로 과천소망교회를 방문했는데 차에서 내리자마자 '너무너무 좋다'는 감탄사를 연발합니다. 내가 잘못 쓰는 단어 '너무'에 대한 지적을 했더니 그 반발입니다.

청계산을 뒷마당으로 둔 이만큼 좋은 환경의 교회가 과연 몇이나 될까, 가 보고 싶은 교회 명단에 올릴 만합니다. 일전에 교회에서 야외로 놀러 나갔을 때 내가 게임을 하자고 했습니다. 바깥에 나와서 목사님, 권사님, 집사님의 호칭을 부르지 말자고, 부를 때마다 벌금을 천원씩 걷겠다고 했지요. 다른 모임에서는 깔깔대고 걷힌 돈이 꽤 많은데 이날 이 모임에서는 이상하게 실적이 저조하다 했더니 내 뒤에서 단결하여 서로 봐주기로 했답니다. 놀 줄 모르는 재미없는 사람들이라고 내가 화를 냈습니다. 잘 논다는 것은 잘 산다는 말이 되기에 내가 언짢아졌던 것입니다.

도봉산역에 내리면 바로 앞에 '창포원'이 있습니다. 5월 말이나 6월 초에 가면 활짝 핀 붓꽃을 볼 수 있어요. '북서울 숲'은 지하철로 연결이 안 돼 버스를 타야 하는 불편함이 있지만, 드림랜드를 다시 꾸민 넓은 공원이 좋습니다. 케이블카 중간지점에 있는 중국 음식점 '메이린'도 참 맛있어요. 이 공원 안

분이 자기 친구들에게는 절대로 받지 말고 택시비까지 드리라고 부탁하는 것을 보고 감명을 받았습니다.

일전 어느 댁 문상을 갔는데 백 세 된 어머니의 유언이 조의금 받지 말라는 것이었다고 방명록만 내놓은 것을 보고 "할머니 참 멋지세요. 감사합니다. 안녕히 가세요"라고 조문을 했답니다. 장수 시대인 요즘 문상과 결혼식으로 인해 은퇴한 우리는 허리가 휘어집니다. 더군다나 교제 범위가 넓은 남편의 품위유지비는 생활비를 훨씬 넘어서서 한숨을 쉬게 합니다. 자녀 결혼도 개혼만 알리면 좋겠습니다. 자기는 다 받았으면서, 하면 할 말이 없습니다만 식구들끼리 조촐하게 치르고 나중에 연락을 하면 어떨까, 조심스러운 의견입니다. 몇 년 동안 아무 연락도 없다가 청첩장이나 초상 소식만 오면 '행사용'이 된 느낌입니다. 남편은 내가 아주 오래 살아서 친구들이 다들 먼저 간 내 장례식은 매우 초라할 테니 그런 걱정은 말라고 합니다. 덕담이 아니지요.

비가 뿌리고 지나갈 때마다 나뭇잎 색깔이 달라지는 이 싱그러운 초하에 산으로 들로 놀러 다니느라 바삐 일하는 젊은이들에게는 참 미안합니다. 과천 서울대공원 주위를 도는 산림욕장 코스도 제법 쏠쏠한데 힘들다고 아우성인 '초목회' 할머니들에게 케이블카를 태웠더니 어린애처럼 하하하 웃으며 따위는 못 먹게 하니 혼자 감상하기 좋아요. 나는 주로 월요일에 영화를 보는데 상영 시간이 날마다 바뀌므로 부지런히 챙겨야 합니다. 이창동 감독의 〈시〉는 영화라기보다는 소설을 읽는 느낌인데, 윤정희의 모습이 보고 싶어 일찍 찾아갔습니다. 세월의 연륜이 켜켜이 앉은, 꾸밈없이 나이 든 여인의 모습이 참 아름다웠습니다.

하루에 한 가지 일이 적당한가 봅니다. 여러 일을 보다 보면 피로하고 결국 앓게 됩니다. 그래서 과로했다 싶으면 얼른 들어와 낮이고 밤이고 잠을 자는데 잠은 최고의 보약입니다. 침대에 누워 책을 펴면 5분도 안 돼 잠에 떨어지고 어떤 때는 책도 같이 떨어져 얼굴을 때리기도 합니다. 시도 때도 없이 이런 단잠을 자다가 깬 어느 날, 시계를 보고 소스라치게 놀라 저녁 7시를 아침 7시로 알고 조찬에 늦었다고 허둥댔으니 옛날 조흔파의 〈얄개전〉에서 얄개가 겪은 일과 같군요.

가끔 내 장례식을 생각해 봅니다. 아마 노인들의 장례를 많이 치렀기 때문일 겁니다. 내 장례식에는 조의금을 받지 않으면 좋겠습니다. 혹시 자식들에게 부담이 될지 몰라 그 돈은 내가 마련해 놓고 싶습니다. 그게 안 되면 나의 조문객에게만은 받지 말아 달라고 부탁을 하렵니다. '유서 쓰기'를 할 때 어느

❧

〈레미제라블〉에 나오는 미리엘 주교 이야기입니다. 그가 모습을 나타내는 곳은 어디나 잔치가 벌어지는 것 같았고, 그가 지나가는 언저리는 따스한 햇빛이 빛나는 것 같아 어린아이와 노인들은 마치 햇빛을 받으려는 듯이 문밖으로 나와 주교를 향하곤 했습니다.

돈이 있는 동안에는 가난한 사람들을 찾고, 돈이 떨어지면 부자들을 찾아가는 미리엘 주교가 스스로에게 허락한 단 하나의 사치는 반짝이는 은식기와 은촛대를 놓고 식사하는 시간이었습니다. 이것을 그만두려고 몇 번이나 마음을 먹었지만 안 됐는데 그만 장발장이 훔쳐간 것입니다. 자기가 주었다고 주장하는 신부의 마음 한구석에는 한편 후련하고 감사한 마음이 있었던 것입니다.

❧

나는 어렸을 때부터 예쁜 옷을 유난히 좋아해 카탈로그의 사진을 오려 두며 보곤 했습니다. 맘대로 옷을 입고 싶어 의상실을 낸 친구도 있지만 그런 재주가 없는 나는 돈 벌 때를 기다렸지요. 취직해서 월급을 타면 거의 모든 돈을 옷을 사거나 여행하는 데 쓰며 적금 하나 들지 못해 시집갈 때 고생을 했습니다.

미국에 가서는 옷본을 사서 주말이면 밤새워 옷을 만들어

월요일에 입고 가서 자랑을 했습니다. 사람들의 반응이 '만들었구나'에서 '만들었니, 샀니?'로, 드디어 '샀지!'로 변하는 과정에 코피를 흘린 적도 많은데, 내 생전 공부를 하면서는 코피를 흘려 본 일이 없습니다. 사진을 찍어 한국 친정에 보냈는데 아무도 믿질 않아 동생 옷을 만들어 보내기까지 했습니다. 귀국해 보니 만드는 것보다 사 입는 것이 훨씬 나아서, 내 재봉소는 문을 닫고 시장을 뒤지며 싼 옷 사는 취미에 빠졌습니다. 돈이 생기면 우선 하나님께 헌금하고, 그다음은 옷을 사고 싶은 충동을 억제하지 못합니다. 연신 남들에게 주면서 옷장을 정리하지만 계속 입고 싶은 옷이 생기니 어찌해야 좋을지요. 그냥 구경만 하자고 기웃거리다가 기어이 충동구매하고, 혼자 쇼핑을 하며 눈에 띄는 것을 단숨에 값도 깎지 않고 사는 이 버릇을 언제 포기할 수 있을지 정말 모르겠습니다.

과거에 여자가 핍박 받던 시기에 걸쳐 태어난 나는 거의 평생을 여성의 권리를 주장하며 살아왔습니다. 선각자인 부모님 밑에서 태어나 억울한 일을 당하지 않고 자랐지만 남들이 당하는 것을 보고 견딜 수가 없어 목소리를 높였던 것인데 이제 세상이 바뀌었습니다. 이제는 남자가 구박받고 움츠러드는 세상이 돼버렸는데 이것 또한 옳지 않습니다. 남자건 여자건 그 성으로 인해 부당한 대접을 받아서는 안 됩니다. 항간에

안구락부

편지 27 • 2010년 8월

맹자가 말한 군자의 세 가지 낙은 첫째 부모가 모두 살아 있고 형제가 무고한 것이요, 둘째는 하늘을 우러러보아도 부끄러움이 없고 주변 사람에게도 부끄러움이 없는 것이요, 셋째는 천하의 인재들을 얻어 교육을 시키는 일이라고 합니다. 너무 고상하고 세상에는 군자만 있는 게 아니므로 소인의 낙을 정의한 사람이 있습니다(조용헌의 〈동양학 강의 1, 2〉). 시간 날 때마다 경치 좋은 산하를 찾아가는 일, 벗과 노는 즐거움 그리고 맛있는 음식을 먹는 일이라고 하는데, 그렇다면 나는 가히 소인의 낙을 즐긴다고 할 수가 있습니다. 두어자(북클럽), 초목회(걷기 모임)에 이어 눈을 즐겁게 해 주는 '그림 보러 가는 날'을 정했더니 신청자가 많아 시간을 안배해야 할 지경입니다. 이왕이면 입도 즐겁게 하자고 이름을 생각하다가 '안구락부(眼口樂部)'로 정했더니 작명가의 소질이 있다고 합니다.

또한 국내에 있는 기독문화 유산지를 가 보는 모임도 생각하고 있는데 이는 나 혼자 가거나 보기에 아까워서입니다. 이름을 '교구삼(교회구경삼천리)'으로 짓고 벌써부터 좋아합니다. 이리 돌아다니는 것을 보고 팔자 좋다고들 하는 이들에게 할 말은, 젊었을 때 뼈 빠지게 일을 했기에 지금 이런 호사를 누리는 걸 자책하지 않는다는 것입니다. 졸업 후부터 시작한 일을 신혼기간 몇 달만 빼고 쉬어 본 적이 없습니다. 유학생 남편 뒷바라지 하느라 미국 가서는 낮에는 대학 사무실에서 일하고, 주말에는 밤 근무하는 사람들의 애 보기 일로 잠도 못 자며 몸을 혹사했습니다. 귀국해서는 직장생활을 접고 영어 레슨을 했는데 출근 전에 공부하려는 비즈니스 우먼들로 시작, 과외 학생 상대하는 늦은 밤까지 쉬지 않고 일하느라 아파도 누울 수 없어 약을 들고 다녔습니다. 살림에, 노인 수발에, 도우미 아줌마며 간병인까지 다 내 힘으로 댔습니다. 일중독에 걸려 잠시라도 쉬는 날엔, 일하지 않았는데 밥을 어찌 먹나 하고 굶기도 했습니다.

딸이 살림을 해 보니 자식에게 과일을 맘대로 사 줄 수도 없다고, 자기들이 자랄 때 풍성하게 먹은 일을 대단하다고 여기더군요. 지금은 돈벌이가 없어 연금 받는 남편에게 용돈을 타 쓰면서도 큰소리를 치며 삽니다.

떠도는 무수한 남성 비하 유머가 사회상을 나타내는데 지나치게 도를 넘어서니 나부터 쓰지 않으렵니다. 아들만 둔 어머니들은 거센 여학생들을 보면 기가 질리고 앞날이 걱정된다고 합니다. 연상의 아내가 자기 남편을 '얘, 쟤' 하고 부르는데 그냥 히죽 웃는 남편을 보니 이 나라의 장래가 심히 걱정됩니다.

법원의 조정위원을 하는 친구가 있습니다. 건물 임대를 오래한 경험으로 주로 2천만원 이하의 소액 사건을 재판까지 가지 않도록 조정해 주는 일을 하는데, 자기 적성에 잘 맞는다고 합니다. 이혼 소송도 많아 그 일도 한다며 얘기하던 중 내 주장인 '신발론'이 재미있어 써 보겠다고 합니다. 짚신은 짚신끼리, 고무신은 고무신끼리 만나지 절대로 짚신이 구두를 만나는 경우는 없다는 게 내 생각입니다. 간혹 흰 고무신과 검은 고무신이 만날 수는 있지만 이 경우 짝을 잘못 만났다고 착각을 하는데 결국은 고무신끼리란 말입니다. 배우자가 못마땅할 때 내 꼴을 볼 수 있어야 합니다. 흰 고무신이 검은 고무신을 버리면 해진 고무신도 못 만납니다. 누가 결혼을 무지개 뜨는 언덕이라 했나요. '결혼이란 개 같은 성격(개성)이 또 다른 개 같은 성격을 만나 으르렁거리는 것'이라는데요. 이런 얘기를 풀어 놓으니 나더러 조정위원을 잘할 것이라기에, 나는 안 된다, 조정에 앞서 야단부터 치니까 하니, 하긴 야단 잘 치는 교장 선생님이 잘렸다고 해서 웃었답니다.

초신자나 교회를 다니면서도 뭐가 뭔지 모르는 사람들에게 권할 만한 좋은 책이 있습니다. 조성돈의 〈교회 다니면서 그것도 몰라?〉는 묻기에 쑥스러운 교회생활에 대한 모든 것을 속 시원하게 설명해 줍니다. 〈낮은 데로 임하소서, 그 이후〉는 37년간 눈을 뜨고 살았고 맹인이 되어 30년을 살아 온 안요한 목사의 감동의 글입니다. 〈시골집 이야기〉는 이단이라고 비방하는 이들에게 자기 소속은 '예수팔아장사회'라고 당당하게 주장하는 임락경 목사의 건강한 공동체 교회 이야기도 읽어 볼 만합니다. 어려운 일로 힘들어 하는 사람들에게 위로가 될까요. 데이브 얼리의 〈크리스천에게 고난이 닥치는 21가지 이유〉를 소개합니다. 평생 질문을 쉬지 않던 피터 드러커의 생애를 요약해 놓은 〈무엇이 당신을 만드는가〉와 허균의 〈숨어 사는 즐거움〉 등을 이달의 책으로 추천합니다.

은퇴한 남자들의 글쓰기 교실을 10회로 잘 마무리했습니다. 우리나라를 굵은 띠로 지탱해 주는 성실하게 열심히 살아 온 분들의 이야기를 수필 형식으로 쓰도록 인도했는데, 과장하지 않은 진솔한 이야기가 솔솔 풀려 나옵니다. 글이라는 것이 그렇게 어려운 게 아니라 생각나는 대로 얼마든지 쓸 수 있다고,

그 문턱을 넘게 도와주면서 나 역시 새로운 경험을 했습니다. 몇 편을 뽑아 간단한 책자로 묶기도 하며 더운 여름을 보냈습니다.

❧

교회 책사랑방을 기웃거리는 사람들이 있습니다. 그들은 책은 읽지는 않지만 깔깔거리는 분위기에 끌려 매달 나들이에 동행하고 싶어 합니다. 재미있다는 소문이 난 모양입니다. 회원이 아니어서 끼어들기가 뭣한데 방법이 없겠느냐고 묻습니다. 오는 사람 안 막고 가는 사람 안 붙잡기에 '후원회원'이란 명목으로 문을 열었더니, 다섯 명이나 들어왔습니다. 그리하여 회원이 스무 명이 돼 나들이 차가 여러 대 필요하게 되었습니다. 이제는 게임의 법칙도 잘 지켜 벌금 수입이 쏠쏠하여 나는 읽고 싶은 책을 주저하지 않고 사게 되니 기분이 짱입니다.

좋은 책은 끊임없이 쏟아져 나오고

편지 28 • 2010년 9월

이 여름도 책을 부둥켜안은 채 더위와 잘 지냈습니다.

평생 사실만을 썼던 기자 최보식의 〈매혹〉이라는 소설을 읽었습니다. 삶과 죽음, 별처럼 빛나고 강물처럼 흐르는 영혼의 문제는 허황된 만큼 매혹적이었지만 주자학에 물든 조선의 젊은 선비에게는 목숨을 건 투쟁 그 자체였습니다. 단 몇 줄 남은 기록에서 있을 수 있는 상상을 비단실처럼 뽑아내는 솜씨가 탁월합니다. 감정코칭전문가라는 직업도 생겼다는데 함규정의 〈감정을 다스리는 사람, 감정에 휘둘리는 사람〉이란 책이 눈에 띕니다. 내 감정이 행복해야 내가 행복한데 이 원리를 알면서도 주체하지 못하는 감정 관리에 대한 참고서입니다. 스튜어트 브라운과 크리스토퍼 본의 〈플레이, 즐거움의 발견〉은 놀이의 반대는 '일'이 아니라 '우울'이라고 정의합니다. 사람들이 놀이의 본질을 깨닫고 일상생활에서 진정한 놀이를 즐길 때 비로소 큰 성취감을 얻을 수 있다고 생각합니다. 행복해지기 위해서는 물론이고 사회적인 관계를 유지하고 창의적이며 혁신적인 사람이 되기 위해서도 놀 줄 아는 능력은 대단히 중요합니다. 놀이란 우리 주위에 있지만 잃기 전까지는 거의 알아채지 못하거나 고마움을 느끼지 못하는 산소에 비유됩니다. 나로 하여금 죄책감을 벗게 해 주었습니다. 이종묵의 〈글로 세상을 호령하다〉는, 천년의 풍경과 천년의 지혜를 담고 있는 옛글을 쓴 선비들은 남을 위해 공부하지 않고 스스로를 사랑했다고 쓰고 있습니다. 글은 스스로를 사랑하여 마음을 다스리는 과정이므로 이로써 자기가 좋아하는 세상을 호령했던 것인데 이런 고문을 한글로 옮겨 주는 이가 있으니 어찌 고맙지 않겠습니까.

우리가 피하고 싶은 죄, 고통, 가난, 비참함, 핍박 등등의 부정적인 것을 성경에서 오려 낸다면 성경은 금방 여기저기 구멍이 나 너덜너덜해질 것입니다. 어느새 우리는 이런 것들을 외면한 채 기쁨만 있는 복음을 사모하게 됐고 그 속에서 안주하는 일이 마땅하다고 생각하게 되었습니다. 그리스도인이라면 이 문제를 심각하게 생각해야 되는데 리처드 스턴스의 〈구멍 난 복음〉이 도움이 됩니다. 연봉도 높은 미국의 CEO가 느닷없이 월드비전 사장을 하라는 하나님의 뜻을 힘겹게 받아들여 아프리카 현지로 가 그 비참한 현장을 목격하며 참그리스도인의 도리에 대해 외치는 소리입니다. 읽는 내내 마음이 불편했습니다.

〈기도가 흐르는 3천3백80리 강물〉(유관지·안부섭)은 압록강 끝에서 두만강 끝까지 3,380리 변경을 북한선교 전문가인 필자들이 기도하며 답사한 책입니다. 그 지역의 교회와 사역자들을 소개하고 현재의 행정구역까지 자세하게 사진으로 제시해 준 귀중한 자료입니다. 통일과 선교에 관심 있는 이들은 큰 도움이 될 것입니다. 〈교회용어 이대로 좋은가?〉와 〈교회용어 이렇게 바로잡습니다 2〉(최태영)에서는 교회에서 그냥 습관적으로 사용하는 낱말에 대해 살펴보고 바르게 쓰는 운동이 필요하다고 말합니다. 주일 11시 예배를 '대예배'라고들 하는데 그러면 '소예배'도 있단 말인가? '열린 예배'라는데 '닫힌 예배'는? 기도의 시작을 '할렐루야'로 하는데 이는 여호와를 찬양하라는 명령문이므로 하나님께 드리는 기도의 서문에 사용해서는 안 되며 '대표기도'보다는 '기도인도'로, 그리고 아무리 찬양이 좋고 설교가 훌륭해도 예배시간에 박수를 치는 것은 옳은 일이 아님을 가르치고 있습니다. 〈사도행전 속으로 1-기도에 힘쓰더라〉는 이재철 목사의 사도행전 설교입니다. '순서설교'를 하시는 저자는 단어 하나 가지고 깊게 들어가는 말씀으로 잠든 심령을 깨워줍니다. 성경을 빨리 읽는 습관에서 벗어날 필요가 있습니다.

❧

나는 가끔 이런 생각을 해 봅니다. 기독교인들이 전도 행위를 모두 중단하고, 교회 안으로 들어와 나 자신을 돌아보며 참 그리스도인으로 거듭나는 참회의 시간을 갖는 것이 필요하다고요. 숫자에 급급하며 예배당 좌석을 채우려는 열심보다는 교인 가운데 타성에 젖어 무심한 사람들을 깨우는 일에 관심을 돌리는 것이 시급합니다. 나를 비롯하여 교인이라는 이름을 가진 이들이 진정으로 회심한다면, 이 사회가 달라질 것이고 구태여 길거리 나가서 악을 쓰지 않아도 절로 성화되지 않을까요.

❧

어느 분이 자기 부친이 임종이 가까워졌다는 것을 알았을 때 일체의 의료 행위를 거부하고 곡기를 끊고 죽음을 자연스럽게 받아들였다고, 존엄한 죽음이라고 존경하는 마음으로 쓴 글을 신문에서 읽었습니다. 더구나 그분은 기독교인으로 목사님과 임종예배를 드린 후 곡기를 끊었다고 했습니다. 이것은 안락사나 자살과 비슷한 행위로 스스로 죽음을 자초한 것이지 존엄한 죽음은 아닙니다. 기독교인이라면 생명을 주신 하나님이 거두어 가실 때까지 그 주권을 하나님께 드려야지 자기가 해서는 안 되는 일이라고 봅니다. 그 글을 읽으면서 나는 우리 외할머니를 생각했습니다. 나의 평생 멘토이신 할머니는 의료 행위는 거부하셨지만 곡기를 끊는 것은 옳지 않다고 최소한의 음식을 드셨습니다. 우리가 특별한 환자식을 마련하거나 새로 나온 과일을 드려도, 그런 데 돈 쓰지 말라고 아주 절제된 음식만 드시다가 육체적인 고통을 고스란히 겪으면서 가셨습니다. 임종을 지켜보면서 이런 생각이 들었습니다. '할머니처럼 신앙생활을 잘하신 분이 왜 저리 고통스럽게 가셔야 하나, 평생 나쁜 짓만 하던 사람도 고통 없이 자다가 잘 죽던데…….' 젊은 날의 내가 큰 시험을 당했던 일입니다.

'은퇴한 남자들의 글쓰기 교실'에서 쓴 글들을 모아 작은 책으로 만들어 종강식에서 나누어주었습니다. 자신의 글들이 한 권의 책으로 나온 것이 신기한지 연신 만져 보더라고요. 그 자리에서 모두들 아쉬워하며 후속 프로그램을 요청했습니다. 더운 날씨에도 궂은비에도 가리지 않고 이 시간을 기다리던 분들이 참 고마웠습니다. 그런데 구청의 예산 때문에 글쓰기 교실을 계속할 수 없어서, 한 달에 한 번 만나는 북클럽 모임이 어떻겠냐고 제안했더니 모두 흔쾌히 동참하기로 했습니다. 이 나이에 나를 찾는 데가 있다는 것만도 고마워 봉사하기로 마음을 먹으니 기분이 좋았습니다. 책 읽기를 권하는 일은 언제나 보람이 있습니다.

사랑은 시대를 초월합니다. 사랑하는 사람에 대한 애절한 애정 표현은 옛날이라고 모자라지 않습니다. 국립박물관이 조선실 신설 개막전으로 열고 있는 '사농공상의 나라-조선'에 가면 조선판 '사랑과 영혼'을 볼 수가 있습니다. 4백여 년 전 안동에 살던 이응태라는 사람이 서른한 살의 나이로 요절하자 원이 엄마라는 그 아내가 구구절절한 사연을 이렇게 자세히 썼습니다. 다음은 현대어로 번역한 것입니다.

> 함께 누우면 언제나 나는 당신에게 말하곤 했지요. 여보, 다른 사람들도 우리처럼 서로 어여삐 여기고 사랑할까요. 남들도 정말 우리 같을까요. 어찌 그런 일을 생각하지도 않고 나를 버리고 먼저 가시는가요. (중략) 당신을 여의고 나서 아무리 해도 나는 살 수 없어요. (중략) 이 편지를 자세히 보시고 내 꿈에 와서 당신 모습 자세히 보여 주시고 또 말해 주세요. 나는 꿈에는 당신을 볼 수 있다고 믿고 있습니다. 몰래 와서 보여 주세요.

원이 엄마는 또 뱃속에 아이를 품고 있었는데 자기 머리카락을 엮어 만든 미투리를 남편이 신지도 못하고 떠나자 그것과 원이 저고리, 자기 치마 등을 함께 무덤에 넣었습니다. 이 사연은 〈내셔널 지오그래픽〉에도 소개된 바 있는데, 안동대 박물관이 소장하고 있는 편지가 서울 나들이를 했으니 이 기회에 꼭 보세요. 느끼는 것을 항상 표현하고 써 보라고 주장하는 내가 남들보다 더 감동을 받은 것은 당연하지요. 평생 연애 한번 못해 보고 결혼했다고 후회하는 이들이 있는데 그러면 원이 엄마는 연애결혼을 했단 말입니까. 자기 배우자와 연애하듯 살아 보세요. 서울 국립박물관은 입장료가 무료인데 평일에 가면 그 넓고 깨끗한 곳이 텅 비어 있어 늘 아쉽지만 나는 데이트 장소로 잘 이용합니다. 점심 먹고 한두 시간 전시실 한 곳을 둘러보고 차 한 잔 마시면 아주 멋진 시간이 될 것입니다.

이 과분한 은혜

편지 29 • 2010년 10월

오래전부터 기도원에 가고 싶었습니다. 시끄럽지 않고 깨끗하고, 예배 참석이나 헌금에 신경을 쓰지 않아도 되는, 조용한 곳에서 묵상할 수 있는 곳을 찾아보았습니다. 그러다가 한 군데, '모새골'을 발견하고 미리 답사도 하며 모처럼 시간을 내어 다녀왔습니다. 말을 절제하려고 휴대폰도 끄고 책도 멀리하고 성경 하나만 들고, 동반자로는 조용한 믿음의 자매를 택했습니다. 그곳은 기도보다는 쉼을, 묵상을 중시하는 수도원 같은 영성원이어서 동산에서 멍하니 산이나 하늘을 바라보며 앉아 있기도 하고 기도의 길을 따라 걷기도 했습니다. 영혼이 깨끗해지고 마음이 평온해지며 잔잔한 기쁨이 밀려드는 경험을 했습니다. 아끼고 싶어 아무에게나 알리고 싶은 마음이 없다는 걸 동행도 똑같이 느꼈는지 다시 올 수 있기를 간절히 바라며 돌아왔습니다.

여름 동안 더위가 무서워 아무데도 가지 않다가 산들바람이 불기에 잠깐 미국을 다녀왔습니다. 역시 여행은 여름을 피하는 것이 좋습니다. 볼일 몇 가지만 보느라 친구나 친척에게 연락도 하지 않고 조촐하게 지내다가 왔습니다. 예전에 좋았던 기억이 있던 곳을 가 보았더니 미국은 큰 변화 없이 그대로의 모습으로 안정되게 느껴집니다. 그러나 모든 게 느리고 활기가 없는 것이 한국과 비교가 되었습니다.

내가 좋아하는 폴 게티 센터에 가서 반 고흐의 '아이리스' 작품을 다시 만났고 햇볕 잘 드는 테라스 카페에서 전망을 내려다보며 조용히 점심을 먹었습니다. 해변을 거닐며 아름다운 자연 속에서 하나님의 오묘한 은혜를 만끽했습니다. 해외여행을 떠날 때면 미묘하게 설레는데, 이번에는 잘 돌아올 수 있을까 하는 조심스러운 마음이 들었습니다. 나이 든 이유겠지요.

〈가치 있게 나이 드는 법〉을 쓴 여든한 살의 전혜성 씨는 부군과 함께 여섯 자녀 모두가 미국에서 박사학위를 따 그 사회에서 활발한 사회활동을 하는 분으로 이미 잘 알려져 있습니다. 그가 주장하는 가치 있는 삶이란, 누군가에게 도움이 되는 일을 하라는 것입니다. 그는 노인복지 시설에 들어가서도 여전히 그렇게 살고 있습니다. "당신이 세상에 와서 참 다행이야"라는 소리를 듣는 사람이 되라는 것이지요.

마침 북촌 한옥마을을 돌다가 옻칠 공예가인 후배의 공방에 들렀는데 거기서 딱 그런 분을 뵙게 되었습니다. 공예가의 아흔넷 된 친정어머니는 앞이 잘 안 보이는데도 동네를 돌아다니며 쓰레기를 줍거나 뜨개질을 하시며 쉬지 않으십니다. 이가 빠져 발음이 샜지만 우렁찬 목소리로 황인종, 백인종, 흑인종이 함께 어울려 잘 사는 세계평화를 외치는 식사기도에 아연 감동했습니다. '복덩이들'이라고 축복하시며 손수 짠 목도리를 선물로 주시는데, 나이 탓을 한 일이 부끄러워지며 자꾸만 뒤를 돌아보게 하십니다.

영화 〈울지마 톤즈〉는 수단에 가서 아낌없는 사랑을 베풀던 고 이태석 신부님의 다큐멘터리로, 눈물 없이 볼 수 없는 귀한 이야기입니다. 안수현 의사도 그랬지만, 이렇게도 고귀한 영혼은 하나님이 빨리 데려가시는 것 같아요. 예수님도 서른세 살로 다 이루신 것을 보면 오래 산다고 뭘 하는 건 절대 아니지요. 장수하는 천재가 없듯이 쉬리처럼 깨끗한 영혼은 오염된 세상에서 견딜 수 없기에 먼저 떠나는 게 아닌가 하는 생각을 했습니다. 어느 면에서 오래 산다는 건 할 일을 하지 못하고 회개하지 못했기에 기회를 더 주시는 게 아닌가 하는 외람된 생각을 해 봅니다.

❧

교회 다니는 사람들이 잘 쓰는 말 가운데 '상처'니 '시험'이니 하는 게 있습니다. 누군가로부터 기분 나쁜 일을 당했을 때 상처를 받았느니, 시험에 들었느니 하는데 나는 이 포장된 말에 식상해버렸습니다. 웬 상처를 그리도 받는지 상처받을 요인이 자신에게 있다고 생각은 안 해 봤는지, 차라리 '기분 나쁘다', '삐쳤다' 하는 게 훨씬 듣기가 수월합니다. 이 밑바탕에는 자존심이란 게 버티고 있습니다. 이 자존심, 알량한 자존심 때문에 무너지는 사람을 여럿 보았구먼요.

옛날 어느 일류 여학교 교장 선생님은 조회 때마다 너희들은 잘났으니 자존심을 가지라고 부추겼는데 그 결과 졸업생 중 상당수가 자존심으로 인생을 망치는 걸 똑똑히 보았습니다. 차라리 잘난 사람은 고개를 숙일 줄 알아야 한다고, 겸손하라고 가르쳐야 하지 않았을까요. 나는 사람을 평가하는 기준을 '교만'에 둡니다. 교만하지 않은 잘난 사람을 찾기가 쉽지 않습니다. 그래서 우리 주님께서 교만을 가장 큰 악이라고 하셨겠지요. 잘나지 못한 내가 교만하다는 말을 들을 때마다 깜짝 놀랍니다.

❧

대학교 1학년 때 〈구운몽〉에 관한 리포트를 써 냈는데 교수님으로부터 비평에 소질이 있다고 평론을 하라는 권유를 받았습니다. 〈초원의 빛〉이라는 영화가 여대생들을 뒤흔들 때였지요. 사랑의 열병을 앓던 나탈리 우드가 폭포에서 뛰어내려 병원으로 실려 가는데, 불안한 워렌 비티가 그 초조한 심정을 손을 비비고 어쩔 줄 몰라 하며 연기하는 장면이 있었습니다. 남들이 무심코 지나가는 걸 꼬집어 내어 워렌 비티는 손으로 연기를 했다고 했더니 아무래도 평론을 해야겠다고 주위에서 부추겼습니다. 그 바람에 경솔한 행동도 많이 했던 것 같습니다. 비평을 하다 보면 남들은 다 좋다고 하는데도 그것을 그대로 보아 넘기지 못하기가 일쑤입니다. 아무래도 성격이 자꾸 나빠지는 것 같아 제 풀에 그만두었습니다.

내가 비교적 날카로운 눈을 가진 것은 사실입니다. 사람을 자세히 보면 첫인상만으로 상당히 파악할 수 있습니다. 그래서 일부러 자세히 보지 않으려고 합니다. 그러다 보니 사람을 알아보지 못해 실수를 하기도 하지요.

한편 비평이 없으면 발전이 없는데 성경에서 '비판하지 말라'고 하니 이것의 한계를 정하기가 심히 어렵습니다. 예전에는 느끼는 그대로 말을 해서 많은 이들에게 상처를 주었고 떠나가게 만들었습니다. 지금은 속으로 느끼는 것까지야 어쩔 수 없다 치고 '겉교만'만이라도 고치려고 노력합니다. 말을 안 하면 사람은 모르고 지나가지만 다 아시는 하나님께는 죄를 짓는 것이기에 여기서 벗어날 수가 없습니다.

조현삼의 〈관계 행복〉은 결국 사람과 사람 사이에 필요한 다섯 가지를 얘기해 줍니다. 연약함은 도와주고 부족함은 채워 주고 허물은 덮어 주고 좋은 것은 말해 주고 뛰어난 것은 인정해 주면, 상처를 줄 일도 받을 일도 없다는 것이지요. 〈행복은 혼자 오지 않는다〉(에카르트 폰 히르슈하우젠)를 보면 사람들은 말로는 '행복, 행복' 하지만 실은 불행을 늘 생각하고 원한다고 합니다. 날카로운 지적입니다. 행복은 큰 사건이 아니라 잔잔한 일상에서 항상 느낄 수 있습니다. 가령 신발에 똥이 묻었는 줄 알았는데 진흙덩이라는 것을 알았을 때 느끼는 감정이라고, 우리가 흔히 쓰는 '다행'이 결국은 행복입니다.

하루를 다행 없이 어찌 살 수가 있습니까. 어떤 젊은이가 나이 든 사람을 무조건 존경해야 한다고, 이 험한 세상을 그 나이까지 죽지 않고 살아왔다는 것 하나만으로도 존경 받아 마땅하다고 했는데, 일리가 있습니다. 우리는 전쟁도 겪었고 재난과 사고와 질병을 무수히 넘겼고 자살의 충동도 물리치며 지금까지 살아왔습니다. 죽고 싶은 순간을 경험해 보지 않은 사람이 어디 있습니까. 오죽하면 자살을 했겠느냐는 말도 하지만, 안 될 일입니다. 세계 자살 1위 국가인 헝가리가 애를 써

2위로 내려앉고 그 자리를 한국이 차지해 드디어 세계 1위가 되었답니다. 대한의사협회에서 이것을 비상사태로 여기고 예방한다고 하는데, 일반인도 그냥 보고만 있을 일이 아닙니다. 자살이란, 악령의 충동을 받는 것이 아닐까요. 자기 하나 죽고 끝나는 게 아니라 무수한 사람들에게 악령을 초대해 놓고 가는 일입니다. 이것이 죽음의 미학이라는 탈을 쓰고 세상을 돌아다니며 사람들을 건드립니다. 재미있는 소설 〈페리고르의 중매쟁이〉(줄리아 스튜어트)와 〈올리브 키터리지〉(엘리자베스 스트라우트)를 읽으며 기분 전환을 했습니다.

즐거운 이름 짓기

편지 30 • 2010년 11월

강남구 건강가정센터에서 할아버지들을 위한 북클럽을 운영합니다. '남성 어르신 문학나눔 동아리'라는 긴 이름을 '남문동'이라고 줄여 부르기로 했습니다. 그리고 이왕이면 이름보다 호를 지어 부르자고 하여 할아버지들 모두 호를 지었습니다. 이미 호를 가지신 분들도 있었지만 이 기회에 호를 짓거나 바꾸느라 즐거운 시간을 보냈습니다. 이름과 별명을 짓는 것이 나의 취미이고 내 이름이 맘에 안 들어 내가 나에게 지어 준 이름이 수도 없이 많은데, 사춘기 때 쓰던 이름을 누군가 불러서 깜짝 놀란 일도 있었습니다. 이름이란 게 참 묘해서 자꾸 부르면 그렇게 되는 경우가 많습니다. 일풍(一風)이란 회원은 그 호를 사용해서 그런지 중풍에 걸렸다고 해서 웃었지요. 내가 아는 어떤 이의 어머니는 이런 현상이 아주 심해 외국에 사는 딸의 이름을 작명가의 지시대로 몇 번씩 바꾸었답니다.

그런데 이름은 자주 불러 줘야 효력이 있다는데, 본인이 없으니 어쩌겠습니까. 은행 통장을 딸 이름으로 만들어서 아침에 돈을 넣고 오후에 꺼내며 적어도 하루 두 번씩은 그 이름을 부르게 했답니다. 정작 본인은 하도 바뀌어 이름을 기억도 못 하고 그저 어머니의 사랑만을 느낀다고 하더군요.

나는 호를 '린(隣, Lynn)' 이라고 지어 한때 출판사 이름도 '한린' 으로 했습니다. 이웃을 생각하고 배려한다는 뜻으로 제 인생관의 한 자락입니다. 내가 만약 가게를 낸다면 그 상호는 이렇게 쓰고 싶습니다. 영어, 한문, 한글로 다 부를 수 있는 것으로 영어로는 '저 너머에, 보다 나은' 이라는 뜻의 Beyond, 한자로는 따뜻하게 돕는 강이라는 뜻의 泌溫浢, 그리고 한글로는 비가 온 뒤의 깨끗함을 느끼라고 '비온뒤' 라고 정하고 혼자 좋아합니다. 지금까지 지은 이름을 소개해 볼까요. '멋쟁이 할머니(2004년에 시작한 서울YWCA 노인 프로그램)', '연경당 마님(멋쟁이 할머니반의 연속 프로그램)', '두어자(우리 북클럽 이름으로 책벌레란 뜻)', '초목회(매달 첫째 목요일에 걷는 모임으로 회원이 지었음)', '책사랑방(우리 교회 도서실)', '매운기쁨(책사랑방에서 기금 마련으로 만든 볶은 고추장)', '우침(又寢, 졸기 잘하는 남편 별명)', '안구락부(眼口樂部, 미술관 순례하고 점심 먹는 모임)', '날라리(부담 없이 만나 노는 모임인데 이름 때문인지 깨졌음)' 등. 이렇게 이름 짓기를 좋아하면서 정작 내 아이들의 이름은 고민하다가 못 지었습니다. 나는 기발한 이름을 생각했지만 어른들의 꾸중과 아이가 자라면서 받을 놀림을 생각해 포기해, 시모님이 지어 오신 평범한 이름을 썼더니 너무 흔해 매력이 없습니다. 어쩌다 동명이인이 생길 수도 있지만 출석부에 아무개 a, b, c, d는 부모님의 무책임이지요.

대한제국의 운명이 갈렸던 을사늑약의 현장인 '중명전'이 복원되어 가 보았습니다. 원래는 덕수궁 안에 있던 건물이었는데 밖으로 밀려 나와 정동교회 맞은 편 골목 안에 있습니다. 고종이 얼마나 몸부림치며 일방적인 일본의 강요에 맞섰는지, 그 자리를 박차고 나오자 반대하는 참정대신 한규설을 가두고 강제로 도장을 찍게 한, 그래서 조약이 아닌 '늑약'이라는 역사의 생생한 현장을 볼 수 있습니다. 고종은 을사늑약이 무효임을 주장하는 친서를 각국의 원수들에게 보내고 헤이그에 특사를 파견하는 등 할 수 있는 방법을 다 동원했지만 이미 기운 국운을 회복할 수는 없었습니다. 오죽하면 중명전의 '명' 자를 밝을 明이 아닌 눈 밝게 뜨고 볼 명(眀)자로 썼겠습니까. 그냥 지나치기 쉬운 눈 목 변의 眀자를 주의해 보세요. 이 거리는 덕수궁 돌담길을 비롯하여 최초의 감리교회인 정동교회, 이화여고, 최초의 수녀원 자리, 러시아 공사관 등 가히 역사의 거리라 할 수 있는데, 때마침 노랗게 물든 은행나무 길을 걸어 봄도 대단히 운치가 있습니다. 옛날 젊은이들은 데이트 장소로 꼭 덕수궁 돌담길을 애용했는데, 이 길을 걸으면 깨진다는 말도 있었지요. 우리 늙은이들이 서로의 경험담을 주고받으며 웃기도 했습니다. 아흔아홉의 할머니 시바타 도요라는 분은 초등학교 졸업 학력에 평생 여관 보조나 재봉일을 해 온 가난한 여성인데, 쉽고 다정한 그녀의 시는 사람들의 가슴에 따뜻하게 안겨 듭니다. 시집 〈약해지지 마〉는 일본에서 70만 부가 넘게 팔리고 있답니다.

❧

내가 기획하고 진행해 오는 '노인문화' 프로그램은 서울 YWCA가 못자리인데 7년여를 해오다 보니 모가 많이 자라 옮겨 심어야 하지 않을까 생각 중이었습니다. 그런데 마침 그런 기회가 생겼습니다. 강남구 건강가정센터를 시작으로 강동구로, 강남구 도서관으로 강좌가 이어집니다. 특히 연말이 다가오니 남은 예산을 쓰고자 비슷한 프로그램을 여러 군데서 하다 보니 매우 바빠졌습니다. 저는 어디 가나 책을 읽으라고 강조하는 '책전도사'인데 점차 문화 탐방 쪽으로도 분야를 넓히니 수강생들이 아주 좋아합니다. 특히 남자분들은 외길 직장생활에만 전념하다가 이제야 '이런 세상도 있구나, 이렇게 잘 살 수도 있구나' 하며 호응도가 높습니다. YWCA에서도 가끔 남성분들의 강좌 개설 요청이 있었지만 여건이 안 되었는데, 이제는 은퇴 남성들을 위한 프로그램이 절실히 필요한 때입니다. 언제까지 쓰임 받을지는 모르지만 죽을 때까지 일하고 싶은 게 나의 소원이니 기도를 부탁합니다.

유기성 목사님의 〈나는 죽고 예수로 사는 사람〉을 읽으면서, '그래, 나를 죽이면 아무 문제도 없을 텐데' 하면서 크게 공감했습니다. 하지만 세월이 흐르다 보면 어느새 나를 내세우며 팔딱 살아 있는 모습을 보게 됩니다. 이번에 나온 〈예수님의 사람 1, 2〉는 본격적인 훈련과정으로, 우리가 매일 연습할 과제를 던져 줍니다. '교회만 다니는 사람'과 '예수님을 인격적으로 만나 매일 동행하는 사람'을 구분한 내용은 화끈한 자극을 줍니다. 예수님을 극적으로 만난 체험이나 불같은 성령을 받은 적이 없는 나 같은 모태 신앙인은 미지근한 태도에 한심한 생각이 들 때도 있습니다. 그렇지만, 밀물 썰물처럼 밀리다 보면 어느새 바다 한가운데서 헤엄치고 있습니다. 이렇듯 헤엄치는 훈련도 받아야 물에서 뜨겠지만 말이지요. 저자 이름을 안 밝힌 무명의 그리스도인이 쓴 시리즈의 세 번째 책 〈그리스도 닮은 그리스도인〉이 나왔습니다. 그리스도를 닮는 삶을 살면서 우리 안에서 그리스도의 모습을 발견할 수 있다면 얼마나 향기로울까요. 고린도전서 13장 '사랑 장'에 제일 먼저 나오는 말씀은 '오래 참고'입니다. 사랑은 우선 오래 참아야 하는 것입니다. 존 타운센드는 〈나는 왜 그 사람 때문에 힘들까?〉에서, 사랑해야 하는데 그렇지 못해 고통스러워진 관계에 대한 연구했습니다. 우리는 단 하루도 남과 부딪치지 않으며 살기가 힘드니, 믿는다고 하는 내 자신이 한없이 싫어질 때가 많습니다. 성격은 변하지 않는다고들 하지만, 예수님 안에서는 분명 변할 수 있는 것이니 훈련이 필요합니다. 사람은 죽을 때까지 배워야 하는 존재이니까요.

쏟아져 나오는 책을 고른다고 고르는데, 여기저기 남의 글을 짜깁기해서 편집해 내놓는 책이 눈에 띕니다. 이 책에도 저 책에도 똑같은 얘기가 나와 식상할 때도 있습니다. 인터넷에서 쉽게 퍼올 수 있기 때문인데 이렇게 돌아다니는 정보가 틀린 것이 많은데도 무책임하게 책으로까지 내다니 화가 날 지경입니다. 그래서 더욱 창의적인 글이 아쉽고 책을 잘 고르는 일이 얼마나 중요한지 새삼스러워집니다. 나의 편지 독자들이 이렇게 애쓰며 골라 주는 책을 무심히 지나치고 나중에 언제 그런 책을 소개했느냐고 반문할 때면 유감스럽습니다. 옆에 있다면 그만 연필로 때려 주고 싶습니다. 편지를 모아 둔다며 골계 따위만 기억하는지, 그것은 정성어린 편지에 대한 예의가 아니라는 생각이 듭니다.

열두 번 편지로 한 해가 가네

편지 31 • 2010년 12월

직업에 따라 세월을 사는 사람이 있습니다. 일간지 신문기자가 하루를 단위로 사는 것처럼, 일주일, 한 달, 6개월 등으로 자기 삶의 단위를 구분할 수가 있을 겁니다. 나는 아마도 편지 쓰는 것으로 세월을 따라가는 것 같습니다. 생활 속의 이야기를 틈틈이 쓰다 보면 어느새 석 장의 편지가 되면서 '아, 한 달이 갔네' 하며 세월을 느낍니다. 그래서 12월 마지막 달이 되었다고 새삼스레 무상함이나 허무함을 느끼지는 않습니다.

사람의 나이에는 자연연령, 건강연령, 정신연령, 영적연령이 있습니다. 70세가 된 노인이라도 건강연령은 50, 정신연령은 30, 영적연령은 10도 안 되는 경우가 있을 수 있습니다. 나는 자연의 나이가 들수록 다른 나이도 같이 먹어 가는 것이 좋다고 생각합니다. 건강연령만은 젊어야 좋다고 하는 이도 있지만, 건강은 자랑할 일도 아니고 80 나이에 50의 젊음으로 팔

팔거리며 무엇을 하겠다는 것도 그리 바람직하지는 않습니다. 80세면 그 나이에 걸맞은 건강이 자연스럽고 영적연령도 같이 높아져야 한다고 생각합니다. 영의 세계에 눈뜰 만한 극적인 사건이 없었던 분들은, 어떻게 지금까지 평탄하게 살아왔는지 의아하기도 합니다.

친구가 나에 대한 평을 이렇게 했습니다.

"한정신의 뜰에서 놀려면 화살 박힌 문을 통과해야만 한다. 화살이 스칠 때 아프고 당황하지만 예방주사 맞듯이 일단 겪으면 그다음에는 아무렇지도 않게 되고 그 뜰 안이 재미있어 좀처럼 나가고 싶은 마음이 없어진다."

이 지적에 나도 놀라 두고두고 곱씹게 됐습니다. 정말 내 화살에 맞은 이들이 많습니다. 분해서 돌아선 이들도 있습니다. 나를 좋아하는 이들에게 내 기준과 잣대를 휘두르며 별나게 군 것도 사실입니다. 바깥이 어떻게 돌아가든 상관 않고 내가 좋아하는 이들과 잔치를 하며 즐겼습니다. 내 뜰이 그리 넓지 않다는 뜻도 되지만 어디까지나 잘난 척하는 교만이 바닥에 깔려 있는 것입니다. 이 문제를 두고 오래 묵상을 했습니다. 사람이 절대로 변하지 않는다고 하지만, 예수님이 치유해 주실 수 있다는 믿음을 가지고 자비와 긍휼을 비는 기도를 드리고 있습니다. 여러분도 저를 위해 기도해 주십시오.

원주에 사는 양선희라는 시인이 〈힐링 커피〉라는 에세이집을 선물했습니다. 그녀는 가장 맛있는 커피는 좋은 사람과 마시는 것이라며 자기를 알아주는 카페에 가서 메뉴에 없는 커피를 시킨답니다. '누가 따뜻한 말 한 마디 건네면 울 것 같은 기분일 때 마실 수 있는 커피 주세요' 하면 카페 주인은 알아서 꼭 맞는 커피를 타 주는데, 그러면 마음이 치유된다는 것입니다. 책을 받기만 했지 저자를 만난 적이 없는 나는, 그 책을 읽고 호기심에 가득한 '두어자'들과 원주에 가기로 했습니다.

우리가 아는 원주는 군인, 연세대, 기독병원, 박경리문학공원, 치악산 정도로 그냥 평범한 강원도의 도시였는데, 가서 보니 '카페의 도시'라는 것을 알았습니다. '세상에 웬 카페가 이리도 많아? 원주 사람들이 이렇게 커피를 즐긴단 말인가?' 그 의문은 곧 풀렸습니다. 한 사람이 '커피연구소'를 열고 문하생을 배출해 낸 결과였던 것입니다. 각 카페마다 독특한 색깔을 지닌 카페 주인이 가히 예술이라고 할 만한 아기자기한 화장실을 꾸며 놓고 여유롭게 커피를 끓입니다. 봄가을에 한 번씩 '커피향 따라 느리게 걷기'라는 행사를 한다는 원주시가 정녕 다르게 보였고, 이렇듯 한 사람이 세상을 변화시킬 수 있는 사실에 감탄했습니다.

작가의 대접으로 '곤드레딱주기'라는 희한한 점심과 여기저기 들른 카페에서 마신 커피로 인해 우리 몸과 마음이 한껏 부풀어 행복으로 터질 지경이었습니다. 나는 특별히 '인도네시아 플로렌스 바자와 느구라'라는 커피를 선물 받았습니다. 이 세상 커피의 모든 맛을 갖춘 이 커피를 남은 생애 내내 사랑하게 될 것 같습니다.

❧

〈내려놓음〉과 〈더 내려놓음〉의 저자 이용규 선교사의 세 번째 책 〈같이 걷기〉가 나왔습니다. 더 이상 책을 쓰지 않으려 했는데 역시 하나님이 쓰게 하셔서 냈다고 하는 저자는, 하나님께 일거수일투족을 물으며 친밀하게 동행합니다. 많은 독자들이 하나님의 음성을 정말 물리적으로 듣느냐는 질문을 한다는데, 하나님과 동행하는 삶은 중독성이 강해 한번 그 맛을 들이면 다른 것들로는 만족할 수가 없답니다. 필립 얀시의 〈필립 얀시, 은혜를 찾아 길을 떠나다〉는 먼저 은혜 받은 자들이 은혜 받을 자격이 없는 사람들에게 은혜를 베풀어야 세상이 변한다는 메시지입니다.

❧

'여행' 하면 장소를 이동하는 것으로 생각합니다. 이원복의 〈나는 공부하러 박물관 간다〉를 보면 큰돈이나 시간을 들이지 않고 박물관이나 미술관으로 풍요롭고 여유로운 시간여행을 떠날 수 있습니다. 나 자신도 자주 가지만 주위 사람들에게 박물관 데이트를 권하는데 다들 좋다고 합니다. 발레를 유독 좋아했던 루이 14세는 각선미를 자랑하는 자세로 하이힐을 신고 포즈를 잡아 웃음을 자아내게 합니다. 예술의전당 '베르사유전'에 가면 볼 수가 있습니다. 하늘을 날아다니는 행복한 그림을 그린 샤갈은 서울시립미술관에 가서 만날 수 있지요. 그 옆 덕수궁 미술관에서는 '피카소전'을 하지요. 이렇듯 풍요로운 시간여행으로 여유로운 한때를 즐깁니다.

예전에 영어반에서 같이 공부하던 지인들은 수십 년이 흐르니 각기 흩어져 만나기도 어려운데, 간간이 들리는 소식으로는 그들이 여전히 배움을 놓지 않고 있다는 사실입니다. 그림을 그려 화가로 등단해 전시회를 여는가 하면, 수필가로, 연극배우로 숨겨진 기량을 발휘하며 보람 있게 산다고 합니다. 한 친구는 스페인에 가 보고 싶은 꿈을 이루기 위해 스페인어를 시작했다니, 평소 내가 늘 주장하는 '공부하려는 놈 못 말리고 안 하려는 놈 못 말린다'가 맞지 않습니까. 평생 화투를 친 사람은 늙어 죽을 때까지 화투를 쳐도 팔이 안 아프고, 책을 늘 읽는 사람은 새삼스레 눈 탓을 안 합니다. 향학열에 불타 마흔이 넘어 미국 유학으로 석사학위를 받으신 나의 친정아버지는 돌아가시는 날까지 머리맡에 영어 성경을 두고 읽으셨습니다.

바른 자세를 유지하기 위해서는 가슴과 어깨를 쫙 펴고 '거만하게' 걸으랍니다. 그 말대로 했더니 거만하고 당당하답니다. 운동을 전혀 하지 않는 내가 이만큼 건강을 유지하는 것이 자세에 있다고 생각하기에 거만하다는 소리는 그냥 듣기로 했습니다. 컴퓨터를 하다 보면 어깨 통증이 생깁니다. 이때도 매일 만세 삼창을 세 번만 하면 풀립니다. '연경당' 종강식은 아침고요수목원에서 했습니다. 초겨울 쌀쌀한 날씨에 몸 풀기 체조를 하고 만세 삼창을 했더니 지나가는 이들이 깜짝 놀라 쳐다봅니다. 시국이 하수상하더니 저 늙은 여자들이 돌았나 하겠지만 대한민국 만세를 아홉 번이나 외쳐 대면서 제발 이 나라가 잘되기를 바랐습니다.

남편은 가끔 만화 같지만 기발한 발상을 해서 주위를 웃깁니다. 그의 아이디어가 당장 빛을 본 적은 없지만 지구 다른 편에서 간혹 나타나기도 합니다. 미국에 사는 친척이 잔디 깎는 문제로 다투는 것을 보며 염소를 키우라고 해서 깔깔 웃었는데, 얼마 전 유엔 본부 앞 잔디밭에 염소를 풀어 놓았다는 기사를 보고 놀란 적이 있습니다.

이번에 연평도 공격을 보며 희한한 얘기를 하는군요. 광고판으로 쓰는 대형 스크린을 북한이 바라보이는 연평도 해안에 설치하고 거기 김일성과 김정일의 사진을 비춘다면 저들이 감히 대포를 쏘지 못할 거라는 심리전입니다. 예전에 대북 방송을 하며 어떤 기관에 자문 역할을 한 적도 있는데, 북한에 보내는 유인물을 따로 만들지 말고 남한 신문 속에 들어오는 광고지를 뿌리라고요. 돈도 안 들고 실제 우리네 생활이 이렇다는 것을 보여 주자고 했는데 실현이 안 됐답니다. 그 이유는 전단지 만드는 사람과 기관원의 밀접한 관계 때문이었노라고, 이 만화 같은 착상도 먹히겠습니까. 열두 명 정도의 사람이 사는 어느 조그만 섬에 가서 기발한 아이디어를 맘껏 이루어 보며 혼자 대통령 하면 좋을 사람입니다.

4 장

삶에 대한 예의

〈편지 32〉~〈편지 43〉

오늘서부터 영원을 즐겁게 살자

편지 32 • 2011년 1월

"오늘서부터 영원을 즐겁게 살자"는 구상 선생님의 '삶과 죽음'이라는 시의 마지막 부분입니다. 오늘을 즐겁게 살아야 영원도 즐거움으로 이어진다는 심오한 뜻을 품고 있는 이 구절을 친애하는 애독자 여러분께 새해 첫 인사로 드립니다.

나는 '행복'이나 '사랑'보다는 '즐거움', '좋아함'이란 말을 더 많이 씁니다. 행복이나 사랑은 너무 많이들 써서 이미 빛바랜 간판 같습니다. 다정한 친구와 따뜻한 차 한 잔을 두고 이런저런 이야기를 할 때, 오래된 지인과 맛있는 식사를 하며 추억을 나눌 때, 내게서 영향을 받아 자기 삶이 한결 윤택해졌다는 소리를 들을 때, 나를 볼 때마다 유머가 생각나 웃음이 절로 난다는 웃는 얼굴을 대할 때, 온몸을 싸고 올라오는 이 모락모락한 느낌을 나는 즐거움이라고 표현합니다. 행복이라고 하면 금방 싸구려가 된 듯한, 어쩐지 상품의 포장지 같은 느낌이 들거든요. 그러면서 왜 이런 돈도 안 드는 즐거움을 누리지 못할까, 주위를 돌아보게 됩니다. 한번 사는 인생을 구태여 양지를 피해 응달에서 웅크리고 보내는 사람, 옆에 있는 사람과 아무런 감흥을 못 느끼고 느낄 필요조차 없다는 이들, 힘든 문제를 해결하지 못하고 질질 끌려가는 이들, 신앙생활을 고해의 연속으로 삼아 절대 즐거워해서는 안 되는 것처럼 구는 이들에게 영원이 주어진다 한들 어찌 즐길 수 있겠습니까. 나는 그런 이들이 심히 안타까워 밖으로 끌어내어 햇볕을 쪼이게 하고 싶어집니다. 이시형 박사의 설명으로는 '세로토닌'의 문제라고 하는데, 본능적인 행동을 할 때 분비되는 이 뇌 속의 물질이 부족하면 즐거움을 느끼기가 어렵다고 합니다. 그런데 이것이 훈련으로 가능하다고 〈세로토닌하라!〉에서 설명합니다. 세로토닌은 격렬한 쾌감을 주는 엔도르핀과는 다른, 온화하며 여유로운 따뜻한 감정이라고 합니다.

'사랑'도 그래요. 사랑한다면 상대방이 감동을 받게 해야지 말로만 하는 건 일회용품을 남발하는 것 같아요. "행함이 없는 믿음은 믿음이 아니라"라는 야고보서를 좋아하는 나는 남편이 사랑한다고 하면 사랑을 보이라고 합니다. 깨끗이 청소해 놓은 집에 들어와 5분도 안 돼 온통 지저분하게 만들어 놓고 사랑이라니요. “청소부터 하시오. 아내가 그렇게도 원하는 것을 안 하며 사랑은 무슨!” 나는 독일 병정처럼 화를 냅니다. 남들은 웃지만 나는 한때 열다섯 평짜리 아파트를 나란히 얻어서 각자 살자고 한 적도 있습니다. 필요할 때 서로 방문을 하면서 나는 깨끗한 곳에서 당신은 지저분한 곳에서 서로 평안을 누리자고 말이죠. 실천을 하려다가 자기 집은 지저분하게 해 놓고 내 집에만 올 것이 뻔해 그만두었습니다. 내가 집에서 우울해지는 것은 대부분 이 탓입니다. 깨끗한 집에서 예쁘게 차려 놓고 이틀이 멀다 하고 손님을 초대하여 깔깔대며 즐겁게 사는 것이 나의 꿈인데 말이지요.

‘최고급 레스토랑에서 인정받는 수석 요리사였으나 채워지지 않는 인생의 허기 때문에’ 독일 호스피스 병원으로 자청해서 들어온 루프레히트 슈미트. 죽음을 앞둔 입맛 잃은 이들에게 정성껏 음식을 만들어 그들의 마지막을 황홀하게 만들어 주는 이야기를 다룬 〈내 생의 마지막 저녁 식사〉는 루프레히트 슈미트와 되르테 쉬퍼의 에세이로 퍽 감동적입니다. 먹고 싶은 음식이 다양한 만큼 그들의 살아온 길도 다 다르고 죽음을 대하는 태도도 역시 다릅니다. 어떤 직업을 가졌건 일과 조화되는 봉사를 할 때 꽃이 피어납니다. 입맛이 있을 때 추억에 남을 만한 음식을 먹어 두는 일도 해야 할 것 같습니다. 나는 또 그런 모임의 이름을 생각하고 앉아 있군요. 나는 '이불 속의 활개'인 소그룹 체질이라 한 차에 탈 수 있는 다섯 명을 넘지 않도록 하는데, 다섯이란 많지도 적지도 않은 꼭 알맞은 숫자입니다. 한 사람이 빠져도 괜찮고 저마다 개성이 피어나 아주 즐거운 무대가 될 수 있어 길이 막혀도 차 속이 그대로 '달리는 카페'가 됩니다.

교회건 기관이건 무슨 일을 하고자 하면 으레 예산을 생각하고 주저하게 마련입니다. 그런데 하나님의 일이니 하나님이 알아서 채워 주신다는 확고한 믿음을 가지고 일절 사람들에게 요청하지 않고 일하는 사람이 실제 존재한다는 사실에 놀라지 않을 수 없습니다. '홀리네이션스 선교회'는 우리나라에 들어와 일하는 외국인 노동자들이 어려움을 호소할 때마다 '모두, 조건 없이, 전액을 돕는' 일을 합니다. 직장을 잃은 이에게 일터를 알선하고, 병든 이를 병원에 데려가 치료비 전액을 물어 주며, 학비를 대 주고, 있을 곳이 없는 이에게 숙소를 제공합니다. 그러면서 복음을 전하는데 이는 이들이 자기 나라로 돌아가서 선교사 노릇을 하기 원해서입니다. 한국의 조지 뮬러인 김상숙의 〈나는 날마다 기적을 경험한다〉를 읽어 보세요. 특히 내 눈길을 끈 것은 선교회에 자원봉사자가 50여 명 있다는 대목입니다. 자선단체의 기부금이 단체 운영비와 직원 월급으로 상당히 들어간다는 사실을 상기할 때 매우 고무적이었습니다. 얼마 전 폭로되어 비방을 받은 모 단체도 시민들이 낸 성금으로 빌딩 사고, 임원은 비싼 차 타고, 게다가 거기 매달려 밥벌이하는 사람은 또 얼마나 많았는지요. 수해가 날 때 전국에서 답지한 물품을 제때 나눠 주지 못해 창고를 지어 보관한다는 소리는 도우려는 손을 움츠러들게 합니다.

영화 〈토일렛〉은 내가 좋아하는 감독 오기가미 나오코의 신작인데, 이 감독은 배우 같지 않은 배우 모타이 마사코를 늘 내세웁니다. 대중적이지 않은 이 영화는 예술극장에 슬며시 올라가는데 이 오묘한 맛을 아는 이들의 발걸음이 끊이지를 않습니다. 맛있는 음식처럼 오감에 오래도록 남는 영화를 대하는 것도 빼놓을 수 없는 즐거움입니다. 데이비드 차의 〈마지막 신호〉를 읽고 한참을 생각했습니다. 공상과학이나 상상 속에서 막연하게 생각하던 일들이 점차 현실로 다가옵니다. 앞으로는 국가라는 개념이 없어지고 전 세계가 신세계 질서라는 시스템으로 하나가 됩니다. 즉 경제, 정치, 종교가 통합을 이루고 그 과정에서 일괄적으로 사람들을 통제하기 위해 생체 칩을 오른손이나 이마에 넣게 된답니다. 이 칩은 나의 모든 것이 들어 있는 신분증명서로 이것 없이는 여행이나 물건을 사고팔 수 없으며 일체의 사회활동을 할 수가 없습니다. 이 바코

드의 앞과 중간, 뒤가 6이라는 숫자인 666이며 이 모든 전산 정보는 벨기에 브뤼셀 EU 본부에 '짐승(The Beast)'이라 불리는 슈퍼컴퓨터에 저장된답니다. 신세계 질서를 가능케 하는 조직은 UN, 록펠러 재단, 예수회 등 수십 개인데, 결국 돈과 두뇌가 좋은 사람들이 장악합니다. 통일교는 우리나라에서는 이단시하지만 국제 사회에서는 점점 인정을 받아 '하나님 아래 한 가족' 사상으로 빠져 들어가고 있습니다. 성경의 요한계시록에 나오는 그대로인 이 묘사에 소름이 끼쳐 계시록을 몇 번이나 읽었습니다. 더 이상 안일하게 신앙을 지킬 수가 없을 때가 다가오는데 이 마지막 때에 과연 나는 그 칩을 받지 않겠다고 버틸 수가 있을까, 적그리스도가 활약하며 숭앙을 받으며 교회 지도자들도 합세해 어린양들을 잘못 인도할 때 오롯이 예수님만 따르며 생명을 부지할 수 있을까. 그때를 당하지 않고 죽는 것이 상책이고, 장수가 절대로 축복이 아니므로 약을 먹거나 병원에 가지 않고 아프면 그냥 죽어야겠다는 생각이 강해집니다. 그리스도인들은 부디 이 책을 꼭 읽어 보시기 바랍니다.

이 책이 주는 후유증이 제법 오래 갔습니다. 그러나 사는 날까지 '항상 기뻐하고, 쉬지 말고 기도하며, 범사에 감사하기로' 자세를 굳히니 다시 본연의 '즐거운 나'로 돌아와 편안해졌습니다. 쉬지 말고 기도할 수 있을까 싶었는데, 어떤 생각이 떠오르면 그것을 바로 기도로 연결하니까 '쉬지 않고'가 되었습니다. 지난 연말 빙판에서 완전히 나자빠진 적이 있습니다. 비명을 질렀는데 귀 어두운 남편은 듣지 못해 그냥 뚜벅뚜벅 앞서갔습니다. '아, 저런 남편!' 배낭을 메었기에 머리를 부딪치지 않았고 부러지거나 삔 데가 없어 병원에 가지 않고 자가요법으로 견딜 수 있었습니다. 그다음부터는 얼음을 보면 이곳에서 넘어지는 사람이 없기를 기도하게 되었고, 다치지 않은 것을 감사하며, 자빠지던 내 모습이 생각나 웃기도 합니다. 낙상 소식에 기도해 주신 분들에게 감사 인사를 드립니다.

지난 편지, 내 화살에 대한 반응이 심심치 않게 들려옵니다. 그중에 "화살에 맞아 기쁘고 행복하고 감사하고, 앞으로도 계속 화살에 맞고 싶어 하는 이 촌것을 거두어 주옵소서"라는 답장을 보고 소리 내어 웃었습니다. 화살통을 아예 없애버릴 수는 없을까 생각 중입니다.

금과 다이아몬드

편지 33 • 2011년 2월

'옛 친구는 금과 같고 새 친구는 다이아몬드 같다. 다이아몬드를 얻었다고 금을 잊어서는 안 된다. 다이아몬드를 받쳐 주는 것은 금이니까.'

이렇게 좋은 이메일을 받고 한참 묵상했습니다. 힘든 인생을 지탱해 주는 것은 결국 금이 깔린 밭에서 간간 눈에 띄는 다이아몬드를 발견하면서 생기를 얻는 것이 아닌가요.

철없던 시절에는 친구들과 부대끼며 삐치기도 잘했습니다. 50주년 동창회 때 외국에서 온 친구를 만났는데, 자기와 내가 짝이 된 이유가 서로의 짝과 싸운 후 자리를 바꿨기 때문이란 소리를 듣고 한참 웃었습니다. 누구와 싸웠는지는 기억이 안 나지만 그 짝과 나는 꽤 잘 맞아 몇 십 년의 공백이 한순간에 메워지는 경험을 했습니다.

나같이 감정의 기복이 심한 변덕쟁이가 수없이 물건은 바꾸면서 친구와는 잘 지내는 것을 의아하게 생각하는 이들이 많습니다. 사람은 돈으로 살 수 없는 오묘한 존재이므로 이 선물을 소중히 여기기 때문입니다. 그 사람의 육면체 중 어느 한 면만 맞아도 친구로 삼기에 주위에는 총천연색의 무늬로 다채롭습니다. 개중에는 어떤 이와는 사귀지 말라는 충고까지 들을 정도인데도 나는 그가 떠나지 않는 한 관계를 유지하고 1대 1의 만남을 지속합니다. 학생 때부터 지금까지 이어진 세월 가운데, 계속 따라오는 금과 새롭게 만나는 다이아몬드로 나는 항상 부자라고 느낍니다.

유진 피터슨이 쓴 성경 〈메시지〉는 영어와 한글이 다 쉽습니다. 마태복음의 팔복을 이렇게 풀었습니다.

> 벼랑 끝에 있는 너희는 복이 있다. 너희가 작아질수록 하나님과 그분의 다스림은 커진다(심령이 가난한 자는 복이 있나니 천국이 그들의 것임이요).
> 가장 소중한 것을 잃었다고 느끼는 너희는 복이 있다. 그때에야 너희는 가장 소중한 분의 품에 안길 수 있다(애통하는 자는 복이 있나니 그들이 위로를 받을 것이요).
> 더도 말고 덜도 말고 자신의 모습 그대로 만족하는 너희는 복

이 있다. 그때 너희는 돈으로 살 수 없는 모든 것의 당당한 주인이 된다(온유한 자는 복이 있나니 그들이 땅을 기업으로 받을 것임이요).

이 달의 책은 단연 〈미운 남편과 행복하게 사는 법〉(게리 채프먼)입니다. 책사랑방에서 서로 보겠다고 박이 터졌습니다. 성년이 되면 무조건 결혼을 해야 된다고 생각하는 세상에서 부모는 부모대로, 자식은 자식대로 스트레스를 받게 마련입니다. 그런데 나는 결혼을 하면 더 불행해질 것 같은 사람들을 많이 알기에 그들이 독신을 유지할 때 말리고 싶은 마음이 없습니다. 나 자신이 결혼 부적절형이기 때문입니다.

결혼이란 것이 제도인 만큼 자격을 갖춘 사람만이 결혼을 하도록 무슨 장치가 필요하다는, 예를 들면 결혼자격국가고시를 두자는 주장을 한 적도 있습니다. 이런 제도를 두면 세상은 더 이상 독신에 대해 말들을 삼갈 것이기 때문입니다. 행복하자고 하는 결혼이 실은 엄청난 희생을 요구하는 것임을 아는지 모르는지 일단 해 보고 손해가 나면 이혼하는 세상이 되었습니다. 그러니 자격고시만큼 중요한 것이 결혼을 유지시키는 상담이라고 생각합니다.

세상에는 중매쟁이가 아닌 결혼상담사가 변호사보다 더 많이 필요합니다. 나는 개인적으로 로스쿨이 많이 생기는 것이

탐탁지 않습니다. 변호사와 판검사가 많은 세상은 선진국이 될망정 절대 좋은 세상이 아닙니다. 문제는 법원에 가기 전에 해결해야 되는데 툭하면 고소가 앞서니 변호사 돈 벌어 주는 일입니다.

특히 세상 법정에 가지 말라고 성경에서 분명히 말했는데 왜 요즘 교회는 툭하면 법정에 갑니까. 교인이란 게 부끄러워 얼굴을 들 수가 없습니다. 미국 어느 의과대학 졸업석상에서 의사 한 명 뒤에 서른두 명의 변호사가 따라다니니 조심하라고 축사 아닌 고사를 한 학장도 있다고 합니다. 일평생 고소하거나 당하지 않고 사는 게 정말 다행한 일입니다.

그리고 분명 본인한테 문제가 있는데도 절대로 상담이나 치료를 받지 않으려는 사람들이 있습니다. 보기에 매우 비정상인데도 일평생 상담을 한 번도 받지 않고 비참하게 살다가 비참하게 죽는 이를 본 적 있기에 전문인의 상담은 필수라고 생각됩니다. '성격은 안 변한다'고 단정하면 인생이 참 힘들어집니다. 본인이 깨닫고 좋은 지도를 받으면 성격도 고칠 수 있습니다.

사람들은 돈과 여자, 명예에 흠이 없는 사람이라면 좋은 사람이라고들 평가합니다. 이 세 가지는 매우 아름다운 색깔의 유혹인데 여기에 걸리지 않으려면 얼마나 자제와 훈련이 필요할까요. 참 괜찮다 싶은 사람들이 이것에 걸려 넘어지는 것을 볼 때마다 선불리 사람을 평가하기가 두렵습니다. 그래서 나는 "그분은 참 좋다, 아직까지는"이라는 단서를 답니다.

예전에 화랑 주인에게 영어를 가르친 적이 있어 그림을 보는 안목이 조금씩 생길 때였습니다. 그 화랑 주인은 장래성 있는 신진을 발굴하는 데 탁월한 안목이 있습니다. 전시회도 열어 주고 화가들이 성장하도록 후원을 합니다. 화가들은 쑥쑥 발전합니다. '저 화가가 계속 좋은 그림을 그릴 수 있겠느냐'는 질문을 했더니 화랑 주인이 '모른다'고 하더군요. 지금은 착실히 그림만 그리니까 좋은 그림이 나오지만, 돈이나 명예에 집착하면 그림이 달라지니 모르는 일 아니겠느냐고요. 이 명답에 나는 고개를 끄덕이며 '사람은 변한다. 얼마든지 변할 수 있다'고 생각했습니다.

〈여행자의 옛집〉이라는 책은, 서른 살이 되기 전에 5대양 6대주 70여 개 나라를 배낭 하나 메고 돌아다닌, 공부도 많이 하고 이력도 다채롭고 재주도 많은 최범석이란 튀는 남자의 이야기입니다. 고향에 돌아와 자기가 태어나고 자란 인왕산 밑 집에 가 보니 아파트 빌딩숲 사이에 폐가가 돼 버려져 있더랍니다. 처음에는 야영하는 셈치고 며칠 머무르다가 아예 주저앉아 집을 가꾸고 나무를 심어 비밀 정원을 만듭니다. 개들과 더불어 자유를 찾아 사는 멀쩡한 미혼 남자의 그럴듯한 이야기가 공감과 미소를 자아냅니다.

여러 책을 읽다가도 소설을 빼놓으면 꼭 김치 없는 밥상 같아 손턴 와일더의 〈산 루이스 레이의 다리〉를 가지고 뒹굴며 스마트폰이 어쩌고저쩌고 해라, 나는 종이책을 놓지 않으련다, 중얼거립니다.

❧

올해 들어 그동안 해 오던 서울YWCA 노인문화부 위원을 그만두었습니다. 명칭이 시대 상황에 따라 교육부–평생교육부–노인부–노인문화부로 바뀌었지만 서른다섯 해나 한자리를 지켰기에 일말의 섭섭함도 있었습니다.

그러나 자꾸 OWCA가 되는 현실에서 젊은 사람들에게 자리를 양보하는 것이 좋겠고, 또 개인적으로 외부 활동이 많아져 정리를 하게 되었습니다. 그렇다고 YWCA에 대한 애정이 식은 것은 아닙니다. 내 젊은 날의 시간과 배움과 봉사와 즐거움을 준 이 단체의 평생회원이므로, YWCA가 계속 사회와 교회의 중간 역할을 잘해 주는 건강한 고리가 되기를 기도하고 있습니다.

❧

예전 영어반 학생들과 다시 정기적으로 만나자고 모임을 만들었는데, 이름만은 영어로 하자고 하여 '해피 메모리즈

(Happy Memories)'로 했습니다. 그럼 영어로만 얘기해야 되느냐는 불안한 질문도 받았는데, 영어를 하면 벌금을 물리는 모임도 있으니 이런 말이 나올 법도 하지요. 나를 제발 옛날 선생으로 대하지 마시오. 영어 단어가 생각 안 나는 건 선생도 학생이나 마찬가지로 평준화되었다오. 그냥 추억을 되살리며 깔깔 웃기나 합시다.

그런데 옛날에는 내가 야단치는 바람에 울기도 하고 스트레스를 심히 받았다고 하면서, 지금에는 그때가 제일 좋았다고 하니 이 무슨 모순인가요. '옛날이 좋았다!' 산다는 게 결국 그런 건가요.

직선보다는 곡선이

편지 34 • 2011년 3월

"신은 직선을 만들지 않았다"라고 주장하는 훈데르트바서의 전시회를 보았습니다. 삭막한 회색 콘크리트 건물에 색을 입히고 네모난 창문을 다 다르게 만들고 벽과 벽 사이를 여러 가지 무늬로 채색하고, 또 굴뚝을 나선형의 모자이크로 감아올리고 옥상정원에 나무를 심고 둥그런 초록색 지붕을 올린……. 이것은 그림이 아닌 실제 건물을 리모델링한 것입니다. 쓰레기 소각장과 낡은 시영 아파트 같은 것을 동화나라로 바꾼 훈데르트바서는 오스트리아 출신의 화가이며 건축가이자 환경운동가입니다. 그는 피부를 다섯 개로 나누어 첫째는 스킨, 둘째는 옷, 셋째는 집, 넷째는 사회, 다섯째는 지구라고 합니다. 그동안 내가 사는 집이 다 똑같은 회색이란 게 참을 수 없지만 도리가 없었는데, 이 전시회를 보고 나니 우리도 이렇게 하자고 외치고 싶었습니다. 요즘 서울의 옛 동네 담벼락이나 돌층계에 그림을 그리는 일이 시작되는 건 그런 조짐이 라 볼 수 있습니다. 한 사람의 상상력과 사랑이 담긴 행위가 한 도시를 이토록 아름답고 유쾌하게 만들 수 있다는 사실에 감동하지 않을 수 없습니다. 산이나 강이나 모두 곡선인데 그 안에 사는 인간은 왜 자로 재고 잘라 직선을 만들까요? 말도 간접화법이 훨씬 효과적이며 은근한데도 상대방이 못 알아듣는다고 직접화법으로 쏘아 대는 이 버릇을 아직도 못 고칩니다. 사람이 오래 사는 건 더 다듬고 성숙해지라고 기회를 주시는 거라 생각합니다.

교회 책사랑방이 1주년을 맞았습니다. 처음에 내 책 백 권을 가지고 시작했는데 지금은 4백여 권이 되었고 회원 열여섯 명에 후원회원 일곱 명이 책도 읽고 나들이도 하며 즐거운 시간을 보내는 알찬 모임이 되었습니다. 이 감사를 어떻게 표현할까요? 수요일에 감사예배를 드리면서 90여 권을 읽은 두 명에게 다독상을, 재정을 든든하게 해 준 후원회원에게 공로상을 드렸고, 주일에는 전교인에게 점심을 대접했습니다. 책사랑방에서 만난 회원들은 내게는 모두 반짝이는 다이아몬드로서 각자 빛을 발하는데 눈이 부실 지경입니다. 내 인상이 차가워 조심스러워하다가 익숙해지니 할 말 다 하는 사이가 되었고, 길라잡이인 내가 말만 하면 척척 알아서 움직이니 웬 인복이 이리도 많은지요. 내가 바빠 일을 거들지 못했는데도 즐거운 마음으로 기쁘게 준비한 음식이니 얼마나 맛이 있던지 몇 번씩 가져다 드시는 분들을 보며 참으로 뿌듯했습니다. 다락방이 무너질까 봐 책은 천 권으로 숫자를 제한하려고 합니다. 신간을 구간과 바꿔 가며 회원들에게는 무조건 천 권을 읽히려고 합니다. 무서워서 못 들어오겠다고 하고 바빠서 책을 못 읽는다고 하는데 다독상을 받은 두 사람은 천하에 바쁜 사람들로 보는 이들이 감탄을 금치 못합니다. 텔레비전을 멀리하면 책과 가까워집니다요!!!

내가 만일 대학을 다시 간다면 '역사학과'로 가겠습니다. '국문과'는 중학교 1학년 때 작정한 것으로 변함이 없었는데 '불어'를 만나면서 잠깐 흔들렸었지요. 심리학과 역사학 쪽을 흘금거리기도 했지만 일편단심 국문과 진학을 후회한 적은 없습니다. 지금같이 복수전공이 있다면 좋았겠지만 그때 못한 공부를 두고두고 하는 것도 나쁘지 않습니다. 역사는 변함이 없지만 그것을 보는 관점과 해석은 다를 수 있기에, 그리고 정확한 물증이 없기에 실낱같은 단서로 상상력을 발휘하는 것도 매력이라 하겠습니다. 내가 만일 조선시대에 태어났더라면 억눌린 채 할 말도 못하며 살았을까, 남편이 첩을 얻어도 소박을 해도 팔자타령만 하고 참기만 했을까, 한평생 까막눈으로 답답하게 지냈을까. 정해은이 쓴 〈조선의 여성, 역사가 다시 말하다〉와 〈조선의 여성들, 부자유한 시대에 너무나 비범했던〉(박무영, 김경미, 조혜란)을 보며 아무리 시대가 어쩌고 해도 자기 나름의 삶을 살았던 여성의 흔적은 찾아볼 수 있습니다. 되는 일이 없이 답답하고 기도의 응답이 없어 낙심할 때는 오스 힐먼의 〈하나님의 타이밍〉을 읽어 보세요. 책을 읽으며 생각나는 사람이 있다면 그 책을 사 주는 것도 대단히 좋은 선물이 됩니다.

좋은 일이 생기면 무조건 하나님의 선물이고 나쁜 일은 내가 잘못한 것이라고 여겨 왔습니다. 그런데 지금은 좋은 일이건 나쁜 일이건 다 하나님으로부터 오는 것이라는 생각이 듭니다. 예전에는 기분 나쁜 일이 생기면 즉시 화를 내고 얼른 잊어버리려고 했습니다. 그런데 요즘에는 화를 내기보다 그 문제를 깊이, 다각도로, 곰곰이 생각하게 됩니다. 내가 만나는 사람들의 모든 것을 다 알지 못하므로, 나는 그 사람의 어느 한 면만 맞아도 친구로 삼습니다. 사실 그 사람에 대해 속속들이 아는 것도 아니고 본인이 밝히지 않는 한 알고 싶지도 않습니다. 오래되었다고 해서 잘 아는 것은 아니란 말입니다. 나는 특히 점쟁이 기질이 있어 나름대로 보는 눈이 있다고 자부해 왔는데 깜짝 놀랄 만큼 의외의 일이 생기면 걸음을 멈추게 됩니다. 소가 없으면 외양간이 깨끗한데, 아무 일도 안 하고 사람들과 부딪치지 않으려면 거리에 나가지 않으면 됩니다. 그런데 그렇게 살 수는 없는 것 아닙니까. 겉으로는 강해 보여도 내 속의 여린 마음은 요동칩니다.

요즘은 잘 살게 되었다고 동네에 가전제품을 수리하는 곳이 없어져서 참 불편합니다. 예전 아파트 경비원은 손재주가 있어 버리는 물건을 멀쩡하게 고쳐 주인에게 돌려주는 고마운 분이었는데, 물건이 고장 날 때마다 그분 생각이 납니다. 나는 특히 기계와 코드가 안 맞아 고장을 잘 내는데 기계가 나를 싫어하고 깔본다는 생각까지 듭니다. 그래서 내가 과학관에 갔을 때 이런 제안을 했는데요. 중고등학생 중에 과학에 관심이 있는 학생들을 모아 '주말교실'을 엽니다. 그리고 부속이 없다든가 고칠 시간이 없어서 버리게 되는 고장 난 물건을 과제로 줍니다. 학생들은 실습을 하고 용돈도 벌어 일석삼조가 되는 이 제안을 관계자는 시큰둥하게 듣더라고요. 나는 뭔가 생각이 나면 그걸 동네방네 외치는데 실행이 안 되는 경우가 많고 되더라도 한참 늦게 되더라고요. 그래서 우리 외손자 수빈이가 얼른 자라기를 기다립니다. 수빈이는 자기 아빠를 닮아 눈썰미도 있고 손재주가 좋아 공과 계통에 어울리는데, 글쎄 중학생이 되면 공부한다고 틈이 있을라나 모르지만 돈을 번다면 하지 않을까 기대해 봅니다.

우리 집에서 일산 교회까지는 왕복 80킬로미터 거리인데 자주 가자니 기름값이 만만치 않아 공짜 차를 이용하기로 했습니다. 사람에 따라 지하철은 침대차도 되고 도서관도 되니 편리합니다. 수요일에는 넉넉히 시간을 잡고 동네 구경, 전시회도 보면서 걸어 다닙니다. 운동도 되고 호기심을 만족시켜 줄 만한 재미있는 것이 많습니다. 차로 지나가면 못 만나게 될 것들이 가득한 곳이 길거리입니다. 북촌 한옥마을은 이미 현대 건물이 들어선 길과 옛날과 현대가 섞여 있는 길, 그냥 옛 모습 그대로인 골목이 있는 재미있는 동네입니다. 걷다 보면 지도를 든 일본인들도 많습니다. 이집 저집 맘대로 기웃거리고 조그만 가게에 들어가 수제품을 만져 보는 재미도 쏠쏠합니다. 사람들이 많이 몰리니까 잠자던 집들이 저마다 창을 열고 가게를 냈는데 테이블이 하나에서 넷을 넘지 않습니다. 피자에 꿀을 발라 먹는 '대장장이 화덕구이'며 아주 오래 줄을 서야 되는 '이태리면사무소', 나오기가 무섭게 순식간에 다 팔리는 프랑스 파티시에의 '구르메' 빵집 등 사이사이 쉬어갈 수 있는 찻집이 아기자기 즐비합니다. 게다가 예술영화를 볼 수 있는 '선재아트센터'도 있지요. 정독도서관으로 바뀐 옛 경기고등학교 교정의 오래된 나무 밑에 앉아 쉴 수도 있습니다.

돈이란 늘 부족한 것

편지 35 • 2011년 4월

돈이 없으면 우울하고 돈이 많으면 편치 않습니다. 마음이 편치 않을 만큼 돈이 많아 본 적이 없지만 돈 많은 사람을 심심치 않게 만나 보았기에 하는 말입니다. 어느 재벌은 잠에서 깨어나는 것이 두렵다고, 의식이 돌아오는 순간 모든 문제들이 기다렸다는 듯이 달려든다고, 사람들을 만나기도 싫다고 합니다. 만나는 사람들마다 돈 달라고 하니 모임을 피하게 되고 순수한 친구에 대해 목말라하는 것을 보고 참 안됐다는 생각이 들었습니다. 돈이 많으면 그 돈을 지켜야 하는 무거운 짐을 지게 됩니다.

돈이란 누구에게나 늘 부족한 것입니다. 치사하다거나 야비하다는 말을 듣지 않고 매달리거나 끌려가지 않으려면 얼마나 도를 닦아야 할까요. 돈이란 성깔이 있어 내보낼 때 좋은 말을 하고 보내야 더 많이 몰고 들어오고, 안 쓰려고 움켜쥐고 있으면 사고를 친다고 합니다. 나는 돈은 없지만 좋은 일, 올바른 일을 위해서는 돈이 생기는 경험을 하면서 살았습니다. 이 부족한 듯 아쉬운 게 돈의 매력이라 하겠습니다.

❧

어느 조직이나 단체에 들어가든지 똑같이 겪게 되는 일이 있습니다. 좋은 의견이나 제안이 잘 받아들여지지 않을 수 있다는 것입니다. 크고 오래된 곳일수록 이 계단이 높아 밑에서 올리는 안건이 중간에서 사라지거나 묵살되기 쉽습니다. 이런 일이 못마땅해서 나는 혼자 하는 일을 선호합니다. 처음에 나 혼자 하다가 뜻이 맞는 두서넛이 모여 다섯이 되면 소우주가 되니 그 안에서 못 할 일이 없습니다. 미국 워싱턴에 있는 '세이비어 교회'는 교인 150명으로 '미국을 움직이는' 역할을 합니다. 정부가 손을 못 대는 여러 가지 복지사업을 하며 연간 천만 달러 이상을 씁니다. 어떻게 이런 일이 가능할까요? 그것은 교인들이 우선 깊은 영성을 갖추고 주님을 닮아 가는 삶을 몸소 보여 주기 때문인데, 그래서 등록 교인이 되기가 쉽지 않다고 합니다. 교회 밖의 사람들이 그 뜻에 동참하여 보내 주는 후원회비로 이런 일을 꾸준히 할 수가 있다고 합니다. 내가 세이비어 교회를 부러워하는 것은 50여 년이 됐는데도 아직까지 150명밖에 안 되는 교인으로 사역을 계속한다는 사실 때문입니다. 사실 몇 만 명이 모이는 대형 교회에서도 실제로 일하는 사람은 몇 백 명에 불과한 것을 볼 때 교회의 크기는 문제가 되지 않습니다. 단 영성이 뒷받침해 주지 않는 봉사는 쉽게 지치고 시험을 받기 때문에 끊임없이 영성을 유지하는 것이 중요합니다. 우리나라에도 이와 비슷한 교회가 있어 반가운 마음에 소개합니다. 〈마을이 교회, 교회가 마을이 되는 예수마을 이야기〉(장학일)는 열악한 환경인 신당5동이 교회로 인해 점차 살기 좋은 동네로 바뀌어 가는 이야기를 담았습니다. 동네에 교회가 있어서 마을 사람들은 참으로 고마워합니다. 이상적인 교회의 모델이 된 예수마을교회는 지역의 다른 교회들과도 협력을 아끼지 않고 함께 사역을 합니다.

YWCA 위원을 그만둔 것에는 미련이 없지만 연경당에 대해서는 미안한 마음이 있었습니다. 정원이 안 되면 프로그램을 계속할 수 없는 상황이어서 이해를 구했지만 138회 계속된 모임을 없앤다는 것이 그리 간단하지가 않았습니다. 그런데 이들은 방학 중에도 쉬지 않고 만나서 전시회도 가고 영화도 보며 모임을 유지해 가고 있습니다. 마침 YWCA에 이런 자율적인 모임의 '동아리'라는 조직이 있어 자연스럽게 등록했는데 나는 지도강사라는 이름으로 계속 연을 맺고 있습니다. 어느 면에서 정규 프로그램이 동아리로 되어 가는 것은 바람직한 현상입니다. 어쩌다 보니 내 전공이 '노인여가문화선용'이 되었습니다.

❧

묘지명(墓誌銘)이란, 무덤 속이나 언저리 땅 속에 묻는 기록으로 죽은 이의 이름과 생몰년, 집안 내력, 주요 발자취 등을 종이나 도자기 등에 쓴 것입니다. 이것이 후세에 발굴되어 죽은 자의 사연과 함께 그 시대상을 알려 줍니다. 지금 국립중앙박물관에서는 조선시대 묘지명 150점을 모아 특별전을 합니다. 골동품 수집가인 김광수는 스스로 자기 묘지명을 이렇게 썼습니다. "더러 밥도 못 짓고 방은 네 벽만 휑했으나 금석이나 서책으로 아침저녁을 삼아서 기이한 골동이 닿기만 하면 주머니 쏟으니 벗들은 손가락질하고 양친과 식구는 꾸짖었다." 앞선 자식의 묘지명을 쓰게 된 아비의 심정, 특히 사도세자의 묘지명을 쓴 영조의 마음은 어떤 색깔이었을까. 책 모양의 도자기가 주류지만 항아리나 그릇이 참으로 예뻐 눈길을 끄니 묘지 문화의 새로운 발견입니다.

❧

윌리엄 아서 노블이란 선교사는 1892년에 평양에 들어와 1934년 은퇴할 때까지 40여 년을 한국에서 살며 한국을 사랑했는데, 선교활동 외에 소설을 썼다는 것이 지금에야 알려졌습니다. 〈이화〉는 단순히 사랑 이야기라기보다는 구한말 조선의 시대상을 선교사의 눈으로, 선교사를 조선인의 시선으로 본 책입니다. 더구나 개혁적인 인물의 입을 빌어 미래의 한국을 이야기하는 모습은 놀랍습니다.

"우리가 자주적으로 통치할 힘이 있다는 것을 세계에 보여주지 않는 한, 어떤 경우에도 우리는 착취의 희생이 될 거야. 지금까지 우리는 이를 입증하지 못했어. 하지만 우리나라에는 훌륭한 인재가 많이 있어. 적절한 지점에서 이들의 지도를 받는다면 우리나라 역시 일본의 놀라운 발전을 따라갈 수 있어. (중략) 일본은 지난 35년간 건강과 위생의 법칙을 잘 따랐기 때문에 인구가 2천만이 늘었어. 이런 교훈을 우리도 배워야 해. (중략) 큰 전쟁을 일으키고 승리하는 것과 다른 민족의 일을 관리하는 것은 매우 다른 별개의 문제야. 다스릴 민족을 경멸하는 사람은 그 민족을 성공적으로 관리할 수 없어. 일본 개개인들은 개혁의 절차를 시작하기 전에 우리 민족 개개인을 존중하는 법을 배워야만 해."

〈사랑하는 사람은 누구나 아프다〉를 쓴 김영봉 목사님은, 대중문화 콘텐츠를 기독교의 관점에서 풀이하는 것으로 탁월합니다. 이미 영화 〈밀양〉, 소설 〈다빈치 코드〉 등을 예리하게 파헤쳤는데, 이번에는 윌리엄 폴 영의 소설 〈오두막〉을 가지고 상처와 용서와 하나님과의 문제를 다룹니다. 임권택 감독의 한지 문화에 대한 영화 〈달빛 길어올리기〉는 대단히 아름다운데, 어찌하여 서울에서 영화관을 잡지 못했는지 안타깝습니다. 나는 경기도에까지 가서 두세 사람 놓고 상영하는 데서 감탄과 한탄을 하며 보았습니다. 〈세상의 모든 계절〉은 건강하게 늙어 가는 한 부부 주위에 그렇지 못한 이들이 기대는 모습을 담담하게 보여 주는 여운이 남는 영화이고, 자폐아가 주인공인 〈내 이름은 칸〉 역시 감상할 것을 권합니다.

언제부터인가 외식을 하게 되는 경우, 대부분 대접을 받기에 돌아와서 5천원씩 떼어 조그만 헌금통에 넣었다가 절기헌금으로 드리고 있습니다. 월급쟁이가 아니므로 보너스가 없는 나 같은 사람은 부활절이나 추수감사헌금을 해야 할 때 이 돈이 요긴하게 쓰입니다. 미국 브룩힐즈 교회의 데이비드 플랫 목사는 자신의 책 〈래디컬〉에서 삶을 완전히 바꿀 '래디컬 실험'을 1년만 해 보라고 권합니다. '전 세계를 위하여 기도하기, 말씀 전체를 샅샅이 읽기, 재정을 의미 있는 곳에 사용하기, 나를 필요로 하는 낯선 곳에 가서 섬기기, 복음적인 지역 교회에 헌신하기'를 딱 1년만이요. 지금 세계 인구는 67억인데 45억이 그리스도 없이 살고 있고 10억이 넘는 사람들이 기아에 허덕이며 복음이 무엇인지조차 모르고 있답니다. 나 하나의 기도가 무슨 소용이 될까 싶지만 기필코 소용이 된다는 데 기도의 힘이 있습니다.

조선의 열악한 환경과 불쌍한 여성들의 사진을 보고 미국 어느 감리교회 여신도가 일어나 조선의 여성들을 위해 기도하자고 했습니다. 이 기도 운동이 모금으로 이어져 오늘의 이화학당이 된 것을 아는 이는 드뭅니다. 한때 그 여성이 누구였는지 알고자 하는 조사가 이루어졌지만 끝내 밝혀지지 않았습니다. 알려지지 않은 그 기도의 힘은 얼마나 위대합니까. 학창 시절, 대강당 채플 시간에 떠들면 총장님이 "너희들이 앉아 있는 자리가 어떻게 만들어졌는지 알기나 하냐" 하고 꾸중을 하셨습니다. 돈 안 드는 봉사가 기도일진대 노후에 기도만큼 좋은 것은 없다고 생각합니다.

삶에 대한 예의

편지 36 • 2011년 5월

삶에 대한 예의를 최대로 저버리는 것을 자살이라고 봅니다. 자살도 쉽지 않아 이루지 못하고 죽지 못해 사는 이들의 태도를 보면 그것도 참으로 무례합니다. 될 대로 되라는 식의 언행이 빚어내는 그 독소가 주위를 흉하게 물들입니다. 무례하지 않으면 '화평'이 옵니다. 국가 간의 전쟁이나 개인들과의 불화가 다 이 무례에서 비롯됩니다. 무례란, 나 자신은 의식하지 못하지만 상대방이 불쾌히 여기는 것에서부터 시작됩니다. 그게 뭐 그렇게 대수롭냐지만, 가시처럼 걸려서 불편해하는 상대방은 그냥 넘기지 못하는 것입니다. 일단 무례했다면 사과를 해야지요.

그런데 나 자신이 이런 무례를 무수히 저지르고 깨닫지도 못하고 살아왔습니다. 특히 말이 머리까지 가지 않고 입에서 톡 하고 튀어나오는 바람에 언어의 횡포를 저지른 일이 많습니다. 내게 우호적이던 사람이 떠나면 내가 무례했기 때문입니다. 그래서 이를 고치려고 뒤늦게 사과하느라 볼일도 못 볼 지경입니다. 한편 내가 무례를 당할 때에도 그냥 지나치지 않습니다. '내가 당신에게 무슨 실수를 했는지, 무례하게 했는지'를 물어봅니다. 그렇지 않다고 하면 '왜 당신은 내게 이리 무례한가?' 하고 되묻습니다. 그러면 아주 깜짝 놀랍니다. 나는 이런 '초전박살' 방법으로 깨지기 직전의 관계를 회복합니다. 어떤 이는 꾹꾹 참기만 하다가 아주 나쁜 결론에 이르기도 합니다. 그래서 내 주위에서는 우스갯소리로 내가 밥을 먹자고 하면 겁이 난다고 합니다. 바쁜 세상을 사노라니 그런 건 무시할 수도 있지 않느냐고 하면 대범한 것 같지만, 실은 많은 것을 놓치고 사는 것입니다. 바쁘다는 말은 차가 막혀 늦었다는 말처럼 듣기 싫으니 그냥 '무심했다'고 표현하는 것이 솔직합니다. 산다는 것 자체가 바쁜 것인데 예의를 빠뜨리고 살 만큼 바쁜 것은 무엇입니까? 복이란 하늘에서 떨어지는 것이 아니라 세상 사람들과 스치는 중에 들어오는 것이니, 사람과의 관계를 잘하는 것이 삶에 대한 예의입니다.

요즘은 뭐든지 기계화되고 완벽을 향해 가는 세상이라 뛰는 놈 위에 나는 놈이 펄펄 누비니 그만 식상하게 됩니다. 대단한 것을 봐도 진짜 같지 않아 합성도 잘했네, 지겨워집니다. 오히려 좀 틀리고 실수를 하는 게 보기 좋습니다. 똑같이 예쁜 여자들이 화면에고 거리에고 넘쳐나고, 뭐든지 매끈하게 잘해내는 그들을 보며 못생긴 여자의 어설픈 동작이 그리워질 지경입니다. 예쁜 것은 똑같지만 못생긴 것은 다 다르니 그게 매력이 될 수도 있습니다. 남편에게 주례를 부탁하러 온 제자의 신부가 웃는데 덧니가 보입니다. '단점의 장점화'라는 설명에 내가 그만 반하고 말았습니다. 할 수 없이 인터넷을 씁니다만 점점 손으로 하는 작업에 관심이 쏠립니다. 맨손으로 직접 만든 음식은 비닐장갑을 거친 것과는 차원이 다르지 않습니까. 할머니의 요리법인 '손맛'과 '짐작'이란 게 얼마나 좋은 것인지요. 소위 '감' 잡는다는 것은 차원이 다른 멋이라고 생각합니다.

구제하는 일에 솔선하지는 못하지만 내 앞에 바로 오는 손길만은 뿌리치지 말자고 생각하는데, 지하철을 타면 이를 실감합니다. 일산까지 가는 긴 시간, 여러 번 도와 달라는 손을 만나게 됩니다. 나는 공짜 승객이므로 차비 내는 셈 치고 주는데 차비를 초과합니다. 어느 날부터 저들에게 돈만 줄 것이 아니라는 생각에 기드온 성경을 함께 주었더니 놀라더군요. 기드온에서는 개인 성경을 자기 돈으로 사서 한 달에 두 명 이상에게 주라고 하는데 잘 되지 않던 것이, 이런 방법을 쓰니 한 달이면 열 권 이상을 소화할 수가 있습니다. 어느 날, 자기 사연을 쓴 종이를 나눠 주는 이에게 성경을 주었더니 가방에서 껌 한 통을 꺼내 답례를 하는 게 아닙니까. 구걸을 할망정 참 예의 바르다고 여겨 다시 보게 되더군요. 나는 이번에 기드온의 지구이사라는 무거운 짐을 내려놓았습니다. 처음부터 부담스러웠는데 내놓으니 어찌나 좋던지 오히려 평회원으로 충실하자는 생각을 다짐하게 되었습니다. 감투를 정말 싫어하는 체질이라 어디 가든지 그냥 평회원으로 협조를 잘하며 지내고 싶은데 말을 자꾸 하는 버릇으로 튀는 통에 문제입니다. 그래서 이번 사순절에는 말도 줄이고 옷도 사지 말자 했는데, 잘 안 돼 내년 숙제로 넘깁니다. 몇 년을 해야지 고쳐질까 모르겠습니다.

철학자 김홍호 교수가 쓴 요한복음 강해집 5권이 전집 〈빛 힘 숨〉으로 나왔습니다. 빛은 십자가를, 힘은 부활을, 숨은 승천을 가리킵니다. 1993년부터 1995년까지 대학 채플에서 정기적으로 강의한 내용을 후학들이 책으로 엮은 것입니다. 2년 반의 강의를 이렇게 책으로 한번에 읽을 수 있다니 책이 주는 고마움입니다. 선물로 받았기에 주신 분의 성의까지 곁들여 열심히 읽었습니다. 저자는 동서양의 철학을 모두 섭렵하여 요한복음 속으로 끌고 들어오는데 그 박학함과 명쾌한 진리를 쉬운 언어로 풀이하기에 빠져들 수밖에 없습니다. 요한복음은 특히 내가 좋아하여 초신자들에게 먼저 읽기를 권하는데 동양 사람이 이해하기 쉽게 쓰인 것이라는 것을 이번에 알았습니다.

이수동이란 화가의 그림은 누구나 좋아하고 특히 초보자들이 부담 없이 다가설 수 있어 인기입니다. 그림마다 사연이 있고 제목도 그럴듯합니다. '달따냥'이란 제목의 그림은 달이라도 따다 줄 것처럼 열이 오른 젊은 애인의 모습을 그렸습니다. 여자의 그림자는 꽃으로, 남자의 그림자는 나무로 표현하고, 해도 달도 떠 있는 우리 집은 꿈의 날개를 훨훨 달았습니다. 가끔 이런 동화 같은 그림을 보는 게 정신건강에 좋아 모처럼 연경당 마님들과 북촌에서 아주 즐거운 시간을 보냈습니다.

영화 〈소명 3-히말라야의 슈바이처〉는 도심의 한 상영관에서 겨우 하루 이틀 상영이라 고난주간인데도 시간을 내어 보았습니다. 히말라야의 슈바이처로 불리는 강원희 선교사 부부가 네팔의 오지에서 일흔여덟의 노구를 이끌고 환자를 진료하는데, 안타까운 환자를 보면 그냥 기도를 합니다. 천국에 갈 때 예수님이 직접 마중 나오시겠구나 하는 확신이 듭니다. 그런데 이런 영화 하나쯤은 도심에서 계속 상영 못 하나, 천주교는 홍보도 잘하던데, 하며 친구와 한탄을 했습니다.

늙으면 우기지 말아야 합니다. 커피빈에서 만나기로 한 모임에 한 친구가 늦어 전화를 했더니, 스타벅스를 찾는 중인데 안 보인다고 합니다. 커피빈이라고 했더니 자기는 분명히 스타벅스로 들었다고 우깁니다. 예전 이야기지만 '이리오너라' 라는 음식점에 나타나지 않는 사람이 아무리 찾아도 '날 좀 보소'가 없다고 화를 내더라더니, 얼마 전에 우리 남편은 그 음식점이 '게 섰거라'라고 우깁니다. 〈내 이름은 칸〉이라는 영화를 보라고 했더니 '나는 칸'을 봤다고 하고 〈위험한 상견례〉를 '이상한 상견례'라고 하며 우깁니다들. 그거나 이거나 마찬가지라는 남편은 그래서 가장 좋아하는 말이 '거시기'라고 애용합니다. "여보, 그 거시기가 좀 거시기 하니 거시기로 바꾸면 어떨까?" 나는 외계인을 보듯 "참 거시기 하네" 하고 웃습니다. 이것이 노인네의 일상입니다.

나중은 없어요

편지 37 • 2011년 6월

나이 들수록 시간의 유한함을 더욱 절실히 느낍니다. 나는 원래 성격이 급해 미루는 일을 싫어하는데 요즘 부쩍 더 그렇습니다. 뭔가 생각나면 잊지 않도록 메모를 하고, 용건이 있으면 그 자리에서 바로 전화를 합니다. 늙으면 조바심이 생긴다고 우리 어머니가 그러셨는데 느긋해져야지 왜 조바심이 생기나 했더랬습니다. 나중에 잘 살겠다고 오늘을 대충 사는 것은 어리석은 일입니다. 빚을 다 갚은 후 해외여행을 하려고 했는데 아내가 병이 들어 허사가 된 집도 보았고, 바쁜 일을 처리하고 가려다가 병환중인 아버지의 임종을 놓친 아들도 보았습니다. 그래서 나는 '나중에, 여유가 생길 때' 등의 말을 싫어합니다. 한 살이라도 젊을 때 돈을 꿔서 여행 가고 두고두고 갚으라는 것이 내 주장입니다. 인사로 하는 '언제 밥 한번 먹자'는 소리에 수첩을 꺼내들고 '언제?' 하면 상대방은 당황해서

'나중에 전화할게'로 얼버무립니다. '나중 좋아하네' 내뱉으면서 돌아섭니다.

❧

전쟁을 겪은 부모 세대의 궁핍함을 보면서 자란 나는 역반응으로 저축이나 미래를 생각지 않게 되었습니다. 이것은 우리 형제 중 나만 그렇습니다. 곰곰 생각해 보니 어려서 많이 아파 죽을 고비를 여러 번 넘긴 후유증이 아닌가 싶습니다. 훗날을 기약할 수 없는 초조가 '나중에, 여유가 있을 때'라는 말을 싫어하게 된 원인이 된 듯합니다. 나중에 후회할 일도 되도록 안 하려고 합니다. 지금 못 한 것은 나중에도 못 한다는 생각으로 삽니다. 결혼을 안 하겠다는 생각을 일찍이도 했었는데, 그래도 한 것은 이 남자와 헤어지면 나중에 후회할 것 같아서였습니다. 하고 싶은 일을 하고 싶어 이것저것 건드리는 나를 보고 한 우물을 파지, 하며 한심해하면서도 한편 부러워하는 사람들이 있습니다. 살펴보면 그들이 못 하는 것은 돈이나 환경이 아니라 성격 탓입니다. 가정 경제의 한 자락을 책임져야 해서 열심히 일할 때에도 나를 위한 돈은 꼭 썼습니다.

이런 일 때문에 남편과 다툼을 한 적이 있었는데 그때 내가 눈을 똑바로 뜨고 밝힌 것이 있습니다. '내가 돈을 버는 이유는, 하나님과 친정, 나한테 쓰고자 할 때 당신의 돈으로 당신에게 구걸하기 싫어서이다. 그러니 헌금을 얼마를 내건, 친정

부모님께 무엇을 하건, 또 내가 옷을 사거나 취미로 뭘 하든지 내가 하고 싶은 것은 내 돈으로 할 테니 간섭하지 말라'고 했습니다. 집안 살림을 나눠서 했는데 의심 많은 남편은 꼭 관리비나 아이들 학비같이 영수증이 있는 것만 내고, 나는 식비와 아이들 용돈 등 보기에 흐지부지한 것에만 돈을 쓰니 친정에서는 동거하냐고 흉을 보았습니다. 그러다 이사를 하고 소파와 커튼을 사야 했습니다. 남편은 자신은 가릴 게 없다고 하여 두 가지 모두 내 돈으로 처리했습니다. 밤에 집에 오니 남편이 내 돈으로 산 그 소파에 누워 자고 있기에 일어나라고 하고 커튼을 확 젖힌 적도 있습니다. 저축 못 하는 나를 안타까워하는 여행 친구는 나를 볼 때마다 지갑에서 얼마를 가져갑니다. 뭘 하고 싶은데 돈이 없으면 나는 우선 꿔서 합니다. 나중에 못 갚을지도 모른다고 농담을 하지만 아직 떼먹은 적은 없습니다. 돈이 생기면 우선 하나님께 드리며 맘껏 기쁨을 누립니다. 행여 돈이 없어 못 하는 일이 생기면 "하늘나라 통장에서 좀 보내 주세요" 하고 조릅니다. 그런데 우리 식구 중 빚도 없고 저축도 없이 편하게 사는 사람은 나뿐입니다.

지난번에 '삶에 대한 예의'라는 편지를 썼는데 남에 대해서만이 아니라 내 삶에 대한 예의도 지키고 살아야 된다는 뜻입니다. 내 생이 다할 때 나는 무엇 때문에 살았나, 내가 나한테 너무 무례한 것은 아니었던가 후회하지 않으려면 말이죠. 어느 화가가 팔이 아파 그림을 그리지 못하게 되었을 때야 비로소 자기 팔에 대해 너무했다는 생각에 팔에게 사과를 했답니다. 또 어떤 이는 먹고 사느라 허둥지둥하다가, 교통사고를 당해 죽어 가며 이럴 줄 알았다고 한탄하는 꿈을 꾸게 되었답니다. 그래서 꿈에서 깬 뒤 곧바로 시골로 내려가 별을 보며 산다는 사연도 읽었습니다. 두뇌를 많이 쓰는 사람은 머리를 식히는 일을 하는 것이 두뇌에 대한 예의입니다. 몸을 혹사한 사람은 반드시 그 대가를 치르게 마련입니다. 화가 나면 일을 하는 것으로 스트레스를 풀었다는 친정어머니는 말년에 고생을 많이 하셨습니다. 나도 화가 나면 일을 하는 편인데 몸에다 푸는 게 아니라 물건에다 풀기에 그릇을 많이 깹니다만, 이 방법이 훨씬 낫습니다.

나이 든 사람이 젊은 사람을 가르치는 한계를 어디까지 두어야 할지 모르겠습니다. 지하철에서 옆에 앉은 여학생들의 대화가 온통 욕이어서, 듣다 못한 일행이 점잖게 타일렀습니다. 그랬더니 대뜸 '재수가 없다'느니 하며 수준 이하의 반응을 보이더군요. 그만 내가 폭발했지요. 너희 학교 교장선생님한테 당장 가자며 반말로 세게 나가니 그제야 잘못했다고 수그러들었어요. 그건 반성이 아니라 모면이었겠지만, 참 슬펐습니다. 고된 육체 노동자들이 메김소리로 욕을 하면 스트레스도 풀리고 힘을 얻는다는데, 어찌된 일인지 멀쩡한 아이들이 욕부터 배워 즐겨 쓴단 말입니까. 우리말의 훼손에 신경과민인 내가 일일이 고쳐 주니 불편해들 합니다만 죽을 때까지 계속하렵니다. 해외에서 무슨 상을 탄 우리 영화가 욕으로 시작해서 욕으로 끝나는 걸 보다가 중간에 나왔습니다. 우리 친구는 드라마가 하도 거지 같으면 손도 아까워 발로 끈답니다. 예전에 공연윤리위원회에서 영화심의를 할 때, 심의규정을 놓고 하도 시끄러워 누군가 '아예 다 풀어놓자, 그러면 알아서 볼 것이다'고 했다는데, 정말 그런 세상이 됐습니다. 나 같은 감별사가 꼭 필요하다고 하여 내가 먼저 보고 좋은 영화를 선별합니다. 연경당 마님들은 웬 복이 이리도 많은지, 그래서 나의 독재에도 웃으며 그냥 따라다닙니다.

한동안 뜸했던 나무 보러 다니기를 다시 시작했습니다. 회복기에 있는 환우와 동행하기 위해 날짜를 정해 놓았습니다. 남산 위의 저 소나무도 보러 가고, 궁궐의 역사 깊은 나무에게도 안부를 전합니다. 마침 소나무의 궁궐인 울진의 금강송을 전문으로 찍는 사진작가인 장국현의 전시회가 열렸습니다. 원시림 속에 몇 백 년 동안 군락을 이루고 있는 이 금강송은 유난히 붉고 자태가 하늘을 찌를 듯한데, 넘치는 기상이 무섭기까지 합니다. 소나무는 어릴 때는 단순한 모습이지만 늙으면 멋진 노송(老松)이 되고 더 오래 지나면 고송(古松), 나무를 초월하는 단계에 들면 초송(超松)이 되다가 드디어 최고 단계인 신송(神松)에 이르면 숭배의 대상이 되기까지 한답니다. 사진으로 보는데도 소나무의 기가 뻗쳐 나오는 듯했습니다. 불교에 심취한 이 작가는 새벽마다 기도하고 돌아가는 길에 기막힌 장면을 신기하게 포착하게 된다고 하니, 아마도 견성(見性)의 경지에 이른 듯합니다.

❧

내가 맡은 프로그램 '시니어 책 나들이'에서 학기 중 한 권의 책을 사서 통독하기로 했는데, 이는 책을 사지도 읽지도 않는 사람들을 독려하기 위함입니다. 박영규의 〈한 권으로 읽는 조선왕조실록〉은 이미 잘 알려진 베스트셀러지만, 아직도 안 읽은 사람이 더 많습니다. 이런 책은 집에 한 권쯤 있어야 한다며 책 안 사는 사람들에게 권했습니다. '답사기' 시리즈로 기행문학의 바람을 일으킨 유홍준의 여섯 번째 책 〈나의 문화유산답사기 6: 인생도처유상수〉가 나왔는데, 그동안의 책을 증보하여 아예 전집으로 묶었습니다. 책이란 개정, 증보판을 사야 하지만 전집을 사서 다 읽는 사람은 드물기에 한 권씩 사라고 권합니다. 하나의 명작이 탄생하는 과정에는 저자가 미처 생각지 못했던 무수한 상수(上手)들이 도처에 널려 있다는 진리를 깨달았다는데, 경복궁과 부여, 논산, 보령, 순천을 집중적으로 다뤘습니다. 〈왜 우리는 끊임없이 거짓말을 할까〉는 독일 신문기자인 위르겐 슈미더가 거짓말을 안 하기로 작정하고 40일간 경험한 내용을 쓴 것입니다. 갈빗대에 멍이 들고 왕따를 당하고 침실에서 내쫓겨 소파에서 잠을 자다가 내린 결론은, 갓난 아들을 본받아 아기가 하는 대로 하면 거짓말이 아닐 뿐더러 욕도 먹지 않는다는 것을 깨달았다는 우스운 내용입니다. 손기철의 〈기대합니다 성령님〉은 나태해지는 믿음에 대해 정신을 차리게 해 줍니다. 교회에 다니고 나름대로 신앙생활을 한다고 하지만, 가끔 내려갈 때가 있습니다. 이럴 때는 이런 신앙서적이 눈을 번쩍 뜨게 해 줍니다.

지하철 풍경 중에 꼴불견이 몇 가지 있지만 그중 제일 심한 것은 화장하는 여자들입니다. 아니 도대체 자기 집 안방인 줄 아는지 처덕처덕 얼굴에 크림을 바르지를 않나, 입술을 그리지를 않나, 마스카라로 속눈썹을 치켜 대질 않나, 속살을 드러내는 것처럼 보이기에 불편합니다. 나는 그런 여자들을 볼 때면 저들이 자기 안방인 줄 알고 옷이라도 훌떡 벗는 게 아닐까 조마조마합니다. 누가 법을 내서 이런 여자들을 죄다 잡아갔으면 하는 충동을 누르고 다니자니 힘이 듭니다그려.

사람은 선물

편지 38 • 2011년 7월

사람이 모두 못마땅하고 싫었던 적이 있었습니다. 어쩜 그렇게 마음에 드는 사람이 없는지 골방에 처박혀 오로지 책과만 친구를 하던 시절이 있었습니다. 내게 호감을 가지고 다가오는 이들에게도 결점을 찾아내 쌀쌀맞게 굴어 많은 이들을 놓쳐버렸습니다. 그러다가 하나님의 은혜를 체험하고 나니 세상이 달라 보였습니다. 우선 내가 나를 소중히 여기게 되자 모든 이들이 다 좋게 보이기 시작했습니다. 내가 나를 싫어했기에 다른 이들도 밉게 보였던 것입니다. 미웠던 사람들이 재미있게 보이게 되자 다양한 음식처럼 사람마다 다 다른 맛을 지닌 것이 그렇게 신기했습니다. 누군가 내게 그 성질로 사람 꼴은 잘 본다고 하는데 이런 연유입니다. 과거를 회개하며, 만나는 사람 모두가 하나님의 선물이라고 생각하니 감사함이 넘칩니다. 내가 갖고 싶었던 선물을 받았을 때 기쁜 것처럼 나와 코드가 맞는 사람을 만난다는 것은 행운입니다. 아니 그 사람의 전부가 아닌 어느 한 부분이라도 맞으면 기꺼이 나의 세계로 초대합니다. 그 사람이 내게 기쁨을 준 것처럼 나도 그에게 기쁨을 주고 싶어 궁리합니다. 내가 비교적 남의 생일을 잘 챙기고 카드를 자주 보내는 게 이런 표현입니다. 짧은 인생에 표현할 것은 제대로 하고 살자 싶어 짝사랑은 싫어하고 안 합니다. 내게 온 이들이 스스로 떠나가면 할 수 없고, 무관심하든가 무례하게 굴 때 소원해지기도 합니다. 가끔 내가 후추를 뿌리기도 하지만, 그렇다고 내가 먼저 등을 돌리지는 않습니다.

어떤 친구는 자기는 지금까지 알아 온 사람으로 충분해 더 이상 사람을 알고 싶지 않다고 합니다. 하지만 나는 옛 사람이 좋은 것처럼 새 사람에 대한 흥미도 놓을 수가 없습니다. 하루하루가 새롭기에 오늘 만나는 사람은 어떨까 하는 호기심 속에 삽니다. 별난 성격으로 유난을 떠는 사람은 한 발짝 물러서서 구경하듯이 보면 화가 나지도 않습니다. 그러면서 별표를 붙여 주는데 '그 사람은 별이 세 개니까' 하면서 웃습니다. 성공한 사람들을 보면 그들은 다 옛날부터 알던 사람들을 끌고 다녀 주위에 항상 사람들이 많습니다. 무엇을 하건 사람과의 관계는 대단히 중요하고, 이러한 관계를 잘 풀어나가는 것이 하나님께서 우리 인생에 내려 주신 소중한 과제라고 생각합니다. 내가 너한테 이러저러한 사람을 보내 주었는데 너는 왜 그들과 잘 지내면서 내 은혜를 충분히 누리지 못했느냐는 소리를 듣게 되면 얼마나 손해입니까. 자살하는 사람은 결국 가장 가까운 곳에 자기 사람이 없기 때문이 아닌가 생각합니다. 모든 사람과 절친할 수는 없지만 나이테처럼 여러 원을 만들어 그 안에 사람들을 적절히 두고 산다면 무엇이 부럽겠습니까. 그 사람이야말로 진정한 부자입니다. 때로 '당신은 하나님이 내게 보내 준 사람'이라는 소리를 듣는데 이것은 최고의 찬사입니다. 그리고 나 스스로도 그런 쓰임을 받는다고 느낄 때 희열을 동반한 감사함이 넘칩니다.

좋은 이웃에 대한 고사가 있어 소개합니다. 남북조 시대에 송계아라는 고위 관리가 퇴직해 살 집을 찾아다니던 중 여승진이란 사람의 옆집을 샀습니다. 백만금밖에 안 되는 집을 천백만금을 주고 샀다는 말에 여승진이 물었더니 '백만금은 집값을 지불한 것이고 천만금은 당신과 이웃이 되기 위한 값'이라고 말해 천만매린(千萬買隣)이란 말이 나왔습니다.

연경당이 봄 학기 종강 나들이를 할 때면 장마철이라 비가 오는 일이 많습니다. 비가 와도 그냥 진행을 했는데 이번만은 비가 오면 입장을 할 수 없는 곳이라 기도를 했습니다. 날씨 기도는 자칫 이기적이 될 수도 있어 잘 하지 않습니다. 그런데 나들이 당일인 7월 5일, '구름 한 점 없이 햇볕은 쨍쨍' 기가 막힌 선물을 받았습니다. '장흥자생수목원'은 인공이 아닌 자연 산이라 비오는 날은 입산이 안 됩니다. 깨끗이 목욕을 한 청정한 나무들이 신선한 피톤치드를 내뿜으며 우리를 반겼습니다. 곳곳에 숨어 있는 희귀한 야생초며 나무 하나하나의 이름을 익히며 오르락내리락 산자락을 누볐습니다. 가는 길에 있는 '아름다운 돌 박물관'에는 별별 희한한 돌들이 그럴싸한 이름을 달고 있습니다. 진수성찬의 식탁, 역대 대통령 모습, 예수의 생애 등으로 테마가 이어지는데, 십자가가 새겨진 돌이 많은 곳으로는 세계에서 이곳이 가장 으뜸이랍니다. 게다가 성인용 전시실까지 있어 할머니들이 마음 놓고 깔깔댔습니다. 보여 주고 싶은 곳으로 등록을 한 곳이었는데 역시나 선생 잘 만났다는 감탄 어린 찬사를 받다 보니 다음엔 또 어디를 가야 하나 즐거운 부담을 안게 되었습니다.

책을 선택하는 기준이 순전히 주관적이라 내가 항상 옳다고는 할 수 없지만, 세상에서 떠드는 화제의 책을 읽었을 때 전혀 감동하지 못하는 일이 많아 자연히 베스트셀러를 멀리합니다. 그렇지만 도서실을 운영하는 데에는 내 주장만 할 수 없어 수상작이나 광고를 보고 어쩔 수 없이 화제의 책을 고르기도 합니다. 내키지 않는 책을 남에게 권할 수도 없으니 그야말로 처치곤란인 경우가 많습니다. 악서는 없다지만 나쁜 영향을 주는 책은 분명 악서입니다. 〈리딩으로 리드하라〉를 쓴 이지성 씨가 주장하는 인문고전을 읽어라, 특히 어린이 때 읽히면 그들이 반드시 천재가 된다는 말에 공감을 합니다. 고전이란 쓴 약처럼 읽기가 결코 쉽지가 않은데 이것을 어려서부터 훈련을 시키라고 합니다. 우리나라 사람들이 머리는 좋은데 노벨상이 안 나오는 것이 인문고전을 안 읽었기 때문이라고 그는 외칩니다. 일류라는 서울대생들이 가벼운 베스트셀러나 만화를 즐겨 읽으니 되겠느냐는 한탄에 동감합니다. 나는 멘토가 없어 마구잡이로 읽었습니다. 내 취향대로 읽다가 안 되겠다 싶어 고전부터 다시 시작했는데, 혼자 길을 찾아다니느라 고생했습니다. 요즘도 현대물을 읽는 중간에 고전을 하나씩 끼워 넣는 습관을 지키고 있는데 보약을 먹는 것 같습니다.

엊그제는 맏손자 유진이의 생일이었습니다. 5학년이니까 지금부터 고전을 읽기 시작하면 되겠다 싶어서, 내가 책 멘토를 해 줄 테니 따라하겠느냐, 대단히 어렵고 힘든 일인데도 하겠느냐 물었더니 하겠다고 하는군요. 얼마나 따라올지 모르지만 선뜻 하겠다는 게 기특합니다. 할머니가 자기에게 좋은 선생이었다는 것을 먼 훗날 알게 되겠지요. 나의 외할머니가 두고두고 내게 좋은 멘토로 남았듯이 우리 손자도 나를 그렇게 기억해 준다면 더 바랄 게 없습니다. 세상에는 책을 읽는 사람과 안 읽는 사람 두 종류의 사람뿐입니다. 나는 사람들과 얘기를 몇 마디 주고받으면 대뜸 그 사람이 어떤 사람인지 아는데, 이게 다 책에서 얻은 것입니다. 사람 관계에서 실패하는 경우는 다 책을 안 읽어서입니다. 독서라면 신문만 읽는 이들, 정확하지 않은 신문기사를 가지고 얘기하는 것도, 특히 목사님들이 설교 예화로 신문기사는 언급하지 않았으면 합니다.

조너선 프랜즌의 장편소설 〈자유〉는 현대 미국 사회에 대한 모든 것을 잘 보여 줍니다. 자본주의가 팽배한 세상, 전쟁을 이용한 돈벌이, 신앙 없는 이들이 의존하는 약물, 무분별한 남녀관계, 자유 국가에서 행해지는 일련의 행위가 과연 자유인가를 보여 줍니다. 기민석의 〈예언자, 나에게 말을 걸다〉는 구약시대의 예언자를 현실로 끌어옵니다. 우울증 환자 예레미아, 호세아의 바람난 사모님 고멜, 고약한 독설가 아모스, 잘난 이사야 등이 우리와 무관하지 않음을 알려 주고, 그들을 통해 하나님이 하시고자 하는 메시지를 깨우쳐 줍니다. 예수를 믿는다고 하며 교회를 몇 년이나 드나들어도 변화되지 않는 딱한 이들에게 박영덕의 〈내 삶에 들어온 로마서〉를 권합니다. 이민 교회는 싸움만 하고 갈라지는 것으로 유명한데 새로운 이민 교회사를 쓴 권준의 〈우리 교회 이보다 더 좋을 수 있다〉는 신선합니다. 다시, 고전 밀턴의 〈실낙원〉을 꺼내 읽고 있습니다.

아직도 비에 젖은 여름

편지 39 • 2011년 8월

너나 할 것 없이 비 피해를 많이 당한 올 여름은 맑은 태양빛이 차라리 그립습니다. 하루도 우산 없이 외출을 할 수 없는 이 여름, 계절의 구분도 없고 안전지대도 없어 날벼락이 무섭고 두렵습니다. 애독자 여러분께서는 이 여름을 어찌 보내셨는지 매미와 함께 가을바람을 실어 문안드립니다.

사람은 일흔네 살일 때 가장 행복하다는 보고가 나왔습니다. 영국의 일간지 텔레그라프는 최근 과학 연구진의 논문을 인용하며, 사회적 책임감이나 경제력에 대한 부담감이 덜하고 이전 삶에서 맛보지 못했던 자기만족의 시간이 더 많아지는 시기이기 때문에 오히려 황혼기에 접어든 노년층이 행복감을 더 많이 느낀다고 했습니다.

내 경우를 보면 이 기사가 맞습니다. 갈피를 잡지 못해 방황

하던 젊은 날과 책임과 의무에 눌려 삶의 무게가 버거웠던 중장년기를 돌아보면 감격할 만한 행복은 그리 많지 않았던 것 같습니다.

그런데 지금은 참으로 편안하고 아침이 돼도 즐겁고 저녁이 돼도 즐겁습니다. 삶에 대한 고마움이 피부로 스며드는 이 기분을 일찍 죽었더라면 못 느꼈을 것이므로 옛사람들이 장수를 오복의 첫째로 놓은 것은 참으로 옳습니다. 그동안 해 보고 싶었던 일을 하나하나 해 가면서 주위 사람들까지 끌어들이니 즐거워하는 그들로 기쁨이 배가 됩니다. 시험이나 합격의 부담이 없는 공부는 얼마나 달콤합니까? 보고 싶은 그림이나 영화도 아무 때나 훌쩍 갈 수가 있지요, 동행이 없어도 구태여 구하지 않고 혼자서 자유로움을 누리다가 떠날 때가 되면 미련 없이 가겠다는 생각이니, 이토록 맘이 편안합니다.

나를 보고 노년의 모델로 삼고 싶다는 소리를 심심치 않게 듣습니다. 그렇게 말하는 분들은 대체로 이미 젊지 않은데, 늙음이 어느 날 갑자기 오는 것이 아니라고 말해 주고 싶습니다. 하고 싶은 일이라고 해서 충동적으로 하는 것은 아닙니다. 그것도 오랜 궁리의 시간이 쌓여야 합니다. 내가 비교적 시작한 일을 오래 끌고 가는 데는 나름 준비기간이 길었기 때문입니다. 노년에 문화생활을 하며 여가를 보내고 싶다는 생각도 저절로 이루어진 것은 아닙니다. 미국에서 시니어 프로그램을 답사하고 여러 사람의 의견을 참고하여 꾸며 본 것이 현실에 맞았기 때문입니다.

애착을 가지고 궁리하며 정성을 들이기 때문에 '연경당 마님'도 150회 이상 지속할 수 있었고 '초목회'나 '북클럽'도 빼먹지 않고 계속할 수 있었던 것입니다. 뭔가 하고 싶다는 생각이 들면 이내 상상이 날개를 다는데, 현실감을 주기 위해 친구들에게 얘기하면 그들도 가세하여 덩달아 풍선을 띄워 줍니다. 식구들은 "또 뭐를 한다고?" 하지만, 친구들은 "아, 멋있다. 되겠네, 해 봐!" 하며 부추기니 못 말리는 나는 그냥 밀고 나갑니다.

방학에는 숙제하는 학생들로 아우성이기 때문에 전시회를 여유 있게 감상하려면 마감 한 시간 전에 가는 게 좋습니다. 전시회 가는 모임 '안구락부'가 있지만, 한 달에 한 번으로는 좋은 전시를 다 볼 수 없어 시간 나는 대로 혼자 훌쩍 다니곤 합니다.

'외규장각 의궤'는 두 번의 걸음으로 간신히 보았습니다. 프랑스가 빼앗아 가기는 했지만 보관을 잘해 준 점은 고맙습니다. 기록한 사관들의 노력에 새삼 감탄을 합니다. 'Fashion into Art'라는 전시회는 디자이너와 아티스트들이 자기들의 영역을 유지하며 상호 협동하여 작품을 만들어 냈습니다. 기발한 아이디어들이 눈길을 끕니다. 조선시대의 미인도와 스페인의 마르가리타 공주의 의상을 디지털 작업으로 서로 바꿔 입히는데, 개미가 옷을 벗기고 입히는 과정이 웃음을 자아냅니다. 유리 도자기로 보이는 비누 작품이라든가 관람객의 움직임에 따라 화면이 바뀌는 영상 등 예술이 그대로 생활이니 감탄할 만합니다.

베스트셀러에도 가르침이 없진 않지만 베스트셀러에는 책을 쓴 저자와 출판 경영자의 과도한 독기가 배어 있을 확률이 높다는 지적에 전적으로 동감합니다. 제목이나 광고로 어느 정도 그들의 '놀음'에 놀아나게 되는 것도 사실입니다. 좋은 책이지만 광고도 안 하고 재미도 없을 것 같아 묻혀버린, 그래서 초판도 다 못 팔고 절판이 돼버린 아까운 책들을 파내어 '부키'라는 출판사에서 책으로 내놓았습니다. 전문가 마흔여섯 명이 추천한 명저 모음집 〈지난 10년, 놓쳐서는 안 될 아까운 책〉, 이 책에도 추천하는 이들의 주관적인 입김이 세기는 하지만 이런 책이 필요한 것도 사실입니다. 내가 읽은 몇 권의 책이 고개를 내밀고 있어 반갑더군요.

젊을 때의 독서는 권수를 채우기 위해서, 또는 고전을 안 읽으면 체면이 안 서기 때문에 등의 이유로 마구잡이로 읽은 게 사실입니다. 그때 어떤 어른이 '고전'이란 일생 동안 여러 번 읽어야 되는 것으로 그때마다 깨닫는 점이 다르다고 하셨는데, 과연 이번에 〈실낙원〉을 읽으며 실감했습니다. 〈실낙원〉은 창세기를 그대로 옮겨 놓은 듯해 성경에 익숙한 사람은 진도가 빨리 나갑니다. 그런데 사탄이 하와를 유혹하기 위해 뱀을 선택하는 대목이 이렇습니다. "교활한 뱀에게 어떤 술책이 있다 해도 의심할 자 없고, 그 천성의 기지와 교활 탓으로 볼 것이기 때문에, 다른 짐승이 그런 짓을 하면 마력이 그들 안에 작용하고 있다는 의심을 받을 수 있을 것이기에"라는 것입니다. 우리 안에 사탄을 불러들일 요소가 있기 때문에 사탄이 들어오는 것입니다. 욕심이 있는 사람은 그것을 얻기 위해 불의와 타협하게 되고, 성격이 원만해 두루 칭찬을 받는 이들은 '좋은 게 좋으니까, 남들도 다 그러니까' 하는 관행에 걸려듭니다. 이러니 산다는 게 죄를 짓지 않을 수 있겠습니까? 해결책은 그저 회개하는 길밖에 없습니다.

어려운 책을 읽는 사이사이 입가심처럼 읽는 소설은 모름지기 재미있어야 합니다. 소설을 한 보따리 선물로 받은 이 여름에 기욤 뮈소의 〈사랑을 찾아 돌아오다〉와 캐스린 스토킷의 〈헬프 1, 2〉를 읽으며 참 행복했습니다. 사람들이 좋아하는 파울로 코엘료는 감칠맛 있게 포장해서 접근하기에 자칫 기독교적으로 볼 수 있는데 '뉴에이지'랍니다.

교회에서 중보기도팀이 만들어졌습니다. 큰 교회는 이런 기도팀이 여럿 있어서 하루 종일 릴레이 기도가 이어집니다. 부러워만 할 게 아니라 우리도 시작해 보자고 했더니 여러 사람이 호응하여 이내 뜨거운 기도 모임이 이루어졌습니다. 주일 오후 2시에 기도를 시작하는데 기다리는 남편들 때문에 아쉽게 끝내야 하는 게 유감일 정도입니다. 목사님께 이름을 부탁했더니 헬라어로 '능력, 힘'이라는 뜻의 '두나미스'로 지어 주셨습니다. '두나미스' 기도회를 시작으로 기도팀이 많이 생기기를 바랍니다. 우리는 긴급한 기도 사항이 생기면 문자로 서로 연락합니다.

방학 동안 강남구청에서 하는 특강을 하나 맡았는데 이런 강의는 수강생들을 가늠하기 어렵습니다. 초장에 어긋나면 강의가 너무 힘들기에 두나미스뿐 아니라 기도하는 분들에게 부탁을 했더니 과연 술술 풀리면서 재미있게 진행했습니다. 더운 여름에 오신 분들이 후회하지 않도록 하다 보니 열강이 되었고 간간 나를 따라다니는 낯익은 얼굴들도 유쾌하게 만났습니다. 이런 중보기도의 맛을 아는 사람은 결코 기도를 놓을 수가 없는 법입니다.

EM을 아시나요? 효모, 유산균, 누룩균 등의 '유용한 미생물균'이란 뜻인데 이것들이 환경을 정화시키는 효과가 있어서

YWCA에서는 이 제품을 적극 추천하고 있습니다. 실제로 수질 정화, 산화 방지, 악취 제거에 효과가 있어 나도 쓰고 있습니다. 슬픈 것은 물건을 하나둘 잃어버린다는 것입니다. 차 열쇠를 잃어버려 다시 주문하니 기절할 만큼 비싸 생활비가 축이 날 정도고요, 선물로 받은 아주 가벼운 우산을 식당에 놓고 나왔는데 다시 가 보니 벌써 없어졌더라고요. 아, 왜 이러지? 다음엔 또 뭐를 잃어버릴 건가? 발아래를 내려다보며 처량해졌습니다. 옛날 할머니 친구분은 핸드백에 우산에 보따리를 줄레줄레 굴비두름처럼 끼고 다니기도 하고, 보자기에 핸드백을 싸기도 해 백이 감기 들었나 하고 놀렀는데, 내가 그 지경이 됐습니다. 그래도 자기 집만 찾아온다면 치매가 아니라는 위안을 받고 삽니다.

'월요카페'를 소개합니다

편지 40 • 2011년 9월

내가 바쁘게 살지만 일주일 내내 그런 것은 아닌데도 나를 만나기 어렵다고 불평하는 친구들이 있습니다. 그런데 막상 약속을 하려면 친구들이 더 바쁜 경우가 많습니다. 지금 사는 논현동 빌라는 하나님이 주신 집인데 그동안 잘 살았습니다. 우리 둘이 살기엔 커서 팔까 생각도 했지만, 요즘 같은 주택난에 오도가도 못 하는 신세가 될까 두려워 그냥 주저앉았습니다. 하도 여기저기 어질러놓는 남편 때문에 차라리 이사를 가는 게 낫겠다는 생각이 들 정도입니다. 기분 전환을 할 요량으로 집을 뒤집어엎었는데 이사보다 더 힘들었습니다. 커튼도 바꾸고 가구 위치도 옮기면서 오래전부터 생각했던 북카페를 아예 집에서 열기로 했습니다. 책들을 빌려주고 손님들에게 다과를 대접하며 월요일 하루를 보낸다면 근사할 것 같아 문을 열게 된 것입니다. 아침 10시부터 밤 10시까지 그날은 남편이 피해 준다고 하니 마음 놓고 오셔도 됩니다. 워낙 사람 만나는 것과 대접하는 것을 좋아해 외부에 카페를 여는 문제를 생각하기도 했습니다. 하지만 차릴 돈도 없고 영업을 해 보지도 않은 내가 가게에 메여 있을 생각을 하니 갑갑하기도 해서 생각한 것인데, 시작도 전에 반응이 괜찮습니다. 빌라 주차장에 여유가 없는 단점이 있지만 지하철 7호선 학동역 7번 출구로 나와 5분 정도 거리에 있어 오시기도 괜찮습니다. 운영하는 문제에 대해서도 많이 생각했습니다. 아는 사람들에게 그냥 와서 편하게 이용하시라고 했더니 오히려 부담이 된다고 회비를 받으라는 제안에 연회비 만원을 받기로 합니다. '월요카페' 회원이 되면 다과를 대접받고, 책을 2주간 빌려갈 수 있고, 카페 주인의 월간 편지를 받을 수 있습니다. 꼬박 편지만 받아 부담을 가졌던 독자에게 이런 길을 열어 드립니다. 음식솜씨 좋은 친구들의 맛도 볼 수 있고 그들이 내놓는 물건들을 사고팔 수 있도록 자리를 마련하고자 하는데 어떻게 돼 갈지는 알 수 없습니다. 요즘 이 생각으로 가벼운 흥분 속에 지냅니다. 밖에서 만나는 것이 번거로우니 논현동 '월요카페'에 오셔서 나를 보고 또 책도 빌려가세요. 아마도 카페 주인이 책 읽으라고 귀찮게 할 것입니다. 이리하여 못 말리는 한정신이 또 일을 내는데 이것은 죽기 전에 해 보고 싶은 오래된 소원입니다.

플라톤이 말한 다섯 가지 행복은 '먹고 입고 살고 싶은 수준에서 조금 부족한 듯한 재산, 모든 사람이 칭찬하기에 약간 부족한 용모, 자신이 자만하고 있는 것에서 사람들이 절반 정도밖에 알아주지 않는 명예, 겨루어서 한 사람에게 이기고 두 사람에게 질 정도의 체력, 연설을 듣고서 청중의 절반은 손뼉을 치지 않는 말솜씨'라고 했습니다. 예전에 어떤 여성 잡지를 창간하는 주간이 "우리 잡지는 여성들이 발돋움을 해 가까스로 선반에서 꺼낼 수 있는 그 무엇에 초점을 두겠다"라고 했는데, 이는 다 조금은 부족하고 모자란 상태에서 나머지 부분을 채우려는 노력이 살 만한 것으로 만든다는 얘기가 아니겠습니까? 그런 맥락으로 나는 최첨단이 싫습니다. 기계치의 변명이 아니라 하루가 다르게 발전해 나오는 그 물건들을 익히기도 어려워 도대체 왜 필요할까 싶습니다. 어떤 만화에, 부부가 침실에 누워 스마트폰으로 "내가 오늘 보낸 메일 받았어?" 하더군요. 연인끼리 만나 서로 얼굴은 보지 않고 화면만 밀어내는 걸 심심찮게 보는데, 참 이상한 세상입니다. 주방기구도 호기심에 사 모은 적이 있지만 요즘은 그런 유혹에 안 넘어갑니다. 요리를 배우려고 오븐을 사겠다는 사람에게 냄비로 못 할 요리는 없다고 했습니다. 인터넷이 숙제도 해 주고 여론도 조성하고 판단도 대신 내려 주니 인간은 도대체 어디로 가고 있는 겁니까. 나 혼자만이라도 아날로그의 세계에 머물려고 여전히 색인 카드를 쓰며 노트 필기를 하고 편지를 씁니다.

교회 중보기도팀은 예정대로 자주 모입니다. 막힌 가슴의 언어를 미처 토해 내지 못해 눈물로 목이 메는 뜨거운 시간을 지나다 보니 기분 전환이 필요하여 별명을 짓기로 했습니다. 옛날 사람들이 '호'니 '자'니 많은 게 이해가 갑니다. 별명은 그 사람을 나타내기도 하지만 되고 싶은 모습이기도 합니다. 내가 '겸손'으로 하고 싶다 하니 전부 반대를 하는군요. '따끔'으로 일치하여 '한따끔'이 되었습니다. 새벽기도를 빠지지 않는 '강새벽', 음식 잘하는 '김솜씨', 항상 웃는 '양생글', 쓸모 있는 사람 '사쓸모', 인사 잘하는 '최꾸벅', 비판 잘하는 '노삐죽', 옷감 이름이 좋다는 '오광목', 늘 모자를 쓰는 '이모자', 칼칼한 소리의 '윤칼칼'……. 이름을 지을 때마다 폭소가 터지니 기도 모임이 맞느냐고 묻습니다. 이 모임은 내가 미국에서 배워 늘 하고 싶던 '목장(셀)'의 모습이어서 더 기쁩니다.

손자 자랑을 좀 하렵니다. 손녀가 없이 친손자 둘에 외손자 하나를 두었는데 이 아이들이 엄마를 따라 교회에 열심히 다닙니다. 또한 종종 기특하고 기발한 말을 해서 우리를 즐겁게 해 줍니다. 일전에 맏손자 유진이는 왜 태어났느냐니까 "사랑받기 위해서"라고 즉시 대답합니다. 그것이 신통하여 용돈을 주니 "주님께 영광" 하면서 받는군요. 외손자는 강요하지 않았는데도 엄마를 따라 일주일 동안 특별 새벽기도를 올렸답니다. 첫날에는 아이들이 제법 많이 나오다가 점점 줄어드는데 수빈이는 깨우면 벌떡 일어나 달이 아직도 있다는 둥 떠들며 즐겁게 간답니다. 목사님이 "여러분, 힘드시죠?" 하니 "아니요" 하고 큰 소리로 대답해 모두 웃었답니다. 노 권사님들이 예쁘다고 칭찬하니 "선생님이 상을 주신다고 했거든요" 하고 결국에는 개근상을 받았답니다. 내가 이런 손자들을 보며 감사하는 것은, 어려서 교회에서 자란 아이들은 살다가 빗나가는 일이 있을지라도 반드시 돌아온다는 확신과 보호받을 것을 알기 때문입니다. 과거에 많이 방황했던 나를 이토록 사랑해 주신 하나님은, 절대 잃어버린 양을 그냥 두시지 않기 때문입니다. 부모의 기도를 많이 받고 자란 사람들은 남들이 보기에도 대단한 '빽'이 있음을 알게 됩니다. 목사님들도 2대, 3대는 1대보다는 고난도 적어 순탄하게 나가는 것을 보게 됩니다.

이달의 책은 단연 이민아의 〈땅끝의 아이들〉입니다. 어찌 그리도 고난의 강을, 눈물의 노를 저으며 건넜을까요. 전적으로 영으로 거듭난 모습은 그녀가 하나님의 사람임을, 은혜 그 자체임을 알려줍니다. 벼랑 끝의 아이들은 물론, 근처에서 어쩔 줄 몰라 하는 이들에게도 구원의 밧줄이 될 것입니다. 또한 성경의 좋은 참고서인 조병호의 〈성경과 5대 제국〉을 강력히 추천합니다. 특히 구약이 골치 아프다고 아직 통독 못 하신 분은 반드시 이 책을 읽으세요. 아직도 발굴되지 않은 보물이 켜켜이 묻혀 있는 성경은 읽을수록 재미있습니다. 의무감에서가 아니라 진정한 맛을 알게 되면 성경은 놓을 수가 없습니다. 이 맛을 모르고 세상을 떠난다면 큰 손해가 아닙니까?

예전에 윤정란의 〈조선왕비오백년사〉를 소개했는데 왕비에 관심이 많아 이번에는 신명호의 〈조선왕비실록〉을 보았습니다. 이 책은 일곱 왕비를 집중적으로 그 집안 배경까지 자세히 다루어 흥미롭습니다. 유전자는 분명히 살아 자자손손 내려가기에 돌연변이는 있을 수 없고, 부모보다 낫거나 못한 자식은 나와도 전혀 다른 자식은 결코 나올 수 없습니다. 그래서 집안을 보고 혼사를 결정하는 것을 구태의연하다고 할 게 아닙니다. 어떤 친구가 자기 남편이 시어머니와 정반대이기에 결혼했다고 하던데 호박밭에서 수박을 발견했다고 좋아하는 것처럼 뭘 몰라도 한참 모르는 말이었습니다.

누가 치매 증세가 있어 백만원이 넘는 돈을 들여 검사를 했더니, 처방이 '수다를 많이 떨라'는 것이었답니다. 그러니 애독자 여러분, 비싼 돈 들여 병원에 가지 말고 수다를 열심히 떠세요. 내 수다는 이 편지입니다.

혼자와 더불어

편지 41 • 2011년 10월

능소화는 다른 나무에 줄기를 감아 올라가며 귤 빛깔의 예쁜 꽃을 피웁니다. 내가 이 색깔을 좋아해 옷도 즐겨 입습니다. 요즘은 흔하게 볼 수 있지만 옛날에는 '양반꽃'이라 하여 양반 아닌 사람이 심을 경우엔 잡아다가 볼기까지 때렸다는군요. 또 압구정동과 올림픽 대로변의 가로수인 회화나무도 학자나 벼슬을 한 집안에나 있는 선비 나무로, 함부로 심거나 가꾸지 못했습니다. 북촌 정독도서관 앞에 몇 백 년 된 회화나무가 보호수로 있어 그 길을 지날 때면 사람들에게 알려 주곤 합니다.

또 헌법재판소 안에는 아주 오래된 백송이 놀랄 만한 자태로 서 있습니다. 이것을 구경하려면 권위를 내세우는 경비원의 허락을 받아야 되는 게 좀 아니꼬운 생각이 들기도 합니다. 미국의 인디언들이 땅을 어떻게 팔고 사느냐, 하늘을 팔 수 있느냐 했듯이 사람이 사람 위에 군림하던 시절에는 푸른 하늘인들 맘대로 보았을까요. 연상되는 우스개로, 촌사람이 서울 와서 입을 벌리고 높은 빌딩을 올려다보니 서울 사람이 그 빌딩은 올려다보는 대로 돈을 내야 된다, 몇 층까지 보았느냐 하니 4층까지 봤다고 했답니다. 그래서 촌사람은 돈을 내고는 고향에 가서, 실은 10층까지 봤는데 4층까지 봤다고 하니 서울놈이 속더라고 자랑을 했답니다.

유럽의 옛날 집들은 한결같이 유리창이 자그마해서 참 예쁜데, 실은 유리창 크기에 따라 세금을 매겨서 그런 것이랍니다. 〈레미제라블〉에는 미리엘 주교가 하나님이 주신 햇볕을 사람이 마음대로 못 쬐게 하는 것은 죄라고 꾸짖는 대목이 나옵니다. 태평양을 끼고 달리는 미국의 1번 국도, 기가 막힌 경치를 구경할 수 있는 곳엔 예외 없이 부자들의 집이나 별장이 사유지로 자리하고 있는데, 실은 이곳이 지진의 피해를 가장 많이 입는 곳이라니 참 묘합니다.

❧

랍 벨의 〈사랑이 이긴다〉는 논란을 많이 불러일으킨 기독교의 화제작입니다. 사랑의 하나님은 온 인류를 구원하시려고 예수를 보내어 믿기만 해라 그러면 된다고 하셨는데, 사람들이 복음을 기껏 죽어서 천국에 가는 싸구려로 전락시켰다, 이 세상에 분명 천국과 지옥이 있는데 왜 사후만 신경을 쓰느냐, 은혜는 온전히 선물인 것을, 왜 열심과 행위로 사람들을 몰아넣고 정죄하느냐와 같은 신랄한 비판으로 가득합니다. 어렸을 때 꽃분이가 했던 말, '엄마, 왜 사람들은 천국엘 가려고 애쓰나요, 이곳을 천국으로 만들면 안 되나요?' 바로 이것이 주제입니다. 자살하는 사람들이 과연 죽은 후에 모든 것이 다 잊혀져 평안함을 느낄까요? 이 세상에 천국과 지옥이 엄연히 공존하므로 현재 천국을 사는 사람은 죽어도 그대로 옮겨 간다는 생각을 하면서 나는 삽니다. 그래서 주변 사람이 세상을 떠나도 단지 먼 여행을 간 사람이니 눈으로만 볼 수 없을 뿐 영혼은 얼마든지 만날 수 있다고 생각하므로 애통절통하지 않습니다.

우리 시아버님이 돌아가셨을 때, 시어머님이 시아버님이 다시 살아오신다면 아주 잘해 드릴 것이라고 해서, 내가 일주일만 잘하실 것이고 그다음은 평소대로 될 것이라 했더니 많이 섭섭해하셨습니다. 이러는 나를 회개도 안 하는 냉혈한이라고 남편은 그러지만 '나중은 없다, 있을 때 잘하라'는 게 나의 철학이니 어쩌겠습니까.

❧

살아갈수록 최첨단의 기계가 싫고 요란한 광고를 멀리하게 됩니다. 홍보가 전공인 남편, 광고회사에서 열나게 일하는 아들을 둔 사람으로 이런 말을 하는 게 민망하지만 말입니다. 입소문으로 알려지는, 그래서 적당히 장사가 되는 그런 곳이 좋지, 광고로 사람들이 몰려들어 줄을 서는 곳에는 가고 싶지 않습니다. 한국전쟁 때도 줄을 안 섰는데 이 멀쩡한 세상에 얼마나 맛이 있다고, 맛이 있어 봤자 삼계탕은 닭 맛이고 도토리묵은 묵 맛입니다. 사람이 몰려들면 분점을 내고 사업을 벌입니다. 돈은 벌겠지만 스트레스에 쌓여 지레 병을 얻지나 않을까 걱정입니다. 하루 가마솥 분량의 설렁탕만 팔고 그만두는 그런 철학이 있는 장사가 좋습니다.

교외로 나가 보면 무슨무슨 방송에 나왔다고 요란하게 광고를 하는 음식점들이 많은데, 이미 그게 조작이라는 것이 밝혀졌는데도 여전히 사람들이 몰립니다. 그 옆에 'TV에 한 번도 안 나온 집'이라고 써 붙인 곳이 차라리 가고 싶은 매력이 있습니다. 남들과 구별되는 삶을 살고는 싶지만 유명해지는 것은 싫습니다.

내가 8체질 요법을 실행한 지는 꽤 오래되는데, '금음'인 내 체질은 육식을 하면 안 되고 뿌리 식품도 안 좋고, 약은 보약을 비롯해 일절 금해야 합니다. 먹지 말아야 할 음식이 하도 많아 식사 대접하려는 이들을 곤란하게 만듭니다. 다 지킬 수는 없지만 노력을 하다 보니 몸은 편해지는데 기운이 없습니다. '괴기'를 그렇게 안 먹고 기운을 차리겠느냐며 모든 음식을 골고루 먹어야 한다고 조언합니다. 그런데 그들이 연신 한 움큼의 약을 먹으며 병원을 학교처럼 다니는 걸 보면, 병원에도 안 가고 약도 안 먹는 나로서는 체질요법을 계속 따를밖에요. 속은 편하지만 기운이 없어 흥분도 줄어드니 음식이 사람의 성질에 영향을 주는 것은 확실합니다.

'두나미스' 중보기도회는 날이 갈수록 불이 붙어 함께 모이는 날은 주일 하루지만, 각자 집에서도 같은 제목을 놓고 매일 기도합니다. 긴급한 일이 생기면 문자로 바쁘게 연락이 옵니다. 우리 삶을 환히 드러내 놓기에 밝히고 싶지 않던 은밀한 기도까지 다 알게 됩니다. 이제는 가족처럼 유대가 깊어져 자녀들의 이름과 사정까지 소상히 기도로 올립니다. 어렵게 내놓은 기도 제목이 잘못하면 가십이 되어 중보기도팀이 깨지는 것을 여러 번 보았기에 이 점을 특히 강조합니다. 같이 붙잡고 기도하지 않을 바에는 남편에게조차 말하지 말라고 말이지요. 이를 위한 기도도 잊지 않아야 합니다. 우리 교인에만 국한하지 않고 저마다 딱한 사정을 가져오니 상한 심령이 얼마나 많은지 가슴이 메어집니다.

또 열심히 기도했지만 우리가 원하는 방향이 아닌 곳으로 흘러가는 것을 보며 애가 타기도 합니다. 그러나 기도가 없었다면 어찌했을까요? 우리에게 기도를 주신 주님께 감사를 드리지 않을 수 없습니다. 어떤 이가 자기는 예수를 믿은 후부터 일이 잘되기는커녕 여러 가지 어려움이 닥치니 어찌해야 될지 모르겠다고 합니다. 나도 정답을 모르니 답답하지만 이것은 영적인 싸움이니 한번 작정한 일, 예배에 목숨을 걸어 보라고 했습니다. 내가 먼 일산까지 수요예배에도 가는 걸 보며 꼭 그래야만 하느냐고 묻는 친구들이 많습니다만, 내 대답은 역시 같습니다. 예배에 여생을 바치려고 하기에 우선순위를 이것에 둡니다.

사라 밴 브레스낙의 〈혼자 사는 즐거움〉을 권합니다. '혼자'란 독신이란 의미가 아닙니다. 어차피 인생은 모두 혼자 가는 것입니다. 외롭고 쓸쓸하다면 내 인생에 내가 없기 때문입니다. 이 책은 인생을 혼자 즐기는 여러 가지 방법을 소개합니다. 즐기라면 대뜸 돈과 시간의 여유를 드는데, 그것은 아직 뭘 모르는 수준입니다. 소중한 추억을 수집한다든가, 넋을 잃고 아름다움을 바라본다든가, 성스러운 공간을 만들어 나만의 명상과 휴식을 취한다든가, 살고 싶은 집을 상상으로 만들어 본다든가에 무슨 돈이 든단 말입니까? 후지무라 야스유키의 〈플러그를 뽑으면 지구가 아름답다〉는 정전 사태를 겪은 우리에게 실감 나는 주제입니다.

나의 완전한 놀이터 '월요카페'는 왜 진작 시작하지 못했을까 싶게 아주 재밌습니다. 방문하는 사람마다 자기들도 이런 카페를 해 보고 싶었다는 말을 합니다. 많은 사람들이 나와 같은 생각을 하고 있다는 데 놀랐습니다. 영업장소가 아니기 때문에 예약을 하고 오셔야 하는 불편함이 있지만 방문객들이 다 좋아하기에 카페지기는 피곤한 줄도 모릅니다. 편지 독자들은 방문이 어렵더라도 카페 회원으로 등록을 해 주시기 바랍니다. 앞으로 나의 인맥은 이 카페를 중심으로 이어 나가야 되지 않을까 싶습니다. 그릇을 사러 갔더니 아저씨가 장사를 그만둬야겠다고 합니다. "요새 여자들은 도통 집에서 밥을 안 해먹어 그릇을 안 산다"라고 말이죠. 자기 생일에도 집에서 미역국이나 끓여 먹으면 좋으련만 외식을 하며 돈을 쓴다고 한탄하기에, 내가 악수까지 하며 동감했습니다. 집에서 간단하게 손님 대접하는 것을 좋아하는 나는 기운이 되는 날까지 이 일을 하고 싶습니다.

향기 나는 뜰

편지 42 • 2011년 11월

얼마 전에 내가 죽는 꿈을 꾸었습니다. 아! 오래 살 줄 알았는데, 사람들도 다 그랬는데, 하다가 칠순이 적은 나이냐, 살 만큼 잘 살았지 감사하면서도 '월요카페'는 제대로 해 보지도 못했네, 뚜렷한 의식 속에 이런 생각을 했는데, 임종 시 내 곁에 있던 사람이 내가 마지막 순간 살려 달라고 했다는군요. 무의식이지만 자존심이 살짝 상하는 부분입니다. 개꿈이지만 나는 평소 죽음에 대한 생각을 하고 살기에 언제 죽어도 감사하며 떠날 것입니다. 내 일생 중 신앙이 가장 좋은 때 하나님이 불러 주시기를 바랄 뿐입니다.

우리 연경당 회원 열다섯 명 중 여섯 명의 생일이 10월에 있습니다. 예삿일이 아니라고 칠순 당한 선생을 빌미로 잔치를 하자고 합니다. 여기서 생일 '당한'에 관한 에피소드를 소개합니다. 어떤 모임에서 '이달에 생일 당하신 분'이란 인쇄물을 보고 내가 지적을 했지요. '당한'이란 안 좋은 일에 쓰는 말 아닌가요? 이에 관해 왈가왈부하다가 원해서 태어난 것이 아니므로 '당한'이 맞다고 결론을 맺고, 그 모임에서는 으레 생일 당한 사람이 식사 대접을 합니다. 연경당 할머니들은 어디 경치 좋은 데 가기를 좋아해 우리는 단골 차량까지 확보한 상태라 나들이를 자주 갑니다. 평소 내가 아끼고 좋아하는 카페 '향기 나는 뜰'이 양수리에 있어 그곳으로 갔지요. 정원 가꾸기를 좋아하는 부부가 넓은 뜰에 집을 지었는데, 그 부인이 카페를 하고 싶어 하니 남편이 한쪽에 커피하우스를 지어 주었답니다. 아름다운 식탁이 도처에 있어 한가롭게 이야기할 수 있는 곳이라 우리 연경당에게는 안성맞춤입니다. 처음에는 차만 팔았는데 손님들이 밥도 팔라고 해서 단품 메뉴를 제공합니다. 솜씨 좋은 여주인과 친구들이 만든 공예품도 구경할 수 있습니다. 우리는 먹고, 마시고, 노래하고, 떠들며 아주 흥겨운 잔치를 했습니다. 근처 두물머리까지 산책도 하며 그야말로 춥지도 덥지도 않은 완전한 가을 날씨를 만끽했습니다. 또 초목회에서도 축하 자리를 마련, 멀리 북원주의 용덕리까지 갔습니다. 전쟁이 나도 모를 정도의 깊은 산골에 도예가 부부가 밥집을 하는데 간판도 없이 아름아름 오는 손님들을 하루 한 팀만 받습니다. 땅에서 나는 나물을 이것저것 대접하는 솜씨가 맛깔스러워 초대받은 느낌이었습니다. 걷기 모임인 초목회는 내가 시작해 회원들을 모았는데 어쩌면 그리도 마음이 잘 맞는지 여행 동반자로 최고입니다. 전부 신앙을 가졌으며 모나지 않고 배려하는 마음이 앞서 서로가 서로에게 고마움을 느끼는, 그래서 만나면 기분이 사뭇 좋아지는 분들입니다. 여주인이 만든 다기(茶器)가 독특해 한참을 들여다보다가 안 사면 후회할 것 같아 내가 나에게 주는 생일 선물로 샀습니다. '월요카페'에 오시면 그 다기에 차를 대접하겠습니다.

나는 남의 생일은 잘 챙기지만 내 생일은 쑥스러워 피하고 싶습니다. 누가 칠순 운운하면 팔순에 하자고, 팔순 되면 구순에 하자고 미루다가 죽었으면 좋겠는데, 동갑인 남편은 절대 기념일을 넘기는 법이 없습니다. 어려서부터 이런 문화에 젖어 살았기에 시집간 딸이 생일을 제대로 챙겨 받지 못하면 무척 서운해합니다. 남편의 칠순 잔치를 어떤 모양으로 할까 의견이 분분했습니다. 우리 교회에서는 교인들이 토요일에 청소를 하는데, 그분들을 대접할 겸 식구들과 친한 친구 몇 사람을 초청해 아름다운 테라스 정원에서 감사예배를 드리고 식사를 나눴습니다. 내가 생각건대 제일 잘한 칠순 잔치 같습니다.

이리도 좋은 가을 날씨를 그냥 지나칠 수 없어 당일 여행을 강행합니다. '정남진'이라는 전라남도 장흥까지 내려가 편안한 산세에 묻힌 보림사에 들르니, 스님들의 모습도 보이지 않는 조용한 산사에 가을 햇볕만 석탑에 내려앉습니다. 수행만 하는 스님을 이판(理判)이라 하고 살림 및 기타 행정을 하는 스님을 사판(事判)이라 하는데, 이판사판 둘 다 있어야 됩니다. 그런데 시류 속에 그 뜻이 전이되어 부정적인 의미로 막다른 궁지 또는 끝장을 말할 때 사용하게 되었습니다. 보림사는 이판승이 거하는 곳이라 엄숙하고 조용하기만 했습니다. 또 장흥의 억불산 자락에는 수령 40년이 넘는 편백나무가 빽빽하게 들어선 숲이 있습니다. 피톤치드를 가장 많이 내뿜는 편백을 가까이하라고 데크를 설치해 걷기 좋게 만들어 놓은 길을 보니, 가히 세계적인 수준입니다. 주중인데도 이 공기 비타민을 마시려는 사람들이 줄을 지어 걸어갑니다. 온 하루를 보내도 좋으련만 당일의 일정은 또 순천만의 갈대숲으로 몰아갑니다. 순천만 갯벌이 세계 5대 연안습지에 들었다니 그 규모가 장대한데, 2013년에는 이곳에서 세계정원대회가 열린다고 합니다. 논이나 갯벌, 갈대숲은 천혜의 정원이라 할 수 있습니다. 막연히 갈대는 물가에 살고 억새는 산에 난다고 알고 있던 것을 이번에 확실히 구별했습니다. 갈대숲에도 간간 억새가 끼여 있는데 모양새로는 하얀 억새가 춤추는 것이 더 아름답습니다. 갈대는 자꾸 상한 갈대가 떠올라 그 밑동을 유심히 보게 됩니다.

❧

강영우 박사의 부인 석은옥 여사의 〈해피 라이프〉를 읽으면서 내가 우리 아이들에게 교육적으로 얼마나 잘못했는지 후회의 눈물을 흘렸습니다. 아이들에게는 투자하는 만큼 건을 수 있는데, 나는 '공부하려는 놈 못 말리고 안 하려는 놈 못 말린다'라는 구호를 내세우며 내버려 두고 기도도 열심히 하지 않았습니다. 가난해 앞길이 막연한 집에서도 어머니가 무릎이 해질 정도로 기도한 아이들은 다 성공한 것을 보며 잘난 오만의 끝이 이토록 슬플 수가 없습니다. 게다가 나는 가정을 마치 재판소처럼 무섭게 야단만 쳤으니 늙음이란 지나온 세월의 후회 자락인가 싶습니다. 젊은 어머니들은 꼭 이런 책을 읽어 나 같은 전철을 밟지 말기를 부탁합니다.

❧

사람들은 막연히 남북통일을 외칩니다만, 정작 통일이 된 후의 사태에 대해서는 생각하지 않는 것 같습니다. 남한에서도 지방별로 반목을 하고 전쟁을 겪지 않은 세대는 공산주의를 제대로 알지 못하는, 이런 준비되지 않은 상태에서 통일이 빨리 되면 어떻게 하나 두렵습니다. 이덕주의 〈기독교 사회주의 산책〉에서는 이런 문제를 심각하게 다룹니다. 그 역시 평양을 몇 차례 방문한 후 통일을 늦춰 달라는 기도를 했답니다.

자본주의와 사회주의가 충돌하면서 일어나는 사태는 불을 보듯 뻔하기에 이 둘을 감싸 안는 제3의 방법을 기독교 사회주의에서 찾아보려 합니다. 물론 이상으로 끝날 수도 있지만 결국은 하나님의 방법만이 우리가 따라야 할 것임은 분명합니다. 어린아이부터 청년에 이르기까지 입에서 나오느니 욕이요 막가는 무서운 세대를 보면서, 이북에서 쳐내려오지 못하는 것이 남한의 중2 때문이라는 말도 나오는 마당에 하나님 외에 다른 방법이 무엇이 있겠습니까?

신사임당과 허난설헌을 주제로 쓴 소설을 읽었습니다. 안영의 〈신사임당〉, 최문희의 〈난설헌〉은 비록 역사 속의 인물이지만 역사소설로 볼 게 아니라는 생각이 듭니다. 글쓴이가 시공을 초월해 이 비범한 여인들 속으로 들어가 그 영혼과 같이 호흡하며 맥을 따라간 여정이 그대로 느껴집니다. 봉건사회에서도 자기 뜻을 마음대로 펼치고 살았던 신사임당과 굽이굽이 한으로 맺혀 죽음에 이르는 허난설헌에 대해 여운이 길게 남았습니다. 비교적 책을 많이 읽는 사람에게 요즘 무슨 책을 읽었느냐 물으니, 눈을 부릅뜨고 "이 좋은 계절에 왜 책을 읽느냐, 단풍 구경하러 돌아다녀야지"라며 대듭니다그려. 단풍도 좋고 바람도 좋지만 그래도 책을 놓으면 안 되지요. 책과 기도를 빼놓으면 그게 어디 '잉갱'이오? (함경도 사투리)

내 잔이 넘치나이다

편지 43 • 2011년 12월

우리 교회 장학금은 2년 전 목사님 설교를 듣다가 내가 낸 5만원의 헌금으로 시작됐습니다. 교회가 작고, 교인들이 별로 관심이 없는 중에 장학위원장까지 맡게 돼 교회 밖으로 눈을 돌려 만나는 사람들마다 얘기하곤 했습니다. 그들이 기꺼이 헌금을 해 주어 백, 2백, 3백 프로의 결실을 거두며 성장해 왔습니다. 목사님이 오병이어의 기적을 이룰 것이라고 기뻐해 주시니 나도 믿음을 가지고 큰 나무가 될 것을 기대하고 있습니다. 내가 쓰는 돈을 저축하고, 아들이 용돈을 주거나 뜻밖의 돈이 생겼을 때 심지어 몇 사람에게 작명해 주고 받은 작명비까지 냈습니다. 비교적 형편이 괜찮은 친구나 지인들에게 권유하는데, 기다렸다는 듯이 보내 주는 분들도 있고, 자주 보내 주는 이들, 무반응도 있게 마련이라 괘념치 않았는데 이런 일도 있었습니다. 헌금해 준 것을 고맙다고 인사하는데 돌연 이런 말을 합니다. '왜 이런 일을 하느냐, 정직하고 깨끗하게 살아온 당신이 왜 말년에 이런 마음의 빚을 지느냐, 결국 당신 얼굴 보고 사람들이 돈을 내는 것이 아니냐, 이 돈이 정확하게 장학금으로 쓰일지 누가 아느냐, 자기 돈이 있으면 하지 남에게 손 내미는 짓은 하지 않았으면 한다.' 그때는 가만히 들었지만 그날 밤 잠을 못 잤습니다. 모금이란 게 당사자의 얼굴을 판다는 것은 맞고, 좋은 일 한다고 모금해서 딴짓을 하거나 단체를 크게 키워 자기들 밥벌이를 하는 세상도 있으니 그럴 수도 있겠지요. 한편 너무 슬펐고, 돈을 돌려주고 싶은 걸 억지로 참았습니다. 교회는 헌금한 사람들에게 일일이 영수증을 발급하고 연말정산 자료도 보내 줍니다. 나를 통해 들어온 돈이기에 내가 이 심부름을 제대로 하고 있지만 그날부터 이 장학금이 잘 쓰이도록 기도했습니다. 이전 교회에서도 소액의 장학기금을 마련한 적이 있었습니다. 교회를 떠나며 전적으로 교회에 맡기지만 보고는 해 달라고 요청해, 지금도 연락이 옵니다. 아직 모금 과정이라 구체적 계획은 없지만 내 생각에 장학금이란 '가난한데다 공부도 못 하는' 학생에게 주고 싶습니다. 모든 장학금이 공부 잘하는 학생을 대상으로 합니다. 공부 잘하는 사람은 어떻게 해서라도 공부할 수 있지만 가난한데다 공부도 못 하는 학생은 길이 없어 좌절하거나 낙오할 수 있기에, 이들을 제대로 세워 주고 싶은 게 내 생각입니다. 이런 내 뜻이 어떤 이의 심금을 울렸답니다. 가난해서 공부를 하지 못한 자기의 과거를 돌아보며 이 일에 동참하고 싶다는 것입니다. 돈의 액수에 상관하지 않느냐고 묻기에, 티끌 모아 태산을 만드는 중이니 티끌 하나라도 고맙게 받는다고 했더니 아 글쎄, 천만원을 입금해 왔습니다. 나는 숫자를 잘못 읽은 게 아닌가 하고 몇 번을 들여다보다가 그만 감사의 눈물을 흘렸습니다. 상처받은 내 마음을 위로해 주고자 하나님이 이렇듯 큰 선물을 보내 주셨습니다. 내 잔이 넘치고도 넘칩니다.

올해 또 하나의 큰일은 내 버킷 리스트의 한 가지 '월요카페'를 연 것입니다. 9월에 소개를 했는데 벌써 90명의 회원이 가입했고 50여 명이 다녀가셨습니다. 이분들에게 한 번은 내 손으로 직접 밥을 해서 대접하고 싶은 마음이라 점심과 저녁 예약을 받았는데, 밀려서 즐거운 비명입니다. 자기 집을 어떻게 공개할 수 있느냐, 이런 참신한 아이디어를 실천하는 사람이 어디 있느냐, 어떻게 사는지 궁금하다 등의 호기심 어린 회원들이 먼저 오십니다. 내 요리법은 누구의 말처럼 '사랑과 정성'이므로 맛이 없을 수 없고, 도우미 없이 혼자서 다 해내며 오시는 분들을 귀빈으로 모시니 감동의 도가니가 됩니다. 자청한 일이라 아무리 힘이 들어도 즐겁게 하니 건강도 주시는가 봅니다. 쌀이 많이 들긴 하지만 오히려 규칙적으로 장도 보고 청소도 하니 삶의 활력소가 되고, 우리 집에다 쏟아 놓고 가시는 덕담으로 복이 쌓입니다. 서로 모르는 회원들끼리 만나고, 회원이 방문객 한 분을 데려올 수 있어 첫인사를 나누니 교제의 장이 열립니다. '편지 쓰기'와 '집으로 초대하기'는 어려운 것 같지만 시작하면 즐거움이 배가 되는 일이므로 국민운동으로 번졌으면 합니다. 집이 좁으면 어떻고 음식 솜씨가 없으면 좀 어떻습니까? 집이 좁아 엉덩이가 부딪히는 곳에서도 초대를 해서 사람들에게 용기를 주었습니다. '월요카페'를 시작하기 전 몇 년 동안의 방명록을 보니 우리 집을 다녀가신 분이 350명이 넘었더군요. 예전에는 특별한 일이 있을 때에만 손님이 찾아왔지만, '월요카페'를 열고 나니 월요일엔 어김없이 집을 지키게 되었습니다. 그러다 보니 자연히 부엌을 좋아하게 되었습니다. 가스 불 옆에 앉아 책을 읽으며 음식 궁리며 그날 오실 손님에 대한 생각 등으로 즐거워합니다. 책도 책꽂이에 진열만 할 것이 아니라 여러 사람의 손때가 묻도록 권합니다. 생각보다 책이 적다고도 하는데 읽을 만한 책들이니 애용해 주세요. 교회 도서관에 많이 옮겨 갔기에 필요하면 가져올 수도 있고 새로 살 수도 있으니 맘 놓고 주문도 하세요.

초목회에서 북한산 둘레길을 걸었는데, 무리하지 말자며 쉬운 코스를 택해 돌다 보니 수유리의 아카데미하우스로 나왔습니다. 그런데 입구에 '구름의 집'이라는 환상적인 레스토랑이 아직도 있지 않겠어요. 무려 40여 년 전에 데이트하던 곳이라 감개가 무량해 사람들을 끌고 갔지요. 둥그런 식당의 유리창을 통해 북한산이 파노라마처럼 펼쳐지는데, 단풍을 여기서 구경하지 뭐 하러 설악산에 가느냐, 눈 올 때는 더 기가 막히다며 수다를 떨었습니다. 그 옛날엔 로맨틱한 곳이 별로 없어 특이한 곳이 생기면 거리를 불문하고 찾아다녔습니다. 이 먼 곳을 하이힐을 신고 버스를 타고 다녔으니 '미스 무드'라는 별명이 붙었습니다. 그땐 결혼은 곧 감옥살인 줄 알아 그 전에 실컷 다니자 했는데 아직까지 잘 돌아다닙니다그려. '오늘 잘 사는 사람이 내일도 잘 산다'는 여학교 때 선생님 말씀이 맞습니다. '미스 무드'가 '탈무드 할멈'이 되긴 했지만 말입니다.

연경당 모임과 방송 출연을 규칙적으로 하는데 가끔 외부 강의가 들어오면 금요일에 한해 나갑니다. 올해는 강남구 도서관과 강남구청, 그리고 강동구 건강가정지원센터에서 시니어들을 대상으로 특강을 했습니다. 이때 대상자들을 가늠할 수가 없어 초장에 어긋나면 맥을 잡을 수 없는 애로사항이 있습니다. 내게는 열심히 해 주시는 기도부대가 있어 얼마나 든든하고 감사한지 모릅니다. 기도 부탁을 하고 시작하면 강의가 잘 풀리고 수강생들이 다 좋아하며 조는 사람도 없어 확실

한 응답을 느낍니다. 기도가 없다면 어찌 살까 싶어요.

10여 년 전 재미있게 읽은 책을 선물하려 했더니 그만 절판됐습니다. 저자가 세상을 떠났고 출판사도 문을 닫아 그리된 모양인데, 〈지난 10년, 놓쳐서는 안 될 아까운 책〉에 이 책이 소개되어 반가웠습니다. 전시륜의 〈어느 무명 철학자의 유쾌한 행복론〉이 그 책입니다. 출판사가 바뀌어 다시 빛을 보았는데 좋은 책은 죽지 않는구나 싶어요. 입가에 웃음이 사라지지 않아 우울증 환자에게 선물하기에 마땅합니다. 평범하지만 아주 괴짜라 인생을 재미있게 살다 간 사람이에요. 생각은 있어도 실천하기가 어려운데 일 저지르는 사람들은 남의 눈치 안 보고 자기 맘대로 사니 행복한가 봅니다. 몽골 선교사들 중에는 훌륭한 분들이 많은 것 같습니다. 〈괜찮아, 그래도 널 사랑해〉를 쓴 이송용 선교사는 기계공학을 전공, 몽골국제대에서 IT학과 교수로 학생들을 가르치면서 하나님 말씀을 전하는데, 그의 삶 전체가 어찌나 아름다운지 가슴이 뭉클합니다. 하나님은 모든 영혼을 사랑하시지만 이렇게 잘나가는 사람이 완전히 헌신하는 것을 보시면 얼마나 좋으실까요. 고대 철학자인 솔론은 행복에 대해 "끝까지 지켜야 할 것을 지킨 사람이 가장 행복하다"라고 정의를 내렸습니다. 정말 우리 인생에서 끝까지 지켜야 할 것은 무엇인가 생각하게 만드는 말입니다.